Frank Gokye

TEGELER TRAUERSPIEL

BERLIN CRIME 13

DAS BUCH

Hauptkommissar Dietrich Kölling, Chef einer Berliner Mordkommission, weilt zum Genesungsurlaub bei seiner hochbetagten Mutter in Hannover und langweilt sich zu Tode. Jeder Strohhalm ist ihm recht, um nach Berlin zurückzukehren.

Aber seine Kollegen Becker und die Oberkommissarin Blissow sind nur mit Routinesachen beschäftigt; die einzige Abwechslung ins Einerlei bringt eine junge Frau namens Anita Regorius. Die Frau behauptet steif und fest, ihr Lebensgefährte sei in der Haftanstalt Tegel ermordet worden. Das aber widerspricht den Ermittlungen der Kripo und der Staatsanwaltschaft, die von Selbstmord ausgehen. Die Akte ist geschlossen, der Leichnam eingeäschert. Es gibt keinen Grund, den Fall noch einmal aufzurollen.

Trotzdem kehrt Dietrich Kölling umgehend aus dem Urlaub zurück. Währenddessen hat Becker Erkundigungen zu dem Tod des Häftlings eingeholt, die er vor seinen Kollegen geheimhält.

Dietrich Kölling trifft sich unter konspirativen Umständen mit Anita Regorius. Die aber hat das Vertrauen zur Polizei verloren. Sie will auf eigene Faust Beweise für den Mord beschaffen. Wenige Stunden, nachdem sie das angekündigt hat, wird sie in ihrer Wohnung erschlagen.

DER AUTOR

Frank Goyke, geb. 1961. Theaterwissenschaftler, Redakteur, Lektor in Berlin. Goykes erster Dietrich-Kölling-Krimi erschien als *Der kleine Pariser*.

Der zweite Dietrich-Kölling-Krimi *Grüße vom Boss* – ebenfalls bei *BERLIN CRIME* – war 1993 für den Krimipreis Glauser nominiert.

Kritik und Publikum reagierten äußerst positiv auf die bislang erschienenen Dietrich-Kölling-Krimis, zu denen auch *Schneller, höher, weiter (BERLIN CRIME 5)* und *Ruf doch mal an (BERLIN CRIME 9)* gehören.

DIE PRESSE ÜBER FRANK GOYKES KRIMINALROMANE

»Da stimmen die Örtlichkeiten und die Strukturen bis ins Detail, die Sprache bis in die Untertöne.« *Neue Zeit*

»Goykes Krimis sind einfach Tatort-reif.« *Die Tageszeitung*

»Frank Goyke schreibt die besten deutschen Großstadtkrimis.« *Die Welt*

Frank Gokye

TEGELER TRAUERSPIEL

Der fünfte
Dietrich-Kölling-Krimi

BERLIN CRIME 13

Alle Ereignisse und Figuren in diesem Roman sind frei erfunden.
Ähnlichkeiten mit lebenden oder verstorbenen Personen, existierenden Firmen oder realen Begebenheiten wären rein zufällig und nicht beabsichtigt.

BERLIN CRIME 13
ISBN 3-929139-23-5

Herausgegeben von Oliver Schwarzkopf
Originalausgabe

Umschlagfoto und Coverart Morten Heise
Herstellung Monade Konzept und Kommunikation
Gesetzt aus der Sabon
Druck Elsnerdruck, Berlin
Printed in Germany

ERSTES KAPITEL

1

»In Berlin ist ja auch viel los«, sagte Renate Kölling und betrachtete sorgenvoll ihren Sohn, der auf dem Podest vor dem Fenster saß und sich mit den Straßenbäumen zu beschäftigen schien. Sie hatten gerade zu Mittag gegessen, und auf dem großen Tisch standen noch die Teller und Platten. Renate Kölling ließ sich nach den Mahlzeiten nicht hetzen, wenn es ums Tischabräumen ging. Sie hatte sich einen Kräuterlikör eingeschenkt, blätterte in der *Hannoverschen Allgemeinen,* die sie für seriös hielt, und wartete auf die Antwort ihres Ältesten.

»Sicher«, sagte dieser nur. Seine Mutter, die eine eifrige Zeitungsleserin war und keine Nachrichtensendung des Fernsehens versäumte, war wahrscheinlich besser als er über die Stadt unterrichtet, in der Dietrich Kölling seit einem Jahr seinen Dienst tat. Nervös kaute er auf der Unterlippe und warf einen Blick auf das Likörglas. Ihm auch einen Schnaps anzubieten, hatte die Mutter nicht einmal in Betracht gezogen, und auch die Aschenbecher hatte sie vom Rauchtisch verschwinden lassen. Dietrich Kölling war zur Erholung in Hannover, und der Arzt hatte ihm sowohl Zigaretten als auch Alkohol verboten.

»Man hört so viel«, meinte Renate Kölling und genehmigte sich noch einen.

»Ich nicht«, entgegnete Dietrich Kölling und überlegte, ob er auf der Toilette rauchen konnte, ohne daß seine Mutter es bemerkte.

»Aber bei deiner Arbeit bekommst du doch mehr mit als wir alle«, behauptete sie. »Heide ist übrigens Sanitätsrat geworden. Und du bist immer noch Hauptkommissar. Das warst du schon in Hannover, das bist du geblieben. Geht es denn nicht höher?«

»Vielleicht«, sagte Dietrich Kölling unbestimmt.

»Du bist über fünfzig«, sagte die Mutter und stellte das Geschirr zusammen. »Fast dreißig Jahre Polizei.«

Sie schüttelte entrüstet den Kopf. »Immer noch machst du diese

Schmutzarbeit. Mordkommission und Leichen. Was hast du davon? Herzanfälle.«

»Einen nur«, maulte der Sohn. »Manche, die seit dreißig Jahren Bulle sind, würden sich freuen, wenn sie bei der Mordkommission arbeiten könnten.«

»Die haben sicher kein Abitur«, meinte Renate Kölling abfällig.

»Das hat damit nichts zu tun. Wenn ich Kriminalrat werden wollte, müßte ich mich mit der Rolle eines Verwaltungsbeamten abfinden. Das liegt mir nicht. Schließlich habe ich die Arbeit bei Mord und Totschlag von der Pike auf gelernt.«

»Aber du könntest dich schonen.«

Dietrich Kölling, dem dieses Thema unangenehm war, hatte sich erhoben und den Raum durchquert.

»Ich mache jetzt einen Spaziergang«, sagte er.

»Das ist vernünftig. Aber rauche nicht heimlich. Außerdem solltest du Heide mal besuchen. Sie ist schließlich deine Schwester.«

»Ja, Mama«, sagte Dietrich Kölling und schloß die Tür.

2

Drei Tage hatte Dietrich Kölling in der Klinik gelegen und war, als sich der Verdacht auf einen Herzinfarkt nicht bestätigt hatte, mit der Auflage entlassen worden, sich vier Wochen lang von der Arbeit fernzuhalten. Er brauchte sich nichts vorzumachen; zu der Tatsache, daß sein letzter Fall ihn mehr mitgenommen hatte als jeder andere, trat die Tatsache des Alterns. Den Fall, einen Kindermord im Berliner Bezirk Hohenschönhausen, hatten Dietrich Kölling und seine Leute innerhalb von ein paar Tagen aufgeklärt. Gegen das Altern war mit polizeilichen Mitteln nichts auszurichten.

Wenn er an die drei Tage dachte, während derer er am Tropf hing, wurde Dietrich Kölling übel. Er hatte dagelegen in dem Einzelzimmer und in dem blütenweißen Bettzeug, er hatte sich gelangweilt und war von Visionen heimgesucht worden, die alle mit dem Tod zu tun hatten. Der Tod war sein Beruf, aber nicht der eigene, mit dem wollte er nichts zu tun haben. Zum erstenmal seit langem hatte Dietrich Kölling Angst gehabt, weniger Angst vor dem definitiven Ende als vielmehr Angst vor einem monatelangen Siechtum.

Wie schnell konnten aus drei Tagen drei Monate oder gar drei Jahre werden.

Noch nie hatte ihm ein Arzt zur Schonung nicht nur geraten, sondern sie ihm regelrecht verordnet. Und Dietrich Kölling war nur ein Ort eingefallen, an den er sich zum Zwecke der Erholung zurückziehen konnte, also war er zu seiner Mutter nach Hannover gefahren. Mittlerweile ärgerte er sich darüber. Ihn störte nicht so sehr, daß seine Mutter ihn bevormundete, sondern daß die Stadt ihn zwang, sich zu erinnern. Vor drei Jahren hatte er Hannover verlassen, wo er fast sein gesamtes Leben zugebracht hatte, und erst die Rückkehr machte ihm bewußt, daß es ein ziemlich beschissenes Leben gewesen war, ein Leben, in dem es nur zwei Pole gegeben hatte, die Polizeidirektion und seine Mutter. Irgendwann einmal eine Frau. Dietrich Kölling stapfte mißmutig zur Haltestelle der Tram. Diese Frau hatte er aus seinem Leben gestrichen. Fast hatte er sie schon vergessen, und nur in diesem blödsinnigen Hannover mußte er an sie denken.

Und auch die Toten, die durch seine Hände gegangen waren, fielen ihm wieder ein. Im Rückblick kam ihm Hannover wie ein einziger Tatort vor, und Platz für Leichen war überall: in Wohnungen und Kneipen, auf freier Straße und in der Leine, in den Parks und in den Gräben neben den Eisenbahngleisen. Dietrich Kölling kaufte sich an der Trinkhalle gegenüber von der Haltestelle eine *Bild Hannover,* um in der Straßenbahn die Polizeinachrichten zu studieren. Wahrscheinlich hatte sich in den vergangenen Jahren nichts verändert. Noch immer lungerten die Drogensüchtigen auf dem Hauptbahnhof herum, und nur auswärtige Reisende registrierten ihre Anwesenheit noch. Es waren aber mehr geworden, die da in großen Pulks vor einer Imbißbude herumstanden und auf jenes Wunder warteten, das Dealer hieß. Als Dietrich Kölling mit dem Zug in Hannover eingetroffen war, hatte er sie einen Moment beobachtet, aber keinen alten Bekannten ausmachen können; das Drogenmilieu war natürlicherweise eine mörderische Szenerie, und Dietrich Kölling hatte mehrmals bei den Fixern ermitteln müssen. Ein paar hatte er hinter Gitter gebracht, zwei für lebenslang, was aber nicht bedeutete, daß sie nicht längst wieder draußen waren. Ein paar andere wiederum waren dermaßen heruntergekommen, daß sie gelegentlich für einen Hunderter die Tipgeber spielten und ihre Leidensgefährten verpfiffen. So tief unten gab es eben keine Solidarität mehr. Aber die gab es oben schließlich auch nicht.

Dietrich Kölling seufzte und zog damit den Blick einer Frau auf sich, die neben ihm saß. Sie sah ganz erschrocken aus und hielt ihn offenbar für einen schwerkranken Mann. Vielleicht wirkte er ja bleich und leidend, dabei fühlte er sich zumindest ausgeschlafen, wenn nicht gar kerngesund. Sein Herz, das ihn vor gar nicht langer Zeit mit schmerzhaften Sprüngen gequält hatte, schlug gleichmäßig, wenn auch etwas zu schnell. Angeblich waren diese außerplanmäßigen Hüpfer sowieso nur ein psychosomatisches Problem, etwas, womit sich Dietrich Kölling nicht abfinden mochte. Ein körperlicher Schaden, erworben im anstrengenden Polizeidienst, adelte in gewisser Weise, aber ein Riß in der Schüssel machte bloß lächerlich.

Dietrich Kölling seufzte abermals, die Frau verließ die Bahn. Von Leichenfunden wußten die Gazetten nichts zu berichten.

Dietrich Kölling hatte bisher kein bestimmtes Ziel gehabt, aber als er am Ägidientorplatz ausstieg, hatte er eins. Er würde seinen früheren Kollegen einen Besuch abstatten. Denn eine gravierende Veränderung hatte es in Hannover doch gegeben: Rickert leitete jetzt das Leib-und-Leben-Kommissariat. Und Rickert war ehrgeizig. Vermutlich hatte er mehr Morde aufgeklärt, als sich überhaupt ereignet hatten.

Dietrich Kölling ließ sich Zeit. Er war auf Genesungsurlaub und konnte es sich leisten, dahinzuschlendern wie ein beschäftigungsloser Greis. Kurz vor dem Rathaus bog er in den Stadtpark ab, begab sich auf direktem Wege an die Leine und überquerte das Flüßchen auf einer Fußgängerbrücke. Wenige Meter hinter der Brücke befand sich die Kriminalpolizei. Noch immer hockten die Kommissariate in einer unansehnlichen Baracke aufeinander. Früher schon hatte es Dietrich Kölling als unwürdig empfunden, die Kripo einer Großstadt unterzubringen wie die Leitung einer Baustelle im afrikanischen Busch. Aber Hannover war eben immer eine arme Kommune gewesen und es offenbar geblieben. Dietrich Kölling beschleunigte seinen Schritt. Er hielt den Kopf abgewandt, als er eilig an seiner ehemaligen Wirkungsstätte vorbeiging.

3

»Du hast mir noch gar nichts von deiner neuen Wohnung erzählt.« Renate Kölling hatte schon wieder ihren Likör beim Wickel, und Dietrich Kölling glaubte nunmehr, daß sie bloß seine Widerstandskraft testen wollte. Schon deshalb würdigte er die Flasche keines Blickes.

»Ziemlich kleine Wohnung«, sagte er lahm. »Zwei Mönchsklausen und eine Küche.«

»WC?«

»Natürlich. Mama, Berlin befindet sich noch vor dem Ural.«

»Aber die Menschen dort benehmen sich wie Asiaten«, verkündete Renate Kölling ihre tiefste Überzeugung.

»Nicht schlimmer als in Hannover.« Dietrich Kölling gähnte schamlos.

»Ich mach dir gleich Abendbrot«, sagte seine Mutter, »dann kannst du früh zu Bett gehen. Viel Schlaf tut dir gut.«

»Aber es ist noch nicht sechs«, protestierte Dietrich Kölling schwach und langte nach dem Telefon.

»Willst du Heide anrufen?«

»Nein, meine Kollegen.« Dietrich Kölling hob den Hörer ab und tippte die Rufnummer. Seine Mutter beobachtete ihn mißtrauisch, behielt aber für sich, was ihr so offenkundig ins Gesicht geschrieben stand.

Dietrich Köllings engster Mitarbeiter Becker war tatsächlich noch im Referat Delikte am Menschen in der Berliner Keithstraße und ging sofort an den Apparat. Nachdem er seit zwei Wochen nichts mehr von seinem Chef gehört hatte, überraschte ihn dessen Anruf doch etwas. Außerdem hatte er viel zu tun und keine Zeit für Plaudereien mit Kranken, die sich langweilen.

»Was Neues«, fragte Dietrich Kölling.

»Nein, nichts Wesentliches. Wir reiben uns immer noch an den Rentnerinnenmorden auf. Aber kein neues Opfer. Und keine heiße Spur. Routine, Chef. Zermürbende Routine. Und ein kleiner Mord in Ostberlin. Beschaffungsdelikt. Gestern begangen, heute aufgeklärt, morgen vergessen.«

»Geständnis?«

»Noch nicht. Der Kerl ist ein neunzehnjähriger Pole. In Berlin geboren allerdings. Verstockt bis zum Gehtnichtmehr, dabei hatte er noch Blut am Hemd.«

»Da haben Sie ja ein leichtes Spiel gehabt«, meinte Dietrich Kölling und rang mit seiner Lust, sich eine Zigarette anzuzünden.

»Wie man's nimmt. Außerdem geht mir seit einer guten Woche eine junge Frau auf den Geist. Ihr Freund ist in Tegel gestorben. Im Knast. Selbstmord, ich hab mir die Akten angesehen. Sie kreuzt aber jeden Tag hier auf und behauptet, er sei ermordet worden.«

»Wie kommt sie darauf?«

»Weil er bei ihrem letzten Besuchstag angekündigt hat, daß ihm jemand nach dem Leben trachtet. Damit hatte er ja recht, nur, er war es selbst. Der war paranoid, Chef, litt unter Verfolgungswahn. Das ist amtlich. Knastpsychose, das Übliche. Seine Freundin hat er angesteckt.«

»Und wie . . .«

»Auch nichts Besonderes. Hat sich erhängt. Erst pumpt er sich mit Drogen voll, dann kriegt er Depressionen und macht Schluß.«

Dietrich Kölling warf seiner Mutter einen raschen Blick zu. Renate Kölling tat so, als habe sie nur Augen und Ohren für das Fernsehprogramm, aber natürlich lauschte sie, und ihr Gesicht drückte noch immer größte Mißbilligung für den unverständigen Sohn aus.

»Drogen? Im Knast?«

Das war das Stichwort für Dietrich Köllings Mutter, und sofort schaute sie herüber.

»Ich fürchte«, sagte Becker, »die sind drinnen sogar leichter zu bekommen als draußen.«

»Wenn Sie meinen. Werden Sie etwas unternehmen?«

»Wozu? Und was? Der Kerl ist unter der Erde, die Staatsanwältin hat die Sache abgeschlossen. Selbst wenn ich wollte, könnte ich also nichts machen.«

Dietrich Kölling dachte eine Weile nach. Seine Mutter war unterdessen aufgestanden und zur Anrichte getreten. Sie zog eine Schublade auf und nahm ein paar Bogen Papier heraus.

»Das ging aber schnell«, sagte Dietrich Kölling schließlich. »Die Staatsanwaltschaft ist doch sonst eher zögerlich, wenn es darum geht, eine Leiche freizugeben. Ich meine, bei unnatürlichem Tod.«

»Tja«, sagte Becker gedehnt. »Vielleicht gilt Selbstmord mittlerweile als natürlicher Tod? Außerdem haben zwei Ärzte die Leiche untersucht. Der Knastarzt, der ja quasi der Hausarzt des Toten war und auch seine Psychose behandelt hat, und der Amtsarzt vor der Einäscherung. Da war nichts. Keine Spuren von Gewaltanwendung, wenn man mal von der Gewalt absieht, die der Kerl sich selbst angetan hat.«

»Einäscherung?« Auf Dietrich Köllings Stirn bildeten sich zwei steile Falten. »Warum denn das?«

»Warum denn nicht?« konterte Becker.

»Vertelefonier' nicht meine ganze Rente«, sagte Renate Kölling.

Dietrich Kölling beendete das Gespräch.

»Aber Mama«, sagte er, »Geiz ist ein ganz neuer Zug an dir. Ich meine, als Oberstudienrätin bekommst du doch eine anständige Pension. Und dann noch die Hinterbliebenenrente.«

»Was, bitte?« Renate Köllings Stimme wurde schrill. »Paß mal auf, du weltfremdes Kind. Erstens, deine liebenswürdige Heimatstadt hat mir die Witwenrente schon so weit gekürzt, daß es sich nicht lohnt, darüber ein Wort zu verlieren. Dem Hausbesitzer ist das aber ziemlich egal. Ich zahle jetzt doppelt so viel Miete wie damals, als du noch bei mir wohntest. Und die Hälfte dazugabst.«

»Mama, ich hab dir immer gesagt, du sollst deine Ersparnisse in eine Eigentumswohnung stecken.«

»Du bist mir ein richtiger Finanzberater.« Renate Kölling schenkte sich einen Likör ein. »Ersparnisse, daß ich nicht lache. Ich hab zweihunderttausend zugeschossen, damit sich deine Schwester das Haus kaufen kann. Oder denkst du, ich lasse zu, daß sich meine Kinder den Banken in den Rachen werfen? Denk an Großvaters Spruch, als Onkel Reinhard damals Bankrott machte. Nur Lumpen machen Schulden, hat er gesagt.«

»Das war in den dreißiger Jahren, Mama. Wie soll ich mich an eine Zeit erinnern, in der ich noch nicht gelebt habe. Ich höre diesen Spruch zum erstenmal.«

»Das ändert nichts an seinem Wahrheitsgehalt. Und nun komme zu mir.« Renate Kölling breitete das Papier vor sich aus und spitzte ihren Bleistift mit einem Küchenmesser. »Wir richten jetzt deine Wohnung ein.«

4

Anita Regorius fiel Becker schon wieder auf den Wecker. Da er die Wache angewiesen hatte, die junge Frau nicht mehr in das Dienstgebäude einzulassen, paßte sie ihn vor dem Haupteingang ab. Sie mußte mehrere Stunden im Regen auf ihn gewartet haben, denn sie sah aus, als wäre sie in vollständiger Kleidung baden gewesen. Becker stöhnte auf, als er sie sah.

»Herr Kommissar«, sagte sie.

»Ich bin kein Kommissar mehr, ich hab Feierabend«, sagte Becker.

Am für Polizeifahrzeuge reservierten Straßenrand hielt ein senfgelber Kadett. Becker erkannte seine Kollegin Blissow hinter dem Steuer und ging sofort auf den Wagen zu. Die Blissow, seit vier Wochen Oberkommissarin, kam von der Amtsanwaltschaft, und vielleicht fiel ihr etwas ein, wie er die lästige Frau abwimmeln konnte.

Die Oberkommissarin dachte nicht daran, ihm einen Tip zu geben. Stattdessen stocherte sie in einer seiner vielen Wunden.

»Mensch, Becker«, sagte sie, »kaufen Sie sich endlich einen Wagen. Ich möchte nicht durch den Regen zur nächsten U-Bahnstation laufen. Und dann die vielen nassen Leute, die stinken doch.«

Becker wirkte vollends deprimiert, und wahrscheinlich hielt ihn nur seine Familie davon ab, sich ebenfalls irgendwo aufzuknüpfen. Die Blissow grinste. Alle Männer, die sie kannte, hatten einen Fehler: Sie waren nicht in der Lage, eine Kaufentscheidung zu treffen. Dietrich Kölling lebte nach wie vor in einer unmöblierten Wohnung, und Becker wußte immer noch nicht, welcher Wagen zu ihm und seinem Geldbeutel paßte. Sein verkehrsuntüchtiger Fiat Uno war längst den Weg aller irdischen Güter gegangen und in einem Hochofen verschwunden. Seither beherrschte der Autokauf Beckers Leben. Becker wußte nur, was er nicht wollte; ein deutsches Auto war ihm zu spießig, ein japanisches lehnte er ab, weil ihm die Japaner zu expansionistisch waren, einen italienischen Wagen hatte er schon gehabt. Die Blissow hatte ihm zu einem Franzosen geraten, weil ein Franzose zu seinem intellektuellen Habitus passen würde. Becker war davon überzeugt, daß seine Kollegin ihn nur auf den Arm nehmen wollte. Einen intellektuellen Habitus hatte er an sich noch nicht bemerkt.

»Na, dann schönen Feierabend«, wünschte die Blissow und sah dabei nicht Becker, sondern Anita Regorius an.

»Können Sie nicht mal mit ihr . . . von Frau zu Frau?« Becker befand sich wirklich an seinem Tiefpunkt.

»Nee«, die Blissow schüttelte energisch den Kopf, »ich hab heute was vor. Was zwischen Frau und Mann.« Sie ließ Becker stehen wie einen begossenen Pudel und verschwand im Referatsgebäude.

»Ich könnte Sie ja nach Hause fahren«, schlug Anita Regorius vor.

Becker war verblüfft.

»Sie haben einen Wagen?«

»Ja.«

»Und dann stehen Sie im Regen herum?«

»Mir ist schon alles egal«, sagte Anita Regorius.

5

Becker probierte den Wein, den die Regorius bestellt hatte. Als sie in Tränen ausgebrochen war, war er weich geworden; der Trick klappte bei ihm immer. Nun saß er mit der jungen Frau in einem Restaurant auf dem Kudamm und war gewärtig, sich zum wiederholten Male ihre Geschichte anhören zu müssen, die die Geschichte einer Wahnsinnigen war. Es war an der Zeit, den Polizeidienst hinzuschmeißen und sich mit einer anständigen Arbeit über Wasser zu halten. Dazu mußte sich Becker jedoch erst einmal die Frage beantworten, zu welcher anständigen Arbeit er in der Lage war. In der DDR hatte er zwar vor seiner Ausbildung zum Polizisten den Beruf eines Rinderzüchters erlernt, aber Rinderzüchter wurden kaum mehr gebraucht.

»Wie alt sind Sie eigentlich?« wollte Anita Regorius plötzlich wissen.

»Ich? Wieso?«

»Weil Sie erstaunlich jung wirken.«

Becker wurde rot bis an die Haarwurzeln. Daß die Frau, die gerade ihren Freund verloren hatte, ihm ein Kompliment machte, war ihm ausgesprochen peinlich.

»Siebenunddreißig«, sagte er leise.

»Verheiratet?«

»Allerdings. Seit zwölf Jahren. Kinder hab ich auch. Zwei. Ein Mädchen von zehn und einen Jungen von sieben Jahren.«

»Dann sind Sie also ein ganz normaler Mann«, stellte die Regorius fest.

»Warum sollte ich nicht?«

»Weil Sie Bulle sind. Und ich halte Bullen für das Perverseste, was es gibt. Hören Sie, Ihre Kollegen haben Martin aus dem Bett weg verhaftet. Aus meinem Bett. Sie können sich nicht vorstellen, mit welchen Bemerkungen sie ihre Aktion begleitet haben.«

Becker konnte es sich vorstellen, aber er sagte nichts.

»Sie sind anders«, meinte die Regorius.

»Hören Sie auf mit diesen Lügen. Die Masche verfängt bei mir nicht. Nicht einmal mit Liebesschwüren werden Sie mich herumkriegen. Ihr Freund Martin ist nicht ermordet worden, und dabei bleibt es.«

»Sie wissen doch, daß es in Tegel bereits öfter Morde gegeben hat?«

»Natürlich weiß ich das. Aber es gab auch Selbstmorde, und zwar viel mehr.«

»Und es macht Sie nicht stutzig, daß Martin erst im Knast zu Drogen gekommen ist? Vorher war er nämlich clean. Gekifft hat er manchmal, aber nur zu besonderen Anlässen. Bei Parties zum Beispiel.«

Becker nippte von seinem Wein. Anita Regorius hatte ihre Hand so auf den Tisch gelegt, daß sie jederzeit wie unabsichtlich seinen Arm berühren konnte. Allmählich begann Becker, sie und ihre Spielchen zu hassen.

»Wie lange waren sie mit Martin zusammen?« fragte er und zwang sich zur Sachlichkeit.

»Zweieinhalb Jahre.«

»Und da haben Sie nicht mitbekommen, daß sich Ihr Freund seinen Lebensunterhalt durch Einbrüche verdiente?«

»Wie sollte ich? Offiziell hat er ja nachts im Urban-Krankenhaus gejobt. Aber er hat weniger Schichten gemacht, als er mir erzählt hatte. Sie verstehen schon.«

»Noch eine letzte Frage, Frau Regorius.«

»Wieso letzte? Der Abend beginnt doch erst.«

Becker warf einen Zwanzigmarkschein auf den Tisch.

»Haben Sie das Heroin in den Knast geschmuggelt?«

Anita Regorius antwortete nicht. Sie starrte Becker nur entgeistert an.

»Haben Sie?« Becker stand auf.

»Sie sind ein Schwein«, sagte Anita laut.

»Genau. Und das Schwein sagt Ihnen jetzt ein für allemal Adieu. Falls Sie das Schwein nicht ab sofort in Frieden Schwein sein lassen, gibt es den Betäubungsmittelnfahndern einen kollegialen Hinweis. Dann, Frau Regorius, können Sie sich frischmachen.«

6

Unter dem Vorwand, sich noch einmal alle Pläne anschauen zu wollen, die seine Mutter für die Wohnung in Zehlendorf entworfen hatte, war Dietrich Kölling im Wohnzimmer sitzen geblieben, als die Mutter zu Bett gegangen war. Mit pädagogischer Akribie hatte Renate Kölling sieben Blätter Millimeterpapier mit allen nur denkbaren Möblierungsvarianten vollgezeichnet, dabei war sie keine Mathematiklehrerin gewesen, sondern hatte Deutsch und Latein unterrichtet. Ihrer Leidenschaft für das Nibelungenlied verdankte Dietrich Kölling seinen Namen. Dietrich von Bern war sein Namenspatron.

Vor einer Viertelstunde war Renate Kölling im Schlafzimmer verschwunden, und der ungehorsame Sohn wagte es endlich, am offenen Fenster zu rauchen. Er machte ein paar hastige Züge, dann warf er die Zigarette in den Vorgarten, ließ das Fenster aber noch eine Zeitlang geöffnet. Sein Herz wehrte sich nicht. Um ein Knarren der Dielen zu vermeiden, schlich Dietrich Kölling auf Zehenspitzen zum Telefon, rief die Zugauskunft an und ließ sich alle Verbindungen nach Berlin heraussuchen. Hannover erdrückte ihn, Berlin erdrückte ihn auch. Trotzdem war es ihm tausendmal lieber, seine Stunden allein in einer unmöblierten Wohnung zu verbringen, als in dem Museum, zu dem die Räume seiner Mutter nun einmal geworden waren. Obwohl es auf Mitternacht zuging, wählte Dietrich Kölling noch einmal die Nummer seiner Kollegen. Wider Erwarten war Becker noch da.

»Das riecht ja verdammt nach einer frischen Leiche«, meinte er.

»Nix da«, sagte Becker, »ich bin bloß ein ungewöhnlicher Polizist. Anders als die anderen.«

»Erklären Sie mir diesen Anfall von Selbstüberschätzung?«

»Anfälle kann man nicht erklären. Wahrscheinlich eine frühkindliche Störung. Eine Art infantiler Gerechtigkeitssinn, der mir einfach nicht auszutreiben ist. Von einer jungen Frau forciert, die eine polizeiliche Untersuchung erbumsen will.«

»Becker, Sie haben einen Knall«, sagte Dietrich Kölling. »Aber ich komme morgen und heile Sie.«

»Fragt sich, wer hier den Knall hat«, entgegnete Becker frech. »Obwohl ich damit gerechnet habe, daß Sie es ohne Mörderjagd nicht aushalten.«

»Was treiben Sie denn zu dieser Schlafstunde auf Arbeit?« wollte Dietrich Kölling wissen.

»Nichts Besonderes. Ich studiere Biografien.«

»Von Napoleon, nehme ich an. Sie halten sich doch für Napoleon?«

»Fahrkarte, Chef. Ich beschäftige mich mit der Lebensgeschichte von Staatsanwälten.«

Dietrich Kölling schwieg verdutzt. Dann hatte er eine vage Erleuchtung.

»Wenn ich die Mehrzahl von Knall wüßte, könnte ich Ihnen sagen, was Sie haben.«

»Knälle? Oder Knalls? Aber Sie glauben gar nicht, wie langweilig das Leben von Staatsanwälten ist. Wirklich was zum Einschlafen.«

»Dann lassen Sie den Quatsch und gehen Sie ins Bett.«

»Nee, denn auch im ödesten Leben gibt es kleine Höhepunkte. Und nun stellen Sie sich bitte zwei Sachen vor. Was bedeutet ein Mord in einer Vollzugsanstalt für unsere Justizsenatorin? Na, was?«

Dietrich Kölling zuckte die Achseln. »Ärger wahrscheinlich.«

»Ärger ist gut. Ich sag's Ihnen. Anfragen von der Opposition im Abgeordnetenhaus, Krach mit dem Koalitionspartner, eine noch schlechtere Presse, als die Frau wegen der ständigen Knastausbrüche ohnehin schon hat. Von links wird sie angepinkelt, weil ein Mord im Strafvollzug beweist, daß Knast überhaupt, und von rechts wird sie angepinkelt, weil ein Mord im Knast beweist, daß der liberale Strafvollzug Scheiße ist. Kurz gesagt, bei einem Mord in Tegel würde sich die Frau ganz schön naß machen.«

»Ich ahne was«, sagte Dietrich Kölling, der gespannt war wie ein Flitzbogen. »Ich ahne, daß Sie mit Ihrem Job spielen. Und das wegen einer schönen Frau.«

»Eine schöne Frau hab ich zu Hause. Aber Sie sollten sich noch was Zweites vorstellen.«

»Ja, gut, aber ungern.«

»Na, dann stellen Sie sich mal vor, die Staatsanwältin, die die Leichensache Tegel bearbeitet hat, das ist eine Busenfreundin von Frau Senator.«

Dietrich Kölling nahm den Frühzug.

Zweites Kapitel

1

Als Dietrich Kölling gegen halb elf das Referat Delikte am Menschen betrat, wußte er, daß er von jetzt an nur noch Fehler machen würde. Natürlich stand ihm frei, während seiner Krankschreibung den Kollegen einen Besuch abzustatten, aber niemand hätte Verständnis dafür, wenn er sich in Ermittlungen einmischte, die offiziell gar nicht geführt wurden. Vielleicht wurde aber auch nicht alles so heiß gegessen, wie es gekocht wurde; nach reiflicher Überlegung schmeckte ihm Beckers Verschwörungstheorie doch zu sehr nach einem französischen Politthriller.

Becker war nicht an seinem Arbeitsplatz, die Oberkommissarin Blissow traf Dietrich Kölling jedoch an. Sie rekelte sich in ihrem Schreibtischsessel, hatte die Beine auf den Tisch gelegt und schmökerte in einer Akte.

»Na, Chef?« fragte sie. »Aus der Versenkung wieder aufgetaucht?« Offenbar nahm sie ihm nicht mehr übel, daß Dietrich Kölling sie im volltrunkenen Zustand ziemlich schwer beleidigt hatte. Am darauffolgenden Tag hatte sich sein Herz zum erstenmal zu Wort gemeldet, wahrscheinlich schob sie seinen Ausrutscher auf die Erkrankung.

»Wo ist Becker?«

»Ach, der.« Die Blissow winkte ab und gähnte herzhaft.

»Und wo ist er nun?«

»Ich weiß es nicht. Müßte sich aber im Sekretariat abgemeldet haben.«

Dietrich Kölling zeigte auf die Akte, die die Blissow auf ihren Oberschenkeln abgelegt hatte. »Spannend?«

»Nö. Siebte Vernehmung eines durch eindeutige Spurenbeweise überführten Täters. Der denkt wohl, daß ihm nichts passieren kann, wenn er die Augen einfach zumacht. Ich versuch's heute noch mal mit ihm, dann schreibe ich so oder so den Abschlußbericht. Der Junge wird verknackt, und wenn er bis ans Ende seiner Tage schweigt. Ein Amateur.«

»Womit befaßt sich Becker gerade?«

»Immer noch die Rentnerinnen. Die SoKo ist aufgelöst, die Sache liegt wieder bei uns. Na, bis die Mörder erneut zuschlagen, kriegen wir sowieso nichts mehr raus. Sie wissen ja, die Mordkommissionen sind der Stolz der Polizei. Über neunzig Prozent Aufklärungsquote. Einer muß sich ja auch mal um die Erfüllung der zehn Prozent kümmern, die übrigbleiben, stimmt's?«

Dietrich Kölling hielt die Hand auf, die Blissow warf ihm die Akte zu. Einen Augenblick blätterte Dietrich Kölling in den Papieren, gab sie dann zurück.

»Wußten Sie, Frau Blissow, daß wir so erfolgreich sind, weil die meisten Tötungsverbrechen gar nicht als Tötungsverbrechen erkannt werden?«

»Bitte, jetzt fangen Sie nicht auch noch damit an.« Die Blissow nahm die Beine vom Tisch.

»Womit?«

»Becker hat doch mit Ihnen telefoniert, nicht wahr? Und der ist völlig durchgedreht. Wegen dieser Frau Regorius, die hat ihm eine Laus in den Pelz gesetzt. Unser lieber Kommissar hat aber schon ein paar Dämpfer bekommen.«

»Ach?« Dietrich Kölling beugte sich ein wenig vor.

»Und wie. Er wollte sich die Akte Teske kommen lassen. Aber er kriegt sie nicht mehr.«

»Wer ist Teske?«

»Der Selbstmörder. Der Selbstmörder vom Tegler Knast.«

»Wo ist die Akte?«

»Staatsanwaltschaft. Landgericht. Archiviert. Das Verfahren ist eingestellt, und kein Mensch weiß, warum man die Akte rausgeben soll. Becker hat viel zuwenig Phantasie, dem fällt nichts ein, wie er trotzdem an das Ding rankommen kann.«

»Aber Sie haben offenbar eine Idee.«

»Klar hab ich die«, sagte die Blissow selbstgefällig und schob sich in Zeitlupe aus ihrem Sessel. »Eine richtige Oberkommissarsidee.«

»Lassen Sie die raus?«

»Wozu? Ist doch alles Schwachsinn. Eine paranoide Fixierung, die sich auf unseren unglücklichen Kollegen übertragen hat.«

Dietrich Kölling nickte. Da er dem Zugriff seiner Mutter entzogen war, steckte er sich seelenruhig eine Zigarette an.

»Sie haben sicher recht«, sagte er nach den ersten Zügen. »Aber aus spielerischen Gründen könnten Sie doch den Deckel lüpfen.«

»Okay.«

Dietrich Kölling schaute die Blissow von unten an. Aus dieser Perspektive sah es aus, als wäre sie es, die sich einbildete, Napoleon zu sein.

»Folgendes.« Die Blissow stemmte ihre Fäuste in die Hüften. »Zuerst soll sich die Regorius einen mutigen und guten Anwalt nehmen. Dann muß sie eine Gazette finden, der sie die Mordstory derart glaubhaft auftischt, daß die sie bringen. Auf diese Weise kriegt sie mit Sicherheit eine Verleumdungsklage an den Hals. Vielleicht kommt der Anwalt dann an die Akte.«

»Bißchen um die Ecke gedacht, aber nicht schlecht«, sagte Dietrich Kölling anerkennend. »Nur . . .«

»Nur?«

»Ich bin krank. Mich geht das alles gar nichts an.«

2

Becker ging seit einer geschlagenen Stunde in der Seidelstraße spazieren und wußte weder, warum er sich auf diesen Scheißkram eingelassen hatte, noch was er hier draußen suchte. Immer, wenn er die Pforte passierte, zögerte er. Natürlich konnte er sich mit seinem Dienstausweis und einem Vorwand Zugang verschaffen; jemand von der Vollzugsleitung würde ihn in Empfang nehmen, dem Kollegen von der Mordkommission einen dünnen Kaffee anbieten und ihm die Frage stellen, die er nicht beantworten konnte.

Dennoch war der Spaziergang an der Mauer des Tegler Gefängnisses nützlich; Becker konnte in Ruhe über seinen Autokauf nachdenken. Daß die Blissow ihm ein französisches Fabrikat vorgeschlagen hatte, ging ihm nicht mehr aus dem Kopf. Der Citroen hatte immerhin seine Jugend begleitet; in einem sächsischen Dorf aufgewachsen, in dem man das Westfernsehen empfangen konnte, hatte er nicht nur alle Teile von *Fantomas* gesehen, sondern auch jede Wiederholung. *Fantomas* war oft wiederholt worden. Plötzlich fiel Becker ein, daß er die Filme eigentlich stets im DDR-Fernsehen verfolgt hatte. Worum es in ihnen gegangen war, wußte er nicht mehr, aber das Auto, dessen Chassis sich durch unbekannte Kräfte heben und senken ließ, das hatte sich im eingeprägt. Becker blieb stehen. Zwei Männer kamen auf ihn zu. An ihrer lappigen und altmodischen Kleidung erkannte er sofort die Justizvollzugsbeamten. Er selbst war kein modebewußter Mensch, aber die Knastbullen sahen allesamt aus, wie die Mitarbeiter einer Kreisdienststelle für Staatssicherheit irgendwo in der ostdeutschen Provinz ehedem ausgesehen hatten.

Einen Moment lang musterten ihn die beiden Männer mißtrauisch aus den Augenwinkeln. Die tiefen Kerben um ihre Mundwinkel verrieten ihm, daß sie sich für überarbeitet und unterbezahlt hielten. Wahrscheinlich waren sie Stimmvieh der Deutschen Angestelltengewerkschaft. Becker war in der Gewerkschaft der Polizei. Die Gewerkschaft der Polizei war schon deshalb etwas Besseres, weil ihre Führer ständig in den Zeitungen zitiert wurden. Wenn der Polizeipräsident furzte, furzte auch der GdP-Chef. Die Angestelltengewerkschaft schwieg immer, so daß man sie entweder für vornehm oder für sprachgestört halten konnte. Ein Kripobeamter wie Becker neigte der Theorie der Sprachstörung zu.

Aber nicht nur Becker und die Vollzugsbeamten befanden sich an der Pforte, auch ein junger, langhaariger Mann lungerte herum. Es war offensichtlich, daß er nur durch den Besuchereingang Zutritt erlangen konnte. Als die Vollzugsbeamten dies registrierten, wurden sie ein paar Zentimeter größer. Sie durften den Personaleingang benutzen. Becker ekelte sich. Wenn er das Referat Delikte am Menschen betrat und ein Vorgeladener in der Nähe war, verhielt er sich ebenso. Aber er wußte es.

3

An dem Internisten Doktor Schubert war alles grau: das Haupthaar, der auf Millimeterlänge gestutzte Vollbart und der Teint, soweit der Bart ihn nicht verbarg. Die dunklen Augenringe verliehen ihm das Aussehen eines hart schuftenden, magenkranken Alkoholikers, was Dietrich Kölling darauf zurückführte, daß es einen Medizinmann auszehrte, wenn er Patienten aller Kassen und Privatpatienten gleichermaßen behandelte. Seit einer geschlagenen Stunde saß Dietrich

Kölling im Wartezimmer und konnte seine Wut nur an sich selbst abreagieren, weil er diese Warterei verursacht hatte. Ein Patient ohne Termin wurde eben erst nach den bestellten empfangen. Dietrich Kölling fühlte sich nicht mehr als Patient. Menschen mit schrecklichen Leiden hatten ihn in der verflossenen Stunde umgeben, Viertelmägen, Fettlebern, Gallensteine. Ein neurotisch hüpfendes Herz war daneben keine Krankheit, sondern ein Luxus.

Dietrich Kölling überflog zum zweitenmal eine Aufforderung zu gründlicher Zahnpflege, die er sich von einem Beistelltisch geklaubt hatte, und dachte über seine Krampfadern nach. Über den Lautsprecher wurde ein Halbtoter um den anderen ins Ordinationszimmer gerufen; keiner kehrte zurück. Dietrich Kölling fragte sich, ob es zwischen seinen Herzrhythmustörungen und den Krampfadern einen Zusammenhang gab. Womöglich hatte er Arteriosklerose, wie sie unter starken Rauchern ja verbreitet war. Aber die Ärzte im Krankenhaus und auch Doktor Schubert hatten eine organische Ursache für sein Herzleiden ausgeschlossen. Arteriosklerose konnte er trotzdem haben. Oder es kam von den Zähnen. Schlechte Zähne griffen die Pumpe an. Und tatsächlich, unvermittelt begann Dietrich Köllings Kauapparat zu schmerzen.

»Herr Hauptkommissar Kölling, bitte.« Der Lautsprecher schnarrte.

In dem Warteraum befanden sich noch drei Menschen mit Terminen, eine knochige Frau von Mitte sechzig, ein Jugendlicher mit gelber Gesichtshaut und ein vollbärtiger Altachtundsechziger in gehobener Stellung. Dietrich Kölling errötete, weil sie ihn alle anstarrten. Da hatten sie also kostbare Lebenszeit gemeinsam mit einem alten Zivilbullen verbracht, und nun verglichen sie ihn wohl mit den Polizisten aus dem Fernsehen. Dietrich Kölling schüttelte den Kopf.

»Ich bin bei der Post«, sagte er tapfer.

Der gelbe Jüngling und die Alte wandten sich enttäuscht dem Nichtstun zu. Nur der Bärtige blieb aufmerksam.

»Bei der Post gibt es keine Kommissare«, rief er Dietrich Kölling hinterher.

Doktor Schubert wusch sich die Hände. Es war das drittemal, da Dietrich Kölling bei ihm aufkreuzte, und immer hatte sich Doktor Schubert die Hände gewaschen. Dietrich Kölling begriff diesen

Reinlichkeitsfimmel nicht, schließlich behandelte ein Internist keine übertragbaren Krankheiten, und es war einfach schauderhaft, eine kalte, feuchte Pranke entgegengestreckt zu bekommen. Dietrich Kölling bekam eine kalte, feuchte Pranke entgegengestreckt. Als höflicher Mensch nahm er sie in Empfang und zuckte zusammen.

»Sie sind doch noch gar nicht fällig, Herr Kölling«, meinte der Arzt. »Oder haben sich die Beschwerden verstärkt?«

»Der Genesungsurlaub bekommt mir nicht.«

»Was?« Doktor Schubert setzte eine Leidensmiene auf; man hätte sein Gesicht mit tiefschwarzer Farbe bedrucken und trotzdem die Schrift nicht lesen können, so grau war es jetzt. »Wie darf ich das verstehen? Bekommt Ihnen nicht?«

»Ich will wieder arbeiten.«

»Ausgeschlossen. Vollkommen ausgeschlossen. Mindestens drei, vier Wochen dürfen Sie an Arbeit nicht einmal denken.«

»Dann nehmen Sie mir das Gehirn raus«, verlangte Dietrich Kölling und setzte sich sprungbereit auf eine Stuhlkante. »Ich komme mir vor wie ein Tiger im Käfig.«

Doktor Schubert zückte seinen Staedtler. Die Goldfeder des Füllhalters blitzte wie die Zähne eines Zuhälters.

»Ich schreib Ihnen ein Beruhigungsmittel auf«, sagte er entschieden. »Ein harmloses, aber wirksames. Bißchen was mit Hopfen und Baldrian. Etwas Natürliches, ja?«

»Baldrian? Soll ich Straßenkatzen ködern?«

Doktor Schubert lachte. Das Grau blieb.

»Ich verstehe«, sagte er, nachdem er sein Lachen abgewürgt hatte, »Ihre Kollegen haben einen kniffligen Fall zu beackern, und Sie als Chef drückt das Gefühl der großen Verantwortung, die Sie momentan nicht wahrnehmen können.«

»Quatsch, die haben bloß Routinesachen. Aber ich will an meinen Schreibtisch. Bitte, nur ein wenig leichte Büroarbeit. Über Tatortfotos dösen, in Berichten über die letzten Lebensstunden erdrosselter Frauen schmökern.«

»Sie sind ja ein Sadist.« Das Entsetzen des Mediziners war gespielt.

Dietrich Kölling nahm das Stichwort auf.

»Genau. Und was macht einen Sadisten krank und unglücklich? Wenn er seiner Leidenschaft nicht frönen kann. Also schreiben Sie mich gesund.«

»Ich kann das nicht zulassen. Nein, Sie bleiben zu Hause.«

»Wenn ich darauf bestehe?«

Doktor Schubert schraubte den Füllhalter wieder zu. Das war Antwort genug.

»Ich bestehe darauf.«

»Nein«, sagte der Arzt, »denn sollten Sie einen Rückfall bekommen, wird man mich fragen.«

»Ich unterschreibe Ihnen einen Wisch, der Sie aus der Verantwortung entläßt.« Dietrich Kölling stand kerzengerade und schnaubte.

»Ein Wisch kann mich nicht aus meiner Verantwortung entlassen. Nicht aus meiner Verantwortung vor Gott.«

»Wie?«

»Ja.«

»Sie katholisches Arschloch«, brüllte Dietrich Kölling den Arzt an, beugte sich vor und nahm blitzschnell die Krankenakte vom Schreibtisch, »Sie können mich mal. Ich bin ein selbständiger Mensch.« Das bewies er, indem er die Akte zerriß.

4

Daß Dietrich Kölling und Becker unter quasi konspirativen Bedingungen in einer Kneipe zusammentrafen, war eigentlich nicht mehr notwendig. Dietrich Kölling war bei seinem dritten Bier, als Becker eintraf. Zufrieden schaute er dem Kommissar entgegen.

»Wie geht's?« fragte Becker und setzte sich.

»Blendend.«

»Und was begießen Sie?«

»Meine Gesundschreibung.« Dietrich Kölling hatte den Internisten mit handfesten Argumenten doch noch überzeugen können. Die vorsorgliche Sprechstundenhilfe hatte ihrem Chef nicht nur Dietrich Köllings Akte, sondern auch die Akten der wartenden Patienten auf den Tisch gelegt, und als Dietrich Kölling sich anschickte, auch bei diesen Papieren den Reißwolf zu spielen, hatte Doktor Schubert klein beigegeben. Zwar hatte sich Dietrich Kölling damit der Nötigung schuldig gemacht, aber ein Arzt war schließlich kein Advokat und kannte höchstens die Paragraphen der Abrechnungsordnung.

Trotzdem hatte Dietrich Kölling vorgebaut und versprochen, sich als Gegenleistung für Schuberts Nachsicht regelmäßig teure Medikamente verschreiben zu lassen, ein Gott offenbar wohlgefälliges Werk. Nun hatte er ein Rezept in der Tasche, das seine Krankenkasse an den Rand des Ruins treiben würde, aber seine Krankenkasse war Dietrich Kölling piepegal. Mit Wonne würde er das Rezept einlösen und die Arzneien sogar aufbewahren; schließlich konnte auch er in die Verlegenheit kommen, ein besonders widerliches Exemplar der Gattung Mensch ausradieren zu müssen.

»Und eine Überweisung zur Physiotherapie habe ich auch bekommen«, erklärte Dietrich Kölling stolz. »Was für ein Zufall aber auch, daß Schuberts Schwiegertochter in Reizstrom und Massage macht.«

»Täusche ich mich? Oder wußten Sie das nicht schon alles vor Ihrem Auftritt?«

Dietrich Kölling strahlte.

»Klar wußte ich das. Im Krankenhaus ging es mir ja wirklich dreckig. Und als ich in die ambulante Weiterbehandlung entlassen wurde, habe ich mir einen Arzt gesucht, mit dessen Umfeld wir mal von Berufs wegen zu tun hatten. Nicht unser Referat, aber die Leute von der Wirtschaft. Alles klar? Wie gesagt, mir ging es miserabel, und da dachte ich mir, geh zu einem Doktor, der Respekt vor Bullen hat und dich so lange krankschreibt, wie du willst.«

»Moment.« Becker orderte zwei Bier. »Wenn dieser Schumann Respekt vor Ihnen gehabt hätte, da hätte er sich nicht so geziert.«

»Schubert. Nee, Becker, nee, nee. Der hatte Angst. Angst vor dem kleinsten Fehler. Und diese Angst muß er haben. Deshalb spielt er den fürsorglichen Christen. Aber was soll's, ich hab profitiert, er wird profitieren, also Schluß mit der Vorstellung. Jetzt sind Sie dran.«

»Womit?«

Dietrich Kölling lächelte nur.

»Ach, so«, sagte Becker langsam. »Bei den toten Rentnerinnen gibt es leider keine Fortschritte.«

»Nein? Schade.« Dietrich Kölling hielt zwei Finger in die Höhe. Der Wirt warf einen skeptischen Blick auf die gefüllten Biergläser. »Dimple«, erklärte Dietrich Kölling. »Doppelte.« Dann war er wieder für Becker da. »Ja«, meinte er betrübt, »da reißen Sie sich den Arsch auf, und es gibt keine Fortschritte. Traurig, wirklich traurig.«

Becker schaute sich interessiert in der Kneipe um. Er musterte die Menschen an den Nebentischen, betrachtete die in Holz gebrannten Spruchweisheiten, die der Wirt über seinem Tresen befestigt hatte, und studierte ausgiebig die Toilettenschilder. Dietrich Kölling faßte sich in Geduld. Seine Aufmerksamkeit galt ausschließlich der Blume auf seinem Pilsner.

»Teske?« fragte Becker schließlich. Dietrich Kölling nickte der Blume zu.

»Die Regorius hat gelogen«, sagte Becker. »Teske ist nicht im Knast auf die Droge gekommen, im Gegenteil. Er war vorher süchtig. Im Knast hat er eine Therapie gemacht, erfolgreich, heißt es. War ein sehr anstelliger Gefangener. Sehr ruhig und ein bißchen depressiv.«

»Woher wissen Sie das?«

»Vom OK. Sitzen ja bei uns im Haus, war nur ein kleiner Weg.«

»Dienstweg?«

»Nein, Plauderei.«

Dietrich Kölling schlürfte sein Bier.

»Seit wann befassen sich unsere Rauschgiftfahnder eigentlich mit den Therapieerfolgen im Strafvollzug?« fragte er hinterhältig. »Haben sie den Kampf gegen das organisierte Verbrechen zugunsten der Sozialarbeit aufgegeben?«

Becker antwortete nicht.

»Seltsam, Becker. Sie ermitteln ohne Auftrag«, stellte Dietrich Kölling fest, »und vorgestern waren Sie noch von der Selbstmordversion überzeugt.«

»Erstens, ich ermittle nicht, ich höre mich um. Bei Teskes Kumpels etwa und bei Haftentlassenen, die auf seiner Station waren. Zweitens, ich bin immer noch vom Selbstmord überzeugt. Nur, warum hat Anita Regorius mich angelogen? Erst macht sie ein Riesentrara, damit ich eine Anzeige wegen Mordes aufnehme, und dann erzählt sie mir Scheiße. Das weckt eben meinen Ehrgeiz.«

»Mögen Sie die Frau?«

»Kein Kommentar.«

»Mögen Sie noch ein Bier?«

Obwohl Becker abwinkte, bestellte Dietrich Kölling noch zwei. Sie kamen rasch, und die beiden Beamten bekamen eine Gelegenheit, ihr Schweigen durch Trinken zu rechtfertigen.

»Aber«, sagte Dietrich Kölling im Frageton, »als sich Teske aufknüpfte, stand er voll im Stoff.«

»Das behauptet jedenfalls der Leichenbeschauer.«

»Wer hat denn die Leiche beschaut?«

»Der Knastdoktor. Später der Amtsarzt. Aber das ist Routine. Sie wissen ja, jede Leiche wird vor der Bestattung oder Einäscherung noch einmal untersucht. Nur äußerlich allerdings.«

»Keine Obduktion?«

»Die Staatsanwältin hat keine beantragt.«

»Polizeiliche Ermittlungen?«

»Ja, vom Leichenkommissariat der Direktion eins. Scheint aber bloß ein Kurzbesuch gewesen zu sein. Eindeutige Fundsituation. Ein lebensmüder Knacki, der Schluß gemacht hat. Deshalb hat uns keiner geholt.«

»Unter diesen Bedingungen«, begann Dietrich Kölling und legte eine bedeutungsschwere Pause ein, während er aus den Augenwinkeln den Kellner beobachtete.

»Was ist unter diesen Bedingungen?«

»Wie kommt eigentlich Stoff in den Knast?«

»Mein Gott«, Becker sah seinen Chef skeptisch an, »so ein liberaler Strafvollzug ist eben mehr Taubenschlag, als man sich das gemeinhin vorstellt. Da ist immer ein Kommen und Gehen: Besucher, Lieferanten, Zivilangestellte, Vollzugsgelockerte, Freigänger und dergleichen. Sie wissen doch, in Kasernen ist Alkohol verboten, und trotzdem wird gekübelt. Es gibt immer einen Weg. Man kann nicht bei jedem eine Leibesvisitation machen.«

»Aber man braucht doch mehr. Ein Spritzbesteck zum Beispiel.«

Becker zuckte die Schultern. Dietrich Kölling winkte nach vier Centilitern *Dimple.* »Wenn Sie davon Kenntnis haben«, meinte er, »dann sind doch auch die Rauschgiftleute informiert.«

»Natürlich.«

»Was ist daran natürlich?«

»Passen Sie auf, was den Knast betrifft, haben alle nur ein Interesse: daß die Dinge ihren sozialistischen Gang gehen.«

»Na, das wohl kaum.«

»Wenn die Häftlinge sich volldröhnen und dann ruhig sind, warum sollte man sich darüber aufregen? Die Knackis fliegen über die Mauern, das Personal hat seinen Frieden.«

»Ich finde«, sagte Dietrich Kölling und stürzte den Whisky in einem Zug hinunter, »das ist alles sehr kurzsichtig. Kriegt so ein Junkie seine Psychose, ist es mit dem Frieden vorbei.«

»Haben die Therapeuten auch was davon. Wenn alle die Zwecklosigkeit der Drogenbekämpfung eingesehen haben, dann ist ein Stillhalteabkommen doch das Beste.«

»Eben.« Dietrich Kölling zückte sein Portemonnaie. »Und unter diesen Bedingungen«, setzte er seinen vor einiger Zeit begonnenen Satz endlich fort, »lassen Sie die Finger davon. Wir sind Ordnungshüter. Wir erhalten die Ordnung und stören sie nicht.«

5

Dietrich Kölling hatte einen Berg von Akten vor sich. Als Becker und die Blissow sein Zimmer betraten, warf er rasch eine Zeitung darüber, ein mehr als halbherziger Versuch, etwas zu verbergen, denn erst dadurch weckte er die Neugierde seiner Kollegen.

»Haben Sie eine Staatsschutzsache zu laufen?« erkundigte sich die Blissow spöttisch. Dietrich Kölling kratzte sich beschämt am Kopf, während Becker die Zeitung vom Tisch nahm.

»Aha«, sagte er, nachdem er einen Blick auf die oberste Akte geworfen hatte, »Sie beschäftigen sich mit Haftsachen.«

»Quatsch.« Dietrich Kölling fingerte eine Zigarette heraus. »Ich schaue mir bloß ein paar Fälle an. Delikte an alten Menschen.«

Als Becker nach der Akte griff, lief Dietrich Kölling rot an. Er war dermaßen verlegen, daß er seine Zigarette erst beim dritten Versuch in Brand setzen konnte.

»Das Ermittlungsverfahren wegen Tötung zum Nachteil von Paul Hagedorn«, erklärte Becker der Blissow. »Komisch. Das war ein Knabenmord.«

»Ja, verdammt.«

»Vielleicht hören Sie beide auf, mir Theater vorzuspielen«, sagte die Blissow. »Der Mörder von Paul Hagedorn sitzt in Tegel, nicht? Tegel, Chef. Und hier.« Die Oberkommissarin war ebenfalls an den Tisch getreten und zog eine weitere Akte aus dem Stapel. »Wollen wir doch mal schauen. Ach, die Sache mit den Pennermorden. Oh, das sind ja Zufälle. Die Täter sitzen auch in Tegel ein.«

Dietrich Kölling gab auf.

»Also gut. Ich lege ein Geständnis ab. Ja, ich suche einen Vorwand, den einen oder anderen Knacki zu vernehmen. Und ich schwöre, daß ich wirklich nach Typen Ausschau halte, die irgendwas mit Greisen zu tun hatten. In dieser Richtung ermitteln wir schließlich wirklich.«

»Kapiert«, sagte die Blissow nur.

»Was wollen Sie denn noch? Gut, ich habe mir Beckers Privatscheiß zu eigen gemacht. Er hat mich angesteckt.«

»Und was kann ich tun?« wollte die Blissow wissen. Becker und Dietrich Kölling starrten sie entgeistert an. »Ich könnte mir die Regorius noch einmal vornehmen«, schlug die Oberkommissarin vor.

»Unter keinen Umständen.« Dietrich Kölling zwinkerte Becker zu. »Das erledige ich.«

6

Die Blissow wartete seit einer Viertelstunde in der Schleuse der Justizvollzugsanstalt Tegel auf Doktor Jonathan Peukert. Zuerst hatten die Beamten hinter ihren Panzerglasscheiben die Oberkommissarin vollkommen ignoriert, aber mittlerweile zeigten sie ein überdeutliches Interesse an der Anwesenheit einer Frau.

Vielleicht kamen ihnen Zweifel an der Legende, die die Blissow ihnen mit der Behauptung aufgetischt hatte, sie sei mit dem Leiter der Krankenstation verabredet. Ihre Skepsis würde neue Nahrung bekommen, wenn Peukert endlich auftauchte, denn er würde die Blissow nicht erkennen. Die Oberkommissarin studierte zum drittenmal die Tafel, die jedem Besucher eine Ordnungsstrafe androhte für den Fall, daß er beim Schmuggel von Geld, Nachrichten oder Nahrungsmitteln erwischt würde. Es war ihr allerdings nicht unangenehm, das Mißtrauen der Vollzugsangestellten zu wecken, schließlich spekulierte sie darauf, daß man Peukert auf sie aufmerksam machte.

Die innere Schleusentür wurde geöffnet, und die Blissow wandte den Kopf zur Seite. Es war aber nur eine Frau, die an die Wache trat, einen Schlüsselbund abgab, sich nickend verabschiedete und in den Feierabend verschwand. Die Prozedur wiederholte sich, und obwohl diesmal ein Mann abgefertigt wurde, schien es nicht Peukert zu sein. Die Blissow fixierte den Beamten hinter der Scheibe. Der schaute sie eine Weile an, dann betätigte er die Hausrufanlage. Was er sagte, konnte die Blissow nicht verstehen, aber nach einem längeren Disput wurde sie an die Scheibe gewinkt.

»Wie war doch gleich Ihr Name?« erkundigte sich der Beamte durch sein Mikrofon.

»Blissow.«

»Der Doktor kennt keine Frau Blissow.«

Nun mußte die Oberkommissarin doch Farbe bekennen.

»Kripo«, sagte sie.

»Ja, dann«, der Beamte wirkte ein wenig verwirrt, »warum gehen Sie dann nicht rein?«

»Ich stehe nicht auf Ihrer Liste.«

»Aber wenn Sie offiziell . . .«

Die Blissow winkte ab.

»Wenn er sich Ärger ersparen will, soll sich der Doktor auf die Socken machen.«

Doktor Jonathan Peukert hatte sich auf die Socken gemacht. Keine fünf Minuten dauerte es, dann stand er ausgehfertig vor der Blissow, ein großer, dunkelhaariger Mann mit einem Bauch, wie er von gutem Essen und sitzender Beschäftigung rührt, einen Staubmantel über dem Arm, eine alberne Umhängetasche über der Schulter. Die Blissow setzte ein Sonntagslächeln auf.

»Seit wann droht denn die Polizei einem Vollzugsmitarbeiter mit Ärger?« wollte Peukert wissen.

Die Blissow beugte sich etwas vor. Sie hatte sich nicht getäuscht; eine kaum wahrnehmbare Schnapsfahne schlug ihr entgegen.

»Ich möchte mit Ihnen eine Stadtpartie machen«, erklärte sie sich.

»Was?«

»Fahren Sie denn nicht heim?«

»Doch, schon.«

»Ich werde Ihnen eine angenehme Begleiterin sein.«

Die Blissow zwinkerte. Peukert schüttelte bloß den Kopf, gab dem Wachbeamten ein Zeichen, und die Ausgangstür flog auf. Die Blissow schlüpfte mit dem Arzt hinaus.

»Bei Ihnen piept's wohl. Ich . . . Was halten Sie von einer Dienstaufsichtsbeschwerde?«

»Viel«, sagte die Blissow. »Und was halten Sie von Teske?«

»Teske?«

»Buchnummer drei zwei vier dreiundneunzig.«

»Der Selbstmörder«, sagte Peukert. Ihm war nicht anzusehen, was er dabei dachte.

»Der Selbstmörder«, bestätigte die Blissow. Sie wußte, daß sie ein riskantes Spiel spielte, bei dem sie sich nur auf den Überraschungseffekt verlassen konnte. Peukert wirkte nicht sehr überrascht. Er wirkte bloß wütend.

»Falls es offene Fragen gibt«, meinte er, »dann wenden Sie sich an die Staatsanwaltschaft.«

»Ich brauche nur Ihren fachlichen Rat.« Die Blissow verlegte sich aufs Schmeicheln und fand, daß sie auch den untertänigen Ton gut getroffen hatte. Der Arzt reagierte nur mit einem Brummen, das sowohl Abwehr als auch Einverständnis bedeuten konnte.

»Einen Rat kann ich Ihnen auf Anhieb geben«, sagte er, schloß aber die Beifahrertür seines großen Peugeot auf. »Den heb ich mir aber auf. Bitte.«

Die Blissow schwang sich auf den Sitz, Peukert umrundete den Wagen und stieg zu ihr. Er warf Mantel und Tasche auf die Rückbank, schob den Schlüssel ins Lenkschloß, aber er startete nicht.

»Fragen Sie.«

»Es heißt«, begann die Blissow vorsichtig, »es heißt, Herr Teske habe an Depressionen gelitten. Warum?«

»Warum? Weil er im Knast gelandet ist und nicht auf Mallorca oder im Sanatorium.«

»Das ist eine etwas schwachbrüstige Erklärung.«

»Schwachbrüstig?« Doktor Peukert wandte sein Gesicht voll der Blissow zu. »Soll ich meine Schweigepflicht brechen? Passen Sie mal auf, hinter den Mauern, denen wir gerade den Rücken zukehren, hinter diesen Mauern sitzen ein paar ziemlich schwere Jungs, und die sitzen lange. Das ist nämlich ein Knast, liebe Frau, und im Knast fließt kein Manna. Jeder kriegt mit der Zeit einen Knacks weg, und wer schon was am Kopp hatte, wenn er eingeliefert wird, der wird kaum gesünder hier.«

»Hatte Teske denn was am Kopp?« fragte die Blissow schnell.

»Nein, er war kerngesund. Weil er Fixer war. Und Heroin oder was die Typen sich auch immer in die Venen donnern, das sind alles

Heilmittel. Harmlose homöopathische Lebenshilfe. Sie machen mir Spaß, also wirklich.«

Wahrscheinlich meinte er das ernst, denn Peukert fuhr los. Er reihte sich in den Fahrzeugstrom auf der Seidelstraße ein und beschleunigte sanft.

»Teske hing an der Nadel«, stellte die Blissow fest. »Er kam auf Entzug. Kurz vor seinem Selbstmord griff er wieder zur Droge. Komisch, nicht?«

»Zum Totlachen.« Sie fuhren im Feierabendverkehr, Peukert mußte bremsen.

»Na ja, die Depressionen«, meinte die Blissow unbestimmt. »Da sucht man einen raschen Tröster.«

Der Arzt brummte etwas, das Zustimmung bedeuten konnte.

»Und ohne Obduktion wurde das alles festgestellt.«

Die Ampel schaltete auf Grün. Peukert legte den ersten Gang ein, behielt den linken Fuß auf dem Kupplungspedal, weil es noch nicht vorwärts ging.

»Man kann Gift in einem Körper auch nachweisen, ohne ihn aufzuschnippeln«, belehrte er die Blissow. »Ich habe das Blut des Toten untersucht.«

»Ach.«

Peukert ließ die Kupplung kommen, trat das Pedal aber sofort wieder durch. Die Ampel war wieder rot. »Was ist an einer Blutuntersuchung so verwunderlich?« erkundigte er sich.

»Wenn sich jemand aufgehängt hat? Ich würde das Naheliegende tun und mir den Hals ansehen. Im Falle, daß er sich am Hals aufgehängt hat und nicht an den Füßen, versteht sich.«

7

Anita Regorius hatte nichts dagegen gehabt, sich mit dem Chef einer Mordkommission zu treffen, allerdings hatte sie gleich richtiggestellt, daß sie sich von so einem Typen keine Hilfe mehr erwartete, sondern ihn sich bloß einmal anschauen wollte, damit sie etwas zu erzählen hätte. Außerdem, hatte sie gesagt, ginge sie gern mit Männern aus, die bezahlten. Dietrich Kölling hatte sich einverstanden erklärt, die Kosten zu tragen.

Die Regorius erwartete ihn in einem griechischen Restaurant im Kreuzberger Teil der Friedrichstraße. Sie hatte bereits ein Viertel Retzina bestellt, rauchte und blätterte abwesend in einer Zeitung. Dietrich Kölling erkannte sie nach Beckers Beschreibung sofort und setzte sich zu ihr.

»Herr Kölling?« fragte sie und faltete die Zeitung zusammen. Dietrich Kölling nickte. Anita Regorius gab dem Kellner ein Zeichen, damit dieser die Speisekarte brachte. Sie kannte sie offenbar auswendig oder hatte sie bereits studiert. Dietrich Kölling wählte gegrillte Lammkoteletts, die Regorius bestellte einen gemischten Salat, ein weiteres Viertel Wein und ein zweites Glas. »Sie interessieren sich ziemlich spät für diesen Fall.«

»Von welchem Fall sprechen Sie?«

»Von der Hinrichtung meines Lebensgefährten im Knast.«

»Hinrichtung?« Dietrich Kölling musterte ausgiebig die junge Frau, die ihm gegenübersaß. Sie hatte violette Fingernägel und ebensolche Schatten unter den Augen und hielt seinem Blick stand.

»Geben Sie sich keine Mühe«, sagte sie. »Ich habe beschlossen, die Sache in die eigenen Hände zu nehmen.«

Dietrich Kölling brannte sich eine Zigarette an und sagte nichts. Der Kellner brachte Wein und ein neues Glas, schenkte ein und registrierte verwundert, daß sich der Herr nicht bedankte. Dietrich Kölling erforschte mit seiner Nase das Bukett. Er streifte die Asche von seiner Zigarette und verschob das Besteck ein paar Millimeter nach rechts.

»Wollen Sie gar nicht wissen, wie ich die Sache anzupacken gedenke?« Dietrich Köllings vorgespieltes Desinteresse hatte gewirkt, die Regorius war ungeduldig geworden.

»Nein.«

»Sie lügen.«

»Warum sollte ich? Ihre Sachen sind nicht meine Sachen.«

»Ihre Hinrichtung ist für mich ein Selbstmord.«

Anita Regorius lehnte sich zurück. Sie schmunzelte.

»Dann hätten Sie sich mit mir nicht getroffen.«

»Sie sollen eine attraktive Frau sein, und ich bin solo.« Dietrich Kölling trank den ersten Schluck.

»Sie spielen schlecht.«

»Sie auch.« Dietrich Kölling widmete seine Aufmerksamkeit

wieder ausschließlich der jungen Frau. »Außerdem weiß ich, was ich wissen will. Wenn Sie, wie Sie sagen, die Sache in die eigenen Hände nehmen wollen, dann müssen Sie über weitreichende Verbindungen verfügen.«

Der Kellner servierte den Salat. Die Regorius rührte ihn nicht an.

»Wie meinen Sie das?«

Dietrich Kölling reagierte nicht.

»Wie meinen Sie das?«

»Wann haben Sie denn den Herrn Teske kennengelernt?«

Anita Regorius überlegte eine Weile, ob sie dem Mann antworten sollte, der sie seinerseits mit Antworten auf ihre Fragen kurzhielt. Aus irgendeinem Grund, den Dietrich Kölling nicht kannte, entschied sie sich dafür, es zu tun.

»Vor drei Jahren. In einer Diskothek am Kudamm.«

»Große Liebe?«

»Das geht Sie nichts an.«

»Essen Sie doch«, forderte Dietrich Kölling die Regorius freundlich auf.

»Auch das ist allein meine Entscheidung.«

»Dann kann ich ja noch eine rauchen.« Dietrich Kölling tat nichts dergleichen. »Liebe Frau Regorius, haben Sie eine Arbeit?«

»Ich bin Maniküre. In einem Hotel.«

»Welches Hotel?«

Die Regorius schüttelte den Kopf.

»Ein verrufenes?«

»Lieber Herr Kölling, Sie denken an Drogen oder ein Stundenhotel? In einer solchen Kaschemme braucht niemand eine Maniküre.«

»Auch wahr.« Nebenbei bemerkte Dietrich Kölling, daß der Kellner seine Lammkoteletts herantrug. »Drogen ist natürlich ein gutes Stichwort.« Mit glänzenden Augen betrachtete er die Riesenportion, die ihm vorgesetzt wurde, dann haute er rein. Die Regorius wurde plötzlich redselig.

»Als ich Martin kennenlernte, da hing er schon an der Nadel«, erzählte sie. »Er war fünfundzwanzig. Angefangen hatte er mit neunzehn. Oder mit zwanzig. Was weiß ich, das ist doch egal. Das ist doch scheißegal. Man verliebt sich in jemanden und muß feststellen, daß er vollkommen kaputt ist.«

Anita Regorius war laut geworden. An den Nachbartischen drehte man sich zu ihr um. Dietrich Kölling stopfte sich ein Stück Kotelett in den Mund.

»Kaputt«, wiederholte er schmatzend.

»Man sah es ihm natürlich nicht an. Er war weder verwahrlost noch sonst . . . nur die Augen, die waren so komisch.«

»Drei Jahre haben Sie es ausgehalten«, meinte Dietrich Kölling und heuchelte Bewunderung. »Eine derart starke Liebe, und trotzdem konnten Sie ihm nicht helfen. Er drückte, brach in Einfamilienhäuser ein, um seinen nächsten Schuß zu finanzieren, Sie machten sich Sorgen, aber von seinen Raubzügen bekamen Sie nichts mit. Angeblich schrubbte er Nachtschichten in einem Krankenhaus. Und Sie dachten sich, na, so eine Nachtschicht ist eine ekelhafte Sache, Leuten die Ente auf den Pullermatz schieben, blutige Verbände wechseln, Leichen im Klo verstecken, das muß schließlich gut bezahlt werden, oder?«

»Wird es auch.«

Dietrich Kölling, der netteste Bulle Berlins, schenkte Anita Regorius nach.

»Wird es nicht«, widersprach er.

»Woher wissen Sie das?«

»Bullen sind zwar doof, aber nicht dumm. Ein Dessert, Frau Regorius?«

Anita antwortete nicht. Sie rührte auch ihren Wein nicht mehr an, sondern stand auf, nahm ihren Mantel vom Haken und legte ihn über ihre Schultern. Wahrscheinlich würde sie sich draußen ein Taxi nehmen.

»Kümmern Sie sich nicht um meine Angelegenheiten und zerbrechen Sie sich nicht meinen Kopf«, verlangte sie. »Im übrigen können Sie denken, was Sie wollen.«

Dietrich Kölling, der das längst getan hatte, bedankte sich für ihre Großzügigkeit. Anita ging, Dietrich Kölling zahlte an der Theke. Als er das Restaurant verließ, sah er die Regorius in ein Taxi einsteigen. Sein Wagen stand günstig.

8

»Knastpsychose«, sagte die Blissow, während Doktor Peukert an der Ampel vor dem Kurt-Schumacher-Platz abwechselnd mit der Kupplung und dem Gaspedal spielte, »wir bringen ja die Leute da rein, aber was das ist, wissen wir nicht.«

»Tun sie doch nicht so naiv«, sagte der Knastarzt zum Heck des Alfa Romeo, das er im Blick hatte.

»Wie der Panther im Zoo? Eine Art Hospitalismus?«

»Ich wußte, daß Sie nicht naiv sind«, erklärte Peukert dem Autoarsch. »Eine Art Hospitalismus, richtig. Und dann: Du mußt dein Leben ändern.« Die Blissow sagte vorsichtshalber nichts.

»Das ist Rilke«, sagte der Doktor, »der Dichter, den werden Sie wohl kennen.«

»Wenn ich ihn schon mal vernommen hab.« Die Blissow untersuchte ihre Fingernägel. Es war einiges zu tun an ihnen. Peukert ließ die Kupplung schleifen.

»Ein paar Sprünge voran werden wir jetzt schaffen.«

»Sie lassen den Gebildeten heraushängen«, stellte die Blissow fest. »Das mit dem Panther gefällt Ihnen wohl. Hin und her und hin und her. Was ja unnatürlich ist, weil ein Tier immer vorwärts rennt.«

»Ein Raubtier.« Der Wagen rollte an.

»Die Beute auch. Wenn sie fliehen muß, wird sie ja wohl kaum umkehren.«

»Sag ich doch.« Peukert legte den zweiten Gang ein. »Sie sind nicht so dumm, wie Sie sich stellen.«

»Nein.« Die Blissow griff dem Arzt mit der Linken ins Lenkrad.

9

Wenn Anita Regorius vorgehabt hätte, umgehend nach Hause zu fahren, hätte der Taxifahrer nach rechts in die Kochstraße einbiegen müssen. Stattdessen fuhr er geradeaus, also nach Ostberlin. Der Wagen kreuzte die Leipziger Straße, erreichte Unter den Linden, bog nach links und hielt auf das Brandenburger Tor zu. Ein Taxi durfte hindurchfahren, ein privates Fahrzeug nicht. Daß Dietrich Kölling keinen Privatwagen lenkte, war von außen nicht zu sehen. Trotzdem entschloß er sich, ebenfalls das Tor zu passieren. Auf der

Straße des 17. Juni hatte er denn auch einen Streifenwagen hinter sich. Dietrich Kölling nahm Kontakt zur Funkzentrale auf.

»Hier ist Hauptkommissar Kölling«, meldete er sich. »Ich bin soeben durchs Brandenburger Tor gefahren.«

»Das dürfen Sie nicht«, meinte der Mann aus der Zentrale.

»Mein Gott, hat die Titten«, hörte Dietrich Kölling im Hintergrund jemanden sagen; offenbar zogen die Beamten Pornohefte ihren Dienstpflichten vor. Das Taxi hielt an einer roten Ampel, und auch Dietrich Kölling bremste seinen Wagen ab. Die Streifenbeamten würden ihn gleich erreichen.

»Ich bin dienstlich unterwegs. Und hab eine Funkstreife hinter mir. Pfeifen Sie die zurück, sonst gibt es Ärger. Weil Sie mir eine Observation vermasseln.«

»Tut mir leid«, sagte der Mann aus der Zentrale. Es hörte sich nicht danach an, daß er etwas zu unternehmen gedachte. Wahrscheinlich begriff er nicht ganz, was von ihm verlangt wurde.

Der Streifenwagen war heran, und zwei breitbeinige Cowboys entstiegen ihm. Sie hatten ihre Mützen in den Nacken geschoben, und sie gingen nicht etwa, sie schaukelten auf Dietrich Kölling zu. Die popelige Macht, die sie auf der Straße ausübten, hatte sich auf ihren Gang ausgewirkt.

»Ihren Namen«, verlangte Dietrich Kölling aufgebracht. »Sie verlieren Ihren Job.«

»Kaum«, behauptete der Mann aus der Zentrale. »Ich bin im Personalrat.«

»Idiot«, brüllte Dietrich Kölling noch. Das Taxi setzte sich wieder in Bewegung, und auch er gab Gas. Das war ein Fehler, denn die Streifenhörnchen preschte zu ihrem Wagen zurück und nahmen die Verfolgung mit Blaulicht und Sirene auf. Eine auffälligere Observation war kaum vorstellbar. Dietrich Kölling fuhr resigniert an den Fahrbahnrand.

»Na«, sagte der Beamte zu ihm, der an sein Seitenfenster getreten war. Dietrich Kölling hatte es hinuntergekurbelt. Er war geladen und sann nur auf Rache.

»Na ist ein sehr seltener Name«, stellte er fest. Das Taxi hatte sein Sichtfeld gerade verlassen.

»Werd bloß nicht frech.«

»Haben wir schon ein Bier zusammen getrunken?«

Der Polizist hatte nun sogar seine Waffe gezogen; wahrscheinlich rechnete er damit, just einen Schwerverbrecher gestellt zu haben. Sein Kollege legte die Hand auf die Pistolentasche.

»Raus«, befahl er. »Raus aus dem Wagen. Aber schön langsam. Und dann die Hände aufs Dach legen.«

Dietrich Kölling protestierte nicht. Es hatte keinen Zweck, sich mit zwei Polizisten anzulegen, die einen Erfolgskoller hatten. Sie würden ohnehin noch früh genug ihr blaues Wunder erleben.

Der Beamte, der seine Waffe gezogen hatte, trat zur Seite, der Kollege visitierte Dietrich Köllings umfangreichen Leib. Ein paar Spaziergänger aus dem Tiergarten waren stehengeblieben und beobachteten das Schauspiel. Sie hielten respektvoll Abstand, nur ein kleiner Junge wagte sich näher heran.

»Is das ein Dealer?« wollte er wissen.

»Komm zurück«, riefen seine Eltern.

»Du kennst ja schon Wörter«, meinte der Beamte mit der Knarre.

»Der ist ja bewaffnet«, stellte der Leibesvisitator befriedigt fest. Er nahm Dietrich Köllings Dienstwaffe aus dem Halfter und präsentierte sie seinem Kompagnon. Die Zuschauer traten ein paar Schritte zurück. »Wir nehmen Sie fest wegen unerlaubten Waffenbesitzes«, verkündete der mit dem Schießeisen.

»Ihr habt noch nicht alles gefunden«, sagte Dietrich Kölling.

»Was denn noch?«

»Zehn Gramm Stoff. Beste Ware. In der Innentasche meines Jacketts.«

Das hatte gesessen, die beiden Bullen schwebten im siebten Himmel. Ihr Fall und Aufprall wurde umso heftiger. In der Innentasche verwahrte Dietrich Kölling seine Marke und den Polizeiausweis.

»Oh«, sagte der eine Beamte nur. Der andere sagte gar nichts.

»Ihr habt mir eine Observation vermasselt.« Dietrich Kölling sprach eine Spur zu freundlich. Die Polizisten zuckten zusammen. Irgendein dickes Ende mußte noch kommen. Und es kam.

»Ich werde eine kleine Hausmitteilung schreiben. Ihr müßt damit rechnen, zu Fußlatschern aufzusteigen.«

»Aber wir konnten doch nicht wissen«, meinte der Beamte schwach, der seine Pistole wieder in die Tasche zurückgesteckt hatte.

»Ein Bulle, der einen anderen Bullen nicht meilenweit gegen den Wind riecht, ist ein mieser Bulle«, behauptete Dietrich Kölling.

»Sie waren doch im Auto. Wie soll man da was sehen oder riechen können.«

»Falsch.«

»Aber wieso?«

»Es muß heißen: Sie waren doch im Auto, Herr Hauptkommissar.«

»Ja, Herr Hauptkommissar«, hauchten die Beamten im Duett.

10

Doktor Peukert hatte drei am Straßenrand geparkte Autos gestreift, bevor er die Kontrolle über seinen Wagen wiedererlangt hatte. Fluchend stellte er den Peugeot vor einer Einfahrt ab, um sich den Schaden zu besehen. Die Blissow schaute ihm ungerührt ins Gesicht.

»Sie spinnen«, sagte Peukert wütend.

»Wir werden wohl die Polizei rufen müssen«, meinte die Blissow.

»Darauf können Sie Gift nehmen.« Doktor Peukert stieg aus, die Blissow folgte ihm.

»Man soll eben nie mit Alkohol im Blut Auto fahren«, sagte sie.

»Was?«

»Sie haben eine Fahne, Peukert. Ich werde die Verkehrspolizei bitten, Ihnen Blut abzuzapfen. Dann sind Sie Ihren Führerschein los.«

»Aber . . .«, Peukert war blaß geworden, »Sie haben doch . . .«

»Ich hab gar nichts. Ich habe friedlich neben Ihnen gesessen. Aber da Sie nicht mehr ganz Herr Ihrer Sinne sind, haben Sie sich offenbar verlenkt.«

Für einen Moment sah es aus, als würde sich Doktor Jonathan Peukert auf sie stürzen. Da er wußte, welch schlechtes Blatt er hatte, ließ er das lieber bleiben.

»Die Polizei wäre allerdings nur Lösung Nummer zwei.«

»Und Lösung Nummer eins?« wollte Peukert wissen.

»Klemmen Sie einen Zettel mit Ihren Angaben hinter die Scheibenwischer der beschädigten Wagen. Regulieren Sie den Schaden privat. Erzählen Sie mir alles, was ich wissen will. Und ich vergesse Ihre Fahne augenblicklich.«

Drittes Kapitel

1

Becker hatte sich in der Kripodienststelle Flottenstraße beim Leiter des Kommissariats angemeldet, das für die Leichensachen im Berliner Norden zuständig war und auch Teskes Tod untersucht hatte. Der Mann hieß Heßlich, war Erster Kriminalhauptkommissar und auf die Mordkommissionen nicht gut zu sprechen. Becker hatte ein paar Erkundigungen über ihn eingezogen. Heßlich sollte selbst vor einigen Jahren Chef einer Mordkommission werden, stolperte aber über eine Intrige; irgend jemand aus seinem Kommissariat hatte ihn denunziert, denn Heßlich war ein Trinker. Alkoholiker gab es genug bei der Polizei, aber als Leiter einer Mordkommission war nur ein Säufer vorstellbar, der sich der Trunksucht erst ergab, wenn er den Posten bereits innehatte. Heßlich hatte dummerweise vor dem möglichen Karrieresprung nach der Flasche gegriffen.

Den Haß des Kommissariatsleiters bekam Becker bereits zu spüren, bevor er ihn selbst überhaupt sah; Heßlich ließ ihn warten. Vermutlich wollte der Mann damit zum Ausdruck bringen, daß er mehr zu tun hatte als jede Mordkommission; außerdem zeigte er Becker, daß der als Kommissar keinen Anspruch darauf hatte, von einem Kommissariatsleiter pünktlich empfangen zu werden. Becker faßte sich in Geduld. Falls Anita Regorius recht hatte, würde er dem Mann noch genug am Zeuge zu flicken haben.

Um die Erniedrigung perfekt zu machen, war Becker gezwungen, auf dem Flur zu warten; nicht einmal im Sekretariat war Platz für ihn. Er war eben ein Eindringling, ein Störer. Er gehörte dorthin, wo die Zeugen und die Verdächtigen saßen.

Nach einer Dreiviertelstunde erbarmte sich Heßlich und schickte seine Sekretärin, um Becker hereinzubitten. Die Sekretärin, eine füllige Endvierzigerin in einem zerknitterten Kostüm, sah so aus, als wäre ihr die Schmach ihres Chefs auf den Magen geschlagen. Wahrscheinlich ging sie jeden Tag vor und nach der Arbeit auf die Toilette, um zu kotzen.

Heßlich gab erst einmal den Leutseligen.

»Guten Tag, Herr Kommissar Becker«, sagte er betont höflich, erhob sich von seinem Schreibtisch, trat auf Becker zu und reichte ihm die Hand. Der Kommissariatsleiter mußte sich bereits in einem Endstadium des Alkoholismus befinden; Nase und Wangen waren mit geplatzten Kapillargefäßen geradezu übersät, sein Gesicht wirkte teigig und gedunsen, Schweißtropfen standen auf seiner Stirn, obwohl es nicht sehr warm war. Seine Hände zitterten im Tremor. Der Mann war schlichtweg am Ende, und Becker wunderte sich bloß, daß man ihn noch nicht entlassen hatte. Wahrscheinlich gab es irgendwo in der Polizeiführung einen letzten Gönner, der seine Hand über das Wrack hielt. »Was kann ich für Sie und die Mordkommission tun.«

»Eine Menge«, sagte Becker. »Wir sind auf Ihre Hilfe angewiesen.«

»Das wäre neu«, meinte Heßlich schnippisch.

»Ganz neu sicher nicht.« Becker lächelte schüchtern. »Sie haben eine Menge Erfahrungen, die wir auszubeuten gedenken.«

»Danke für das Kompliment.« Heßlich nahm sich eine Zigarette, die ihm aus der Hand fiel. Becker hob sie auf. »Ihnen muß das Wasser ja bis an den Hals stehen, wenn Sie mit einer Schmeichelei beginnen. Und meine Erfahrungen . . . Sie sehen selbst, was mit mir los ist.«

»Ich bedaure das.«

»Warum bedauern Sie das?«

»Ein so hervorragender Fachmann, und . . .«

»Das können Sie gar nicht beurteilen.« Heßlich war es endlich gelungen, seine Zigarette in Brand zu setzen. »Aber lassen Sie uns offen miteinander umgehen.« Er nahm eine Flasche Weinbrand aus seinem Schreibtisch. »Auch einen?«

Becker schüttelte den Kopf. Der Hauptkommissar trank direkt aus der Flasche. Und er trank viel.

»Sie haben am Telefon angedeutet, daß es Ihnen um einen Selbstmord in Tegel geht. Um diesen Teska.«

»Teske«, berichtigte Becker.

»Oder Teske. Mir egal. Wo ist das Problem?«

»Seine Lebensgefährtin behauptet . . .«

»Ich weiß, was dieses Miststück behauptet«, unterbrach Heßlich.

»Dreimal ist die hier gewesen mit ihrer dummen Geschichte. Wenn Sie die glauben, sind Sie ein Volltrottel.«

»Ich glaube sie nicht.«

»Und was verschafft mir dann die Ehre Ihres Besuches?«

»Ich will beweisen, daß die Regorius Gespenster sieht. Ich will beweisen, daß alle eine ordentliche Arbeit gemacht haben; Ihre Leute, die Ärzte und die Staatsanwältin. Und zwar will ich das beweisen, bevor das Miststück zur Presse rennt.«

»Sie scheinen ja ganz in Ordnung zu sein«, meinte Heßlich, bevor er sich wieder seiner Flasche zuwandte. Wenn Becker das getrunken hätte, was der Kommissariatsleiter bereits intus hatte, er läge längst unter dem Tisch. »Also gut, ich kooperiere. Ich bin ja selbst am Tatort gewesen, wenn man das denn einen Tatort nennen kann. Wissen Sie, ich erinnere mich noch an jedes Detail, und das ist bei mir ein kleines Wunder. Aber es war der zwanzigste April. Hitlers Geburtstag, den verbringe ich immer hier. Ich müßte gar nicht, aber ob Sie es glauben oder nicht, ich habe wahrscheinlich keine Leber mehr, aber noch immer so etwas wie ein moralisches Verantwortungsgefühl. An Hitlers Geburtstag verurteile ich mich selbst zu einem außerplanmäßigen Bereitschaftsdienst. Falls es Sie interessiert, ich hab bei einem Bombenangriff meine Eltern verloren. Ich bin als Dreijähriger durch das brennende Berlin geirrt. Ich habe mir die Polizei als Elternersatz gesucht. Die Polizei hat mich nicht besonders gut behandelt.«

»Ich weiß«, sagte Becker leise.

»Nichts wissen Sie«, erwiderte Heßlich aufgebracht. »Nichts. Ich saufe jetzt seit dreißig Jahren. Zuerst heimlich, mittlerweile offen. Es ist bald Schluß, Herr Becker, eigentlich genieße ich hier nur ein Gnadenbrot. Und ich habe Dinge gesehn, Herr Becker, die man nur sieht, wenn man ganz tief unten gelegen hat. Ganz tief in der Scheiße.«

Becker schwieg. Das unerwartete Bekenntnis hatte ihn verlegen gemacht. Heßlich beschäftigte sich mit seinem Weinbrand.

»Gegen Mitternacht kam der Anruf«, fuhr Heßlich fort. »Von der Staatsanwältin. Frau Kriegel, glaube ich. Nachdem man in Tegel die Leiche entdeckt hatte, wurde zuerst der Dauerdienst der Staatsanwaltschaft verständigt. Von dort bekamen wir dann die Information. Dienstweg eben. Ich habe also meine Leute zusammengetrommelt und bin rausgefahren. Tja, da hing dann dieser Teske am Fenster. Atypisches Erhängen, wenn Sie wissen, was ich meine.«

»Nicht genau.«

»Ah ja. Nicht genau. Er hatte sich so aufgeknüpft, daß seine Füße noch den Boden berührten. Mit einem Gürtel übrigens. Der hat ihm nicht mal die Atemluft abgedrückt, aber die Halsarterien. Anoxie des Gehirns also. Als Todesursache.«

»Ich verstehe.« Becker nichte eifrig. »Wer hat die Leiche denn gefunden?«

»Ein Wärter. Vollzugsbeamter, Wärter oder Schließer hören die ja nicht gern.«

»Um Mitternacht? Schlafen da die Insassen nicht?«

»Manchmal macht das Personal nachts sogenannte Urinkontrollen. Aus Gaudi, weil die sich langweilen. Offiziell natürlich, um den Drogenkonsum zu kontrollieren. Mir kommt das ziemlich pervers vor. Der Insasse muß vor den Augen des Wärters in ein Gefäß pinkeln. Die schwulen Beamten geilen sich womöglich daran auf.«

Heßlich schüttelte sich und spülte seinen Ekel mit einem langen Zug aus seiner Flasche hinunter. Becker wartete einen Augenblick.

»Warum hat es eigentlich keine Verwaltungssektion gegeben? Die wäre doch Pflicht gewesen bei einem unnatürlichen Tod.«

»Keine Ahnung.« Heßlich zuckte die Schultern. »Diese Staatsanwältin war auch da, die meinte, das wäre wohl nicht notwendig. Die Sache lag doch klar. Für sie, und für uns auch. Wenn jemand nachgeholfen hätte, hätten wir doch Spuren von einem Kampf finden müssen. Sie wissen selbst, wie schwer es ist, jemanden aufzuhängen. Nee, das war eindeutig Selbstmord. Hundertfünfzigprozentig.«

»Wenn jemand im Stoff steht, wehrt er sich womöglich nicht.«

»Ja«, sagte Heßlich nur. Sein Blick war auf die Schreibtischplatte gerichtet.

»Ja?«

»Ich hab das bloß unter der Hand erfahren.«

»Wie? Wie denn das?«

»Erst als unsere Ermittlungen abgeschlossen waren, hat der Arzt seinen Befund mitgeteilt. Und nur der Staatsanwältin.«

»Da war Teske bereits eingeäschert?« Becker traute seinen Ohren nicht.

»Da war Teske bereits eingeäschert«, bestätigte Heßlich.

2

Dietrich Kölling wußte, daß der plötzliche und außerplanmäßige Ruf zum Fürsten nichts Gutes bedeuten konnte. Kurz nach seiner Rückkehr vom Treffen mit Anita Regorius hatte die Chefsekretärin angerufen und ihn umgehend zum Referatsleiter bestellt. Der Weg über den Flur war zu kurz, um sich eine Verteidigungsstrategie auszudenken.

Als Dietrich Kölling die Tür aufriß, hielt sich der Leiter des Referates Delikte am Menschen gerade im Sekretariat auf und schaute die Ausgangspost durch. Dietrich Kölling schmetterte ihm einen Gruß entgegen, der die Trommelfelle seines Dienstvorgesetzten fast zum Platzen brachte. Der Oberrat blieb jedoch unbeeindruckt und wirkte aufgeräumt. Entweder hatte ihm einer seiner Kommissariatsleiter einen Ermittlungserfolg beschert, mit dem er sich vor der Polizeiführung schmücken konnte, oder er hatte getrunken. Bei ihm war beides denkbar.

»Unser Rekonvaleszent«, stellte der Oberrat fest. »Das Herzrasen vorbei?«

»Sí, señor. Euer Gnaden haben mich rufen lassen?«

»Aber sicher, Hochwohlgeboren. Bitte folgen Sie mir in meine königlichen Gemächer.«

Anstelle der Arbeiterklasse übernahm der Oberrat die Führung. Er fläzte sich behaglich in seine Sprechecke, wie er die Sitzgarnitur nannte, die er für die halbvertraulichen und vertraulichen Gespräche reserviert hatte und auch dafür, gelegentlich die Beine hochzulegen und über den Abschlußberichten seiner Leute einzuschlafen. Wenn er dort Platz nahm, sah er mit seinem von Spinnenweben durchzogenen Haar und der edlen Seidenkrawatte nicht mehr wie ein Bulle aus, sondern wie ein Psychiater, der alle Formen des Wahnsinns kannte außer seiner eigenen. Dietrich Kölling setzte sich zu ihm. Der Sessel war so weich, daß er bis über beide Ohren in ihm versank.

»Kaffee kommt gleich«, sagte der Oberrat schläfrig. »Sagen Sie, mein Lieber, geht es Ihnen wirklich wieder gut?«

»Blendend, mein Bester.«

»Das ist fein, mein Höchstverehrtester. Dann können Sie mir ja mal erzählen, was Sie und Ihr Team so treiben.«

»Sport jedenfalls nicht«, sagte Dietrich Kölling rasch.

»Weshalb sie krank geworden sind.« Der Oberrat räkelte sich in den Polstern. »Es ist nur, weil man bei Ihnen kaum mehr jemanden antrifft. Ständig sind Frau Blissow, Kommissar Becker und Sie selbst unterwegs. Was habt ihr denn am Wickel?«

»Ach, nichts Besonderes.« Dietrich Kölling zündete sich eine Zigarette an.

»Wenn Sie das sagen. Trotzdem sollte Frau Blissow Ihren Privatkram nicht unbedingt während der Dienstzeit erledigen.«

»Welchen Privatkram?«

»Nun«, sagte der Oberrat verschmitzt, »Stadtrundfahrten mit angetrunkenen Knastärzten.«

Die Chefsekretärin, eine heimliche Verehrerin von Dietrich Kölling, servierte mit der Begeisterung der Liebenden den Kaffee. Dietrich Kölling schaute sie nicht an. Gemeinsam mit dem Oberrat hüllte er sich in Schweigen.

»Sie wissen es also«, sagte er nach dem Abgang der Sekretärin.

»Ja, ich weiß es. Ich habe keine Ahnung, was dahintersteckt und warum Sie sich plötzlich für den Strafvollzug interessieren. Sie müssen mich darüber auch nicht aufklären, weil Sie sowieso in Zukunft keine Zeit für Seitensprünge haben werden. Denn ich habe eine gute und eine schlechte Nachricht für Sie. Welche zuerst?«

Dietrich Kölling langte nach der Tasse.

»Mir egal.«

»Beginnen wir mit der schlechten.« Der Oberrat stand auf, ging zu seinem Schreibtisch und kehrte mit einem Stapel noch unsortierter Papiere zurück. »Sie müssen eine Sache übernehmen, die bisher von der Kripo in Cottbus bearbeitet worden ist. Einen Leichenfund irgendwo in einem Wald am Stadtrand, was weiß ich. Kenne mich in diesen Gegenden nicht aus. Männlicher Toter, Herzschuß, zur Unkenntlichmachung verbrannt. Schon vor zwei Monaten, aber die konnten bisher seine Identität nicht klären. Jetzt wissen Sie, daß es sich um einen Berliner handelt. Ein Berliner Früchtchen. Militanter Antifaschist, Antirassist, Antiimperialist und Antisexist. Da müssen Sie jetzt ran.«

Dietrich Köllings Chef legte eine Pause ein und die Dokumente auf den Tisch. Dort blieben sie unberührt liegen.

»Und nun die gute Nachricht. Sie bekommen Verstärkung.«

»Was bekomme ich?«

»Verstärkung. Einen Azubi. Besser gesagt, einen Hospitanten. Der Junge ist neu bei der Kripo und soll sich in allen Abteilungen umsehen. Bevor er im kommenden Jahr an unserer Fachhochschule studiert. Netter Kerl. Kommt von der Schutzpolizei. Aus, Moment, ich glaube, aus dem Norden. Wedding oder so. Ist vierundzwanzig, also passen Sie auf Frau Blissow auf.«

Dietrich Kölling hatte sich vorgebeugt. Er setzte ruckartig die Tasse ab und grapschte nach den Papieren.

»Ich will keinen Azubi«, sagte er. »Ich bin keine Amme.«

»Gucken Sie sich den Jungen doch erst mal an.«

»Ich? Ich soll mir den angucken? Nee, tut mir leid. Fragen Sie doch mal unseren Schwulenbeauftragten, vielleicht weiß der einen Kommissariatsleiter, der sich gern vierundzwanzigjährige Bengels anguckt.«

»Na, na, na, keinen Sexismus.« Der Referatsleiter drohte jovial mit dem Finger.

»Ich leite eine Mordkommission und keinen Kindergarten.«

»Aber gerade bei Ihnen kann ein tatendurstiger Neuling was lernen«, schmeichelte der Oberrat.

Dietrich Kölling war schon ein wenig besänftigt und stellte die Vertraulichkeit der alten Hasen her.

»Sie meinen, sich die Hörner abstoßen?« fragte er.

»Und die Eierschalen abstreifen«, sagte der Oberrat.

»Das Grüne hinter den Ohren vorpulen?«

»Und die Rosinen aus dem Kopf klauben.«

Dietrich Kölling und sein Chef waren eigentlich keine großen Freunde, aber wenn es darum ging, einem armen Wurm, der noch mit großen Augen in die Welt blickte, alle Illusionen zu rauben, wurden sie sogar zu Blutsbrüdern.

»Sagen Sie«, wollte Dietrich Kölling wissen, »diese Leiche in Cottbus, ist die schon bestattet?«

»Nein, die haben unsere Kollegen kühl gelagert.«

»Prima«, meinte Dietrich Kölling und erhob sich. »Dann hat mein Azubi seinen ersten Auftrag.«

3

»Polizeimeister«, fragte die Blissow, »so was gibt es?«

»Klar«, sagte Dietrich Kölling. »Zuerst ist man Polizeigeselle, und wenn man genug Leute verprügelt hat, so in dunklen Seitenstraßen auf der Rückbank vom Streifenwagen, dann wird man Meister.«

»Na, uns wird er wohl nicht verhauen.«

»Hoffentlich salutiert er nicht, wenn er sich bei mir meldet. Zur Dienstaufnahme oder wie das heißt.«

Der Neuling, der nichts zu lachen haben würde, hieß Hans-Joachim Tangermann, was die Blissow veranlaßte, ihn Hajota zu taufen, und war ziemlich hübsch; blond und blauäugig wie ein Bilderbucharier und mit Babyspeck im Gesicht. Wie Dietrich Kölling befürchtet hatte, klopfte er zaghaft an die Tür, betrat den Raum erst nach Aufforderung, stellte sich in Positur und legte die Hand unsicher an den imaginären Mützenschirm, obwohl er Zivil trug. Die Blissow pfiff durch die Zähne, Dietrich Kölling gab den brummigen Hauptkommissar.

»Polizeimeister Tangermann meldet sich zum Dienst«, soufflierte er. Tangermann schaute ihn verdutzt an.

»Schon gut.« Dietrich Kölling wies auf einen Stuhl. »Setz dich mal da hin.« Tangermann gehorchte. Aber er saß nicht, sondern seine Hinterbacken schwebten nur über der Sitzfläche. Dietrich Kölling zeigte im Zimmer herum wie ein Studienrat.

»Frau Oberkommissar Blissow.« Die Blissow nickte. »Hauptkommissar Kölling.« Der nickte nicht.

Tangermann verging fast vor Ehrfurcht und Stolz. Nun gehörte also auch er zu den Supercops von der Mordkommission, zur Elite der Kriminalpolizei und was er sich sonst noch vorstellte. Dietrich Kölling hatte sogar Mitleid mit ihm, aber das unterdrückte er rasch.

»Wir brauchen hier jeden Mann«, log er Tangermann vor. Die Blissow drehte sich rasch zum Fenster, damit der Junge ihr Grinsen nicht sah. »Ich muß dich also gleich ins kalte Wasser werfen. Learning by doing. Kriegst gleich einen selbständigen Fall.«

Der Babyspeck wurde rosig. Dietrich Kölling mußte an Schweinebacke mit Grünkohl denken, wenn er sich Tangermann in Uniform vorstellte. Aber eine Uniform würde der Kleine nun nicht mehr tragen müssen.

»Hast du deine Kanone da?« fragte Dietrich Kölling pro forma, denn er wußte natürlich, daß sich Tangermann die Gelegenheit nicht entgehen lassen konnte, endlich mit Schulterholster herumzulaufen.

»Aber ja«, sagte der Polizeimeister und hob seinen Pullover hoch.

»Brauchst du nicht. Der Mann, mit dem du es zu tun haben wirst, tut keinem mehr was. Hier sind die Unterlagen. Die Adresse von der Gerichtsmedizin in Potsdam habe ich dir aufgeschrieben. Und nimm eine Plastiktüte mit.«

»Mach ich. Aber ich kann doch . . . ich meine, wenn es Papiere zu transportieren gibt . . . geht das nicht in der Aktentasche?«

»Geht«, sagte Dietrich Kölling.

»Aber du wirst einen Kotzbeutel nötig haben«, setzte die Blissow hinzu.

4

Nachdem der Polizeimeister Hajota formvollendet abgetreten war, nahm Dietrich Kölling die Blissow ins Gebet.

»Von Ihnen hört man ja Sachen. Da fahren Sie also mit besoffenen Knastdoktoren durch die Weltgeschichte. Anstatt sich mit den toten Rentnerinnen zu befassen.«

»Schöne Anekdote, was?« Die Blissow setzte sich und bediente sich an den Chefzigaretten.

»Wenn der Alte davon Wind gekriegt hat, muß sich dieser Peukert beschwert haben.«

Die Blissow schüttelte den Kopf.

»Ich hab die Geschichte in der Kantine erzählt. Irgend jemand hat sie dem Oberrat brühwarm serviert.«

»Was rausgekommen dabei?«

»Beim Kantinenessen? Nee, obwohl ich mich immer wundere, daß ich es bei mir behalte.«

Dietrich Kölling seufzte dramatisch.

»Bei Ihrer Stadtfahrt«, erklärte er.

»Allerdings. Herr Doktor hat mir einen Blick in seine Karten gestattet.«

»Teske ist bestimmt keiner seiner Trümpfe.«

Dietrich Kölling rauchte nun auch.

»Aber ein paar interessante Dinge hatte der Mann in der Hinterhand. Teske hat sich nämlich tatsächlich verfolgt gefühlt. Und der ganze Knast scheint es gewußt zu haben.«

»Lassen Sie sich doch nicht jedes Wort aus der Nase ziehen.«

»Petar Frankovic«, sagte die Blissow beschwörend.

»Ich verstehe.«

»Bitte?«

»Ich verstehe, daß Sie mir lauter Knochen zuwerfen, die ich bloß verbuddeln kann. Was ich übrigens bis heute nicht begreife. Warum Hunde ihre Knochen vergraben, meine ich.«

»Damit sie weich werden. Wegen irgendwelcher Gerbstoffe im Boden. Glaube ich jedenfalls. Aber ich will Sie nicht länger auf die Folter spannen. Frankovic ist einer der Drogenbarone in Tegel. Jugoslawe, Ex-Jugoslawe, Restjugoslawe, wie Sie wollen. Daß er und seine Gang in großem Stile dealen, ist ein offenes Geheimnis, aber man ist ihm noch nicht auf die Schliche gekommen. Seine Besucher werden besonders scharf kontrolliert, also muß er einen anderen Lieferweg haben. Es heißt, Frankovic könne alles besorgen, beispielsweise Tabak, aber auch Huren. Kommt ja aus dem Zuhältergewerbe. Und sitzt, weil er einen Kontrahenten mit dem Messer traktiert hat.«

Dietrich Kölling nickte. Die Blissow hatte eigentlich ein wenig mehr Verwunderung bei ihrem Chef erwartet, aber der tat so, als habe er das alles längst gewußt.

»Und vor diesem Frankovic hatte Martin Teske also Angst?« erkundigte sich Dietrich Kölling nach einer Weile.

»Ja.«

»Und warum, wenn ich fragen darf?«

»Das wußte Doktor Peukert nicht. Oder er hat es mir verschwiegen.«

»Jedenfalls«, begann Dietrich Kölling und zog ein Doppelblatt aus einer Mappe, die keine Beschriftung trug, weil er in ihr die Ergebnisse von Ermittlungen aufbewahrte, die gar nicht geführt wurden, »jedenfalls ist in der Sache der Wurm drin. Wenn ich mal zusammenfassen darf: Ein Häftling sitzt wegen schweren Einbruchs in der JVA Tegel. Er war Junkie, hat aber eine Therapie mitgemacht und galt als clean. Er hatte Angst vor einem Mithäftling namens Frankovic, einem Drogendealer. Seine Angst vertraut er dem Knastarzt an, der ihn daraufhin wegen Depressionen behandelt. Dann hängt der Junge sich auf. Wegen der Angst, nicht wahr? Vielleicht war die ja nur eingebildet. Aber nun schauen wir mal, was unser Kollege Becker herausgefunden hat.«

Dietrich Kölling wies auf seine Papiere.

»Erstens: Selbstmörder Teske stand voll unter Strom. Als der Arzt seinen Leichnam untersuchte, hat er keine Einstiche gefunden. Schlamperei wahrscheinlich. Aber Teske hat auch die amtsärztliche Leichenschau vor der Einäscherung ohne Beanstandung passiert. Na, so genau guckt man vielleicht nicht mehr hin. So weit, so gut. Doktor Peukert nimmt dem Toten seltsamerweise noch Blut ab, braucht aber für die Analyse mehr als eine Woche. Hatte der Junge doch tatsächlich Heroin in den Adern. Nun gucken aber alle mit großen Augen in die böse Welt. Das eigentliche Wunder jedoch kommt jetzt. Die Kripo Flottenstraße hat die Zelle durchsucht. Oder den Verwahrraum, wie es heißt. Tja, da war aber kein Spritzenbesteck. Nichts war da. Können Sie als frischgebackene Oberkommissarin mir erklären, wie das möglich ist: Ein Häftling, eingeschlossen in seinen Verwahrraum, setzt sich einen Schuß, läßt die Spritze unauffindbar verschwinden und hängt sich dann auf? Wie geht das?«

»Es gibt nur eine Erklärung«, meinte die Blissow.

»So sehe ich das auch«, stimmte Dietrich Kölling befriedigt zu.

5

»Na?« fragte Dietrich Kölling bloß.

»Nichts«, sagte Tangermann.

»Was heißt, nichts?«

»Wissen Sie, wie mich der Obduzent genannt hat? Einen tapferen jungen Mann.«

»Hast du einen Angriff von Zombies abgewehrt?«

»Nee, aber ich hab nicht gekotzt. Ehrlich gesagt, so 'ne Brandleiche sieht gar nicht so schlimm aus.«

Tangermann glaubte wahrscheinlich, die erste Hürde auf dem Weg zum Regierungsdirektor gemeistert zu haben. Das konnte Dietrich Kölling nicht durchgehen lassen.

»Mal was von der hydrodynamischen Sprengwirkung gehört?« erkundigte er sich.

Tangermann schüttelte den Kopf.

»Hast du schon mal an Selbstmord gedacht?«

Einen Augenblick war es sehr still, und Dietrich Kölling stellte fest, daß er den Jungen in eine fürchterliche Verlegenheit gebracht hatte.

»Komm, jeder denkt mal daran«, meinte er väterlich.

»Mit vierzehn oder fünfzehn«, sagte Tangermann leise und senkte den Kopf. »Wegen einer Liebe.«

»Wie wahrscheinlich alle Vierzehn-, Fünfzehnjährigen. Ich habe da einen todsicheren Tip. Nimm Wasser in den Mund, schieb dir die Knarre zwischen die Zähne und drück ab. Da hast du dann die hydrodynamische Sprengwirkung. Der Schuß zerreißt deinen Schädel. Das Schädeldach fliegt ab, das Gehirn fliegt raus. Wenn du so was zum erstenmal siehst und trotzdem nicht kotzt, dann erst bist du ein Held. Und nun zu den sachlichen Dingen. Schreib mal auf, was du über diesen Mord bei Cottbus denkst. Kannst zu Becker ins Zimmer gehen, ich hab zu tun.«

6

Dietrich Kölling hatte sieben Telefonate hinter sich und war dreimal gestört worden. Nach dem letzten Eindringling hatte er mit seinem Aschenbecher geworfen, und nun sah der Boden seines Arbeitszimmers aus wie der eines Saustalls. Der dritte Störer war Hajota gewesen, der offenbar glaubte, nach Bestehen seiner Feuerprobe nicht mehr anklopfen zu müssen. Das Recht, bei Dietrich Kölling ohne Anklopfen hereinzuschneien, hatten nur der Referatsleiter, Becker und die Blissow. Der Polizeipräsident womöglich noch und der Chef des Landeskriminalamtes, aber die kamen nie. Wahrscheinlich war es ihnen bei den Mordkommissionen zu ungemütlich, oder sie scheuten es, sich mit der Armut zu konfrontieren, die bei der Polizei herrschte.

Dietrich Kölling war immer noch erregt. Bei allen seinen Gesprächen hatte er mit Engelszungen reden müssen, und dann war dieser Rüpel von einem Polizeimeister in sein Zimmer getrampelt, um ihn mit irgendeinem Blödsinn zu belästigen. Amtshilfe für die Cottbuser Polizei; wenn die in der Provinz ihre Mordfälle nicht lösen konnten, dann sollten sie es gefälligst bleiben lassen. Das war ja nachgerade eine Beleidigung, für Ostzonenbullen einen Finger krümmen zu müssen. Dietrich Kölling trat an seine Tür und öffnete sie.

»Tangermann«, brüllte er in den Flur. Hajota schoß aus einem der gegenüberliegenden Zimmer, als habe er auf diesen Ruf nur gewartet. Dietrich Kölling wies auf den Boden. »Mach mal den Dreck weg.«

Tangermann bückte sich schon, richtete sich aber schnell wieder auf.

»Nein«, sagte er entschieden. »Dafür bin ich nicht hier.«

Dietrich Kölling war einen Augenblick sprachlos. Um das zu verbergen, kniff er die Augen zusammen und schaute sich Hajota an. Der stand kerzengerade und zitterte leicht. Offenbar hatte er zum erstenmal in seinem kurzen Dienstleben einem Vorgesetzten widersprochen.

»Ich will bei Ihnen was lernen«, sagte der Polizeimeister leise und schlug den Blick nieder. Das wirkte fast schon rührend, wie bei einem kleinen Jungen, der eine Unartigkeit durch kindlichen Charme neutralisieren will.

»Du willst also ein guter Polizist werden?«

Tangermann nickte.

»Vielleicht sogar Chef einer Mordkommission?«

Darauf reagierte Hajota vorsichtshalber nicht.

»Aber deinen Dreck willst du nicht wegräumen?«

»Das ist nicht mein Dreck.«

»Na, wenn das so ist.« Dietrich Kölling kratzte sich am Kopf. »Na, gut, Tangermann, dann nehmen Sie sich mal die rosa Mappe von meinem Schreibtisch und blättern Sie darin. Könnte bald ein neuer Fall werden. Und stören Sie mich nicht wieder, ich hab jetzt ein Gespräch für Erwachsene.«

»Danke«, sagte Tangermann.

»Wofür?« Dietrich Kölling war schon dabei, den Flur zu überqueren.

»Daß Sie mich gesiezt haben.«

Als Dietrich Kölling den Raum betrat, in dem seine engsten Mitarbeiter quasi aufeinanderhockten, legte die Blissow gerade den Telefonhörer auf. Becker war damit beschäftigt, seinen Schlüsselring geradezubiegen. Er machte das mit einer Innigkeit, als beschlafe er seine Schlüssel gelegentlich.

»Ihre Mutter«, die Blissow deutete auf den Apparat, »dreimal hat Sie schon nach Ihnen verlangt. Ich habe mir erlaubt, sie abzuwimmeln. Sie sollen ja sehr beschäftigt gewesen sein, hat Hajota erzählt.«

»Weil ich der einzige bin, der hier noch arbeitet.« Dietrich Kölling nahm Becker den Schlüsselbund aus der Hand.

»Wir bewundern Sie ja auch alle«, sagte die Blissow und zwinkerte Becker zu. »Sie haben sicher alles aufgeklärt.«

»Skalpell, Tupfer, Zigarette«, befahl Dietrich Kölling und streckte die Hände aus. Die Blissow warf ihm ihre Schachtel zu. Dietrich Kölling ließ sich auf einen Drehstuhl fallen und schaute mehr als selbstgefällig in die Runde.

»Ich hab da was. Der Schließer, der den toten Teske im Verwahrraum entdeckt hat, heißt Kissing. Rudolf Kissing. Ein alter Hase im Metier der Schlüsselgewaltigen, Becker, der biegt Ihnen Schlüsselringe zu Pflugscharen. Dieser Mensch kommt also als erster dafür in Betracht, das Spritzenbesteck entfernt zu haben. Er hat dann natürlich Alarm geschlagen, und alles, was Beine hatte, lief zuhauf. Ich habe mir erlaubt, eine Liste der Personen anzufertigen, die vor der Kripo die Zelle betreten haben. Wenn man Suffkopp Doktor Peukert einberechnet, sind es sieben Personen. Aber da wir ja unvoreingenommen sind, kommen noch die vier Ermittler aus der Flottenstraße hinzu. Und die Staatsanwältin Kriegel. Die bekommt morgen einen Liebesbrief von mir.«

»Bei derart vielen Leuten in einem so kleinen Raum«, meinte Becker, »da werden die wohl alle Spuren zertreten haben.«

»Worauf Sie den gesamten Heroinvorrat von Berlin nehmen können. Die Knastbeamten haben nur ihre Pflicht getan, Wiederbelebungsversuche und so weiter. Also die Sache mit der atypischen Erhängungssituation, die hat dieser Hauptkommissar Heßling oder Heßlich nur aus zweiter Hand. Aus der Vernehmung des Personals. Als die Kripo eintraf, lag der Tote auf seinem Bettchen. Sogar zugedeckt. Aus Pietätsgründen. Es ist sehr tröstlich zu wissen, daß man dort, wo unsere Klienten eines Tages ableiben, so sensibel ist.«

»Ich weine gleich vor Glück«, sagte die Blissow.

»Tun Sie mir das bitte nicht an.« Dietrich Kölling stiebitzte der Oberkommissarin eine weitere Zigarette. »Mit der Staatsanwältin habe ich auch telefoniert. Ich wollte doch zu gerne wissen, warum Teske nicht obduziert wurde. Aber ich habe einen Fehler gemacht. Weil mir kein Vorwand eingefallen ist, bin ich mit der Tür ins Haus gefallen. Und was die Staatsanwaltschaft eingestellt hat, sollst du nicht mehr anrühren. Elftes Gebot.«

»Kennen wir diese Frau Kriegel eigentlich?« wollte die Blissow wissen.

»Noch nicht.« Dietrich Kölling lächelte verschmitzt. »Aber mit Ihrer Hilfe werden wir sie kennenlernen.«

7

Anita Regorius hatte einen Schwips. Weil sie wenigstens für ein paar Stunden abschalten wollte, hatte sie sich mit einer Freundin in ihrer beider Stammlokal *Café Esprit* verabredet. Vier Stunden hatten die Frauen dort verbracht, Wein trinkend und schnatternd wie die Gänse; Anita Regorius hatte nicht nur abgeschaltet, sie hatte zum erstenmal seit Tage sogar wieder gelacht.

Kurz nach Mitternacht hatte sie sich von ihrer Freundin getrennt und ein Taxi genommen, obwohl sie nur ein paar Stationen mit der U-Bahn zu fahren brauchte. Anita Regorius hatte Angst vor nächtlichen U-Bahnfahrten, und daran änderten die Beteuerungen der BVG nichts, es sei doch schon viel sicherer geworden im öffentlichen Personenverkehr. Vielleicht stimmte das sogar. Trotzdem, es gab nach wie vor Überfälle, und denjenigen, die es traf, durfte es ziemlich gleichgültig sein, daß sich die Gesamtsituation gebessert hatte. Da opferte Anita Regorius lieber ein paar Mark für das Taxi, auch wenn sie sich damit den Sprüchen oder dem Geschwätz der Chauffeure aussetzte und machmal auch ihren anzüglichen Blicken.

Der Alkohol hatte Anita Regorius nicht nur in eine ausgelassene Stimmung gebracht, er hatte sie auch erregt. Obwohl sie allein auf der Rückbank saß, hatte sie das Gefühl, von jemandem gestreichelt zu werden. Der Jemand war vor allem ihre Phantasie. Seit der Verhaftung von Teske hatte sie keinen richtigen Mann mehr zwischen den Beinen gehabt, aber darum ging es ihr in diesem Moment auch gar nicht, sonst hätte sie schließlich den Taxifahrer anmachen können, der ganz nett aussah. Anita Regorius hatte Lust, sich selbst zu befriedigen. Selbst wenn sie mit einem Mann zusammen war, zog sie sich immer wieder auf ihre private Insel zurück und verschaffte sich mit ein paar einfachen Handgriffe eine Befriedigung, die sie von den Schlappschwänzen nicht nur nie bekam, sondern nicht einmal erwartete. Fast alle Kerle hatten die Eigenart, viel zu früh abzuspritzen; das schrie ja schon wie besengte Sau, wenn sie gerade mal anfing, ein leises Kribbeln zu spüren. Anita Regorius kicherte in sich hinein. Die Männer waren in jeder Beziehung eine Fehlentwicklung der Natur, mental, körperlich und gesellschaftlich sowieso. Natürlich brauchte man sie. Es war nicht unangenehm, zu zweit zu sein. Aber die Frau war am mächtigsten allein.

Nachdem er ihr den Fahrpreis genannt hatte, schaute der Chauffeur sie fragend an. Er war ein junger, knackiger Türke, der offenbar bemerkt hatte, was mit ihr los war, und der nicht übel aufgelegt war, sich auf ihr Trittbrett zu schwingen. Anita Regorius schob ihm einen Zwanzigmarkschein in die Hand. Der Türkenbub schaute auf das Geld, dann wieder auf Anita. Anita Regorius schüttelte den Kopf.

»Kein Trinkgeld«, sagte sie. Das schien die Leidenschaft des Fahrers einzufrieren.

Anita Regorius schloß ihre Haustür auf, trat in den dunklen Torweg und ließ die Türflügel krachend ins Schloß fallen. Sie machte Licht und begab sich zum Quergebäude, in dem sie wohnte. Auf der Treppe sang sie. Die dummen Nachbarn, die selbst um diese Zeit noch mit den Ohren an den Wohnungstüren klebten, würden sie für betrunken oder für verrückt halten, weil sie selbst verrückt und ständig betrunken waren. Anita mußte schon wieder kichern. Während sie in den vierten Stock kletterte, wechselten Gesang und Gekicher einander ab.

Vor ihrer Tür stand ein Mann.

»Du?« fragte sie. Der Mann nickte. »Wie bist du ins Haus gekommen?«

»Durch die Wand«, sagte der Mann und lächelte.

»Und was willst du? Ficken oder über deine Eheprobleme reden? Oder über deine Schulden, über das unabgezahlte Haus mit den unabgezahlten Kindern und der unbezahlbaren Gattin?«

»Anita«, flehte der Mann.

»Okay.« Sie winkte ab und öffnete die Tür.

Der Mann ging vor. Anita betätigte den Lichtschalter im Flur. Mit dem Fuß trat sie die Tür zu. Der Mann hatte seine Aktentasche bei sich. Sie war sehr groß, abgeschabt und häßlich.

»Ich habe uns etwas zu trinken mitgebracht«, sagte er.

Der Mann öffnete die Tasche und nahm eine Axt heraus.

Viertes Kapitel

1

Dietrich Kölling beeilte sich fast nie, einen Tatort zu erreichen, weil er für gewöhnlich immer rechtzeitig eintraf; wenn ein Mensch unmittelbar nach seiner Ermordung aufgefunden wurde, dann hatte man in der Regel den Täter schon, und im anderen Fall hatte man Zeit. Das erste, was Dietrich Kölling auf dem sanierten und mit Blumenkübeln vollgestellten Hinterhof auffiel, war ein junger Mann, der offenbar frische Luft schnappte. Der Junge war ihm bekannt. Er hieß Tangermann, war Polizeimeister und im Augenblick weißer als eine Leinwand. Dietrich Kölling registrierte es mit tiefer Befriedigung.

Unmittelbar nach der Schutzpolizei und den unvermeidlichen Erstbesichtigern waren die Blissow und Tangermann am Tatort eingetroffen. Die Blissow nahm ihren Chef vor der Wohnung der ehemaligen Anita Regorius in Empfang, wo sie sich gerade die blutbeschmierten Latexhandschuhe von den Händen rollte, eine Talkumwolke verbreitend. Einen der Handschuhe hatte sie bereits in einer Abfalltüte verstaut, der zweite folgte.

»Hajota wird Erektionsprobleme haben, wenn er sich heute abend zu seiner kleinen Freundin ins Bett legt«, sagte sie.

»Das ist unerheblich«, meinte Dietrich Kölling. »Denn erstens wird er heute abend unter Garantie nicht ins Bett kommen, zweitens klären wir unsere Fälle nicht mit dem Schwanz, sondern mit dem Schreibtisch auf, drittens können Sie gar nicht wissen, ob seine Freundin ihn nicht um Hauptеslänge überragt.«

»Doch. Er hat so etwas Überwältigendes. Solche Menschen haben kleine Freundinnen.«

»Ich sehe, Sie haben Ihre psychologischen Kenntnisse auf einem Notlehrgang erworben.« Dietrich Kölling nickte in Richtung auf die Wohnungstür. »Was erwartet mich dort?«

»Schädelspalterei.«

Anita Regorius mußte gleich nach dem Betreten ihrer Diele niedergeschlagen worden sein, und zwar von vorn. Das einzige, was sie noch geschafft hatte, war, das Licht einzuschalten und die Tür zu schließen. Wahrscheinlich war sie dann mit dem Rücken gegen die Tür gefallen, und der Mörder hatte sie zur Seite schieben müssen, als er die Wohnung verließ. Die Diele jedenfalls mußte neu tapeziert werden, und der Teppich war erheblich wertgemindert, falls es nicht irgendwelche Satanisten gab, die für grauen Auslegeboden mit einem nahezu quadratmetergroßen Blutfleck Unsummen zahlten. Auf den ersten Blick war Anita Regorius gar nicht zu erkennen. Der Mörder hatte mit erheblicher Kraft zugeschlagen, und das sicher nicht nur einmal. Was einmal Kopf gewesen war, das war jetzt Brei.

Dietrich Kölling schaute den Arzt, der Arzt schaute ihn an.

»Scharfe Gewalt gegen den Schädel«, erklärte der Doktor.

»Wirklich? Komisch, ich dachte, sie wäre am Herzschlag gestorben.«

»Daß Ihr Bullen immer Witze reißen müßt.« Der Arzt schüttelte den Kopf. »Keine Ehrfurcht vor dem Tod.«

»Vor dem Tod schon«, sagte Dietrich Kölling, »nur vor Toten nicht.«

Er wandte sich zum Hausflur um. Die Blissow wischte sich die Hände an einem Taschentuch ab, und auch Tangermann war wieder aufgetaucht. Er sah wild entschlossen aus, den Mord innerhalb von dreißig Sekunden aufzuklären, aber seine Blässe strafte ihn Lügen.

»Die Dinge nehmen ja eine romantische Wendung«, sagte Dietrich Kölling. »Jetzt können wir auch die Sache in Tegel neu aufrollen.«

»Es sei denn, jemand deckelt.«

»Na, und?«

»Wenn die Staatsanwaltschaft partout keine Zusammenhänge erkennen will«, begründete die Blissow ihre Skepsis, »dann bleiben die Akten im Archiv.«

»Was habt ihr bloß alle mit der Staatsanwaltschaft? Wir sind hier nicht in Italien. Hier ist Preußen.«

»Eben. In Italien ist Bestechung teurer. Zigarette?«

»Immer.« Dietrich Kölling trat wieder auf den Treppenabsatz. »Daß Becker als Abgesandter aus Stasiland an Paranoia leidet, verstehe ich ja. Aber eine mit allen Wasser gewaschene Oberkommissarin wie Sie.«

»An meine Haut lasse ich nur Wasser und CD«, behauptete die Blissow.

»Das sieht man«, sagte Dietrich Kölling, ohne sich anmerken zu lassen, wie er das meinte.

»Womit ist denn diese Frau erschlagen worden?« fragte Hajota.

»Vom Schicksal«, sagte die Blissow.

»Auf die Frage Womit ist das keine Antwort«, bemerkte Dietrich Kölling. Dann machte er wieder eine Kehrtwendung.

»Habt ihr die Tatwaffe?« brüllte er in die Wohnung. Irgendwer mußte schließlich außer dem Arzt drinnen sein.

»Noch nicht«, brüllte jemand zurück. Dann erschien ein Mann in einer der Türen, die von der Diele abgingen. Viel älter als Hajota war er nicht, aber offenbar abgebrühter. »Wäre auch zu blöd von ihm, wenn er die hier versteckt hätte, oder? Rumliegen tut sie jedenfalls nicht. Aber nach dem Blutregen, der hier niedergegangen sein muß, habt ihr den Typen in der nächsten Reinigung.«

»Oder auf der nächsten Müllhalde«, entgegnete Dietrich Kölling. »Na, los dann, laßt uns mal gucken.«

Die Männer vom Erkennungsdienst hatten sich in alle Räume der Wohnung verkrümelt und taten, was sie immer taten; sie fotografierten, pinselten, sammelten, schauten nach. Anita Regorius war Mieterin einer Dreizimmerwohnung gewesen, was zumindest über ihren Geldbeutel einiges aussagte. Der erste Raum, den Dietrich Kölling und sein Gefolge in Augenschein nahmen, war das Bad. Anita hatte es schwarz gestrichen, mit den Fußbodenleisten allerdings einen roten Akzent gesetzt. In der Badewanne krabbelte eine Spinne. Das Bord unter dem Spiegel quoll über von Kosmetika. Anita Regorius hatte ihren Teint mit allen nur denkbaren Cremes und Lotions zur ewigen Jugend zwingen wollen. Die Ewigkeit hatte sie auch ohne chemisch verarbeitete Nachgeburten erreicht.

»War wohl ein lebenslustiges Mädchen«, meinte Dietrich Kölling, »soviel Schminke, um die Suffspuren zu verwischen.«

»Sie müssen Ihre Kenntnisse der weiblichen Seele auf einem Notlehrgang . . .« begann die Blissow ihre Retourkutsche, wurde aber von dem Polizeitechniker unterbrochen, der in dem Plastikeimer für die Monatsbinden wühlte.

»He, wartet mal«, rief er dazwischen. Und förderte ein Stück zusammengequetschter Aluminiumfolie ans Licht, die man zum Entsorgen von Menstruationsbinden kaum benötigte. Mit zwei Pinzetten mühte er sich redlich und für ein wahrscheinlich beschissenes Gehalt, den Kern der Folie freizulegen. Dietrich Kölling, die Blissow und Hajota beugten sich über ihn.

In der Aluminiumfolie war etwas versteckt worden. Ein kristallines weißes Pulver.

2

»Regorius?« Kriminalrat Banzow befragte nicht Dietrich Kölling oder Tangermann, sondern seine Erinnerung. »Regorius?« Dann fragte er den Zigarettenrauch. Dietrich Kölling wurde allmählich ungeduldig. »Regorius?« Das war an die einzige merkfähige Intelligenz im Raum gerichtet, an den Computer. Aber der wußte auch nichts.

»Geborene Freiling«, sprang Tangermann dem Drogenfahnder bei.

Banzow tippte den Namen ein. Der Computer verhielt sich wie eine beleidigte Katze.

»Nix«, sagte Banzow.

»Ihr sollt euch nicht mit Nixern, sondern mit Fixern beschäftigen.« Dietrich Kölling war auf hundertachtzig.

»Teske?« Hajota mußte, seitdem er keine Strafzettel mehr verteilte, die erste Sternstunde seines neuen Lebens haben.

Der Computer spuckte ein paar Daten aus.

»Den kennen wir natürlich«, kommentierte Banzow die Leistung des Ja-und-Nein-Sagers, als sei er der Erfinder des Dualsystems. »Wir haben aber keine Nebenverweise auf jemanden, der Regorius oder Freiling heißt.«

»Ein Nebenverweis scheint mir eine recht milde Strafe zu sein«, sagte Dietrich Kölling.

»Welche Nebenverweise haben Sie denn?« fragte Tangermann.

Banzow glotzte ihn an.

»Herr Kriminalrat«, fügte Tangermann hinzu.

Die Liste, die Hajota auf diese Weise dem Betäubungsmitteltypen aus den Rippen schnitt, war neunundvierzig Namen lang.

3

Dietrich Kölling, die Blissow und Becker waren in der Sprechecke versunken. Weil der Referatsleiter in diesem Moment als Chef agierte und deshalb nicht zu klein wirken wollte, saß er an seinem Schreibtisch.

»Hajota ist große Klasse«, sagte Dietrich Kölling.

»Ein Hajota arbeitet bei uns nicht«, bemerkte der Oberrat.

»Ich meine unseren Grünschnabel.«

»Ach so.« Der Oberrat wurde zum Möbelfetischisten. Plötzlich hatte er nur ein Auge für die Maserung seines Schreibtischs. »Sie haben übrigens richtig getippt, Herr Kölling«, sagte er.

»Ich? Ich tippe doch gar nicht.«

»Gestern«, begann der Oberrat und verstummte. Er mußte gestern etwas Schreckliches erlebt haben.

»Ja?«

»Besprechung beim Polizeipräsidenten. Thema war die Verbesserung der Effizienz bei der Aufklärung von Straftaten gegen die sexuelle Selbstbestimmung.«

Dietrich Kölling schaute seine Mitarbeiter an. Die Blissow sah wie üblich aus wie ein Ölgötze. Becker knabberte einen Referatsleiterkeks.

»Unser Schwulenbeauftragter war auch da.« Der edle Spender der Kekse schwitzte ein wenig. »Ich will ja bloß sagen, ich meine, also euer Neuer . . . »

»Macht nichts«, sagte Dietrich Kölling. »Geben Sie mir noch einen Behinderten, dann habe ich alle Quoten erfüllt. Hajota ist ein netter Kerl. Haben Sie selbst gesagt. Und Frau Blissow muß ein paar Urteile revidieren. Über kleine Freundinnen.«

4

In dem Moment, da Dietrich Kölling das Möbelhaus betrat, spürte er sein krankes Herz wieder. Die Möbelindustrie steckte offenbar mit dem organisierten Verbrechen unter einer Decke und legte alles darauf an, Kriminalkommissare zu zerstören; allein das Angebot an Couches war überwältigend. Mit einer Couch wollte Dietrich

Kölling beginnen. Er hatte das Millimeterpapier seiner Mutter sorgfältig zusammengefaltet und trug es in seinem Jackett dort, wo er auch den Dienstausweis aufbewahrte.

»Kann ich Ihnen helfen?« fragte eine Frau von der Seite. Dietrich Kölling drehte ihr den Kopf zu. Sie war unter dreißig und brünett.

»Eine Couch«, sagte Dietrich Kölling erschüttert.

»Haben Sie eine Vorstellung von der Farbe?«

»Nein.«

»Vom Preis?«

»Billig.«

»Aha. Wie finden Sie unser Modell Solveigh?« Die Frau zeigte es. *Solveigh* war ein ausgesprochen zartes Sitzmöbel mit einem kakelbunten Bezugsstoff. Dietrich Kölling fand es scheußlich.

»Hübsch«, sagte er.

»Sie können Solveigh umklappen«, erläuterte die Verkaufsberaterin. »Zwei Personen finden darauf Platz.«

Für zwei Personen von der Dimension der jungen Frau mochte das zutreffen. Dietrich Kölling war eher skeptisch; warum sollte er Geld für ein Möbel aus dem Fenster werfen, das unter ihm zusammenbrechen würde.

»Aber ich habe eine genaue Vorstellung von den Maßen«, sagte er schließlich. »Hier.« Er entfaltete das Millimeterpapier.

»Da muß ich mal schauen«, sagte die Frau. »Bitte einen Augenblick Geduld.«

Dietrich Kölling konnte nicht mehr atmen. Nur zwei Minuten brauchte die Frau, um das Richtige zu finden, aber ihm kam es wie eine Ewigkeit vor. Dann wurde er mit *Stella* bekanntgemacht. *Stella* war blauschwarz und ziemlich klobig, *Stella* konnte nicht umgeklappt werden und kostete für Selbstabholer etwas mehr als dreitausend Mark. Dietrich Kölling zahlte mit Scheck auch die Lieferkosten im voraus.

5

Dietrich Kölling hatte Becker mit einer jener Aufgaben betraut, die er stets für den Kommissar reservierte, weil er ihn für den größten Bürokraten seines Kommissariats hielt: mit dem Abgleichen von

Listen. Es war eine Arbeit, die Solidität verlangte; nichts durfte den Argusaugen des Abgleichenden entgehen. Und Becker war im Abgleichen ein Genie.

»Da.« Becker knallte seinem Chef einige der Papiere auf den Tisch.

»Wo?«

»Kissing, Rudolf«, sagte Becker und markierte mit dem Daumennagel die Stelle.

»Das ist doch der Knastmensch? Der Teske fand?«

»Ja. In dessen Haus ist vor anderthalb Jahren eingebrochen worden.«

»Etwa Teske?«

Becker zuckte die Schultern.

»Das wurde nie ermittelt.«

6

Die Blissow wertete die Berichte der Klinkenputzer aus, die alle Nachbarn von Anita Regorius nach verdächtigen Wahrnehmungen befragt hatten. Einige hatten verdächtige Wahrnehmungen gemacht. Frau Regorius sei gegen halb eins nach Hause gekommen; etwa drei bis fünf Minuten vor ihr habe man aber bereits die schwereren Schritte eines Mannes gehört. Dieser Mann und Frau Regorius hätten sich im Treppenhaus unterhalten, ohne daß jemand den Wortlaut mitbekommen hätte. Schließlich wäre die Wohnungstür geöffnet worden, und dann hätte man noch dieses Poltern vernommen. Der Mann sei wenig später die Treppe wieder hinabgestiegen.

Der Mörder hatte ein regelrechtes Blutbad veranstaltet, deswegen war die Regorius auch am nächsten Morgen gefunden worden; die blutigen Schuhabdrücke im Hausflur waren unübersehbar gewesen. Der Mörder hatte Turnschuhe getragen, deren Sohlenprofil abgewetzt war. Da es nur rudimentäre Abdrücke gab, konnte seine Schuhgröße nicht exakt ermittelt werden, wahrscheinlich war es die dreiundvierzig oder die vierundvierzig. Die Turnschuhe stammten höchstwahrscheinlich von der Firma *adidas*. Das wurde im Moment anhand dessen überprüft, was von dem Profil gesichert werden konnte.

Anita Regorius hatte in ihrer Nachbarschaft einen guten Leumund; man sah sie fast nie, aber daher sah man sie auch nie in Begleitung eines Mannes. Früher hatte es einen Freund gegeben, aber der war aus Anitas Leben verschwunden. Auf einem Foto wurde Teske als der damalige Freund erkannt.

Teske war bei den Mitmietern noch beliebter gewesen. Insbesondere gegenüber den Alten soll er sehr hilfsbereit gewesen sein, Einkäufe für sie erledigt haben und sogar manchen Behördengang. Der junge Mann habe wohl nachts in einem Krankenhaus gearbeitet, deshalb sei er tagsüber oft zu Hause gewesen. Und der Frau Sorau aus dem ersten Stock habe er sogar die Insulinspritze verabreicht. Alle waren der Ansicht, daß er Arzt werden würde.

Anita Regorius und Martin Teske waren ein nettes Pärchen gewesen. Die Blissow zündete sich eine Zigarette an. Nun war das nette Pärchen also tot.

Daß die Regorius Männerbesuche empfangen hatte, war allerdings unverkennbar; ein Naßrasierer und ein Aftershave im Badezimmer bewiesen das ebenso wie ein Paar Herrenschuhe in der Diele und einige Socken, die der Regorius viel zu groß waren. Natürlich konnte das alles von Teske stammen, aber für die Tatsache, daß Teske über lange Zeit bei Anita gewohnt hatte, war es auffallend wenig. Es sah aus, als hätte die Ermordete getilgt, was sie an ihren Geliebten erinnern konnte, nur wäre sie in diesem Fall wiederum inkonsequent gewesen. Da stimmte etwas nicht zusammen.

Die Oberkommissarin blies den Rauch über die Tatortfotos. Dann sammelte sie die Bilder in eine Papiertüte und erhob sich, um zu ihrem Chef zu gehen. Eines immerhin stand fest wie ein Felsen: Anita Regorius mußte ihren Mörder gekannt haben.

7

Dietrich Kölling und Becker brüteten über einem Stapel Akten und sahen nicht sehr glücklich aus, aber das sahen sie eigentlich nie. Die Blissow schaute ihnen über die Schulter. Auf dem Konferenztisch lag die Skizze eines großen Wohnzimmers.

»Sind Sie immer noch beim Möblieren?« fragte die Oberkommissarin verdutzt.

»In diesem Zimmer würde meine gesamte Wohnung Platz finden«, meinte Dietrich Kölling und wandte sich wieder Becker zu.

»Wieso kann sich ein kleiner Schließer so ein Haus leisten?«

»Schließer?« Die Blissow verstand nur Bahnhof. Becker übernahm die fällige Erklärung.

»Kissing. Der Vollzugsbeamte, der Teskes Leiche gefunden hat. Dem gehört ein Einfamilienhaus in Frohnau.«

»Erbschaft«, schlug die Blissow vor. »Oder Bausparvertrag. Ein Haus ist doch nichts Besonderes.«

»Für mich schon.« Dietrich Kölling klopfte gegen die Kaffeekanne. Sie schien leer zu sein. »Aber das ist nicht der springende Punkt. In das Haus wurde nämlich eingebrochen. Fast anderthalb Jahre liegt das nun zurück. Der Täter kam durch den Garten und über die Terrasse, hat einfach die Schiebetür aufgestemmt. Während Kissing nebst Gattin im Dachgeschoß schliefen, hat er sich unten in aller Seelenruhe umgesehen. Viel Wertvolles hat er aber nicht gefunden; ein dreiarmiger silberner Leuchter war das teuerste Stück. Nun der große Sprung von Kissing zu Teske. Teske war, wie Sie wissen, auf Villeneinbrüche spezialisiert. Insgesamt zwölf konnten ihm nachgewiesen werden. Man hatte ihn noch bei acht weiteren im Verdacht, aber was ihm nicht bewiesen werden konnte, hat er nicht zugegeben. Weil er zweimal in Frohnau agiert hat, wurde er auch zu Kissings Haus befragt. Das will er jedoch nicht gewesen sein.«

»In Tegel jedenfalls«, ergänzte Becker, »sind sich Kissing und Teske begegnet. Ob Teske wußte, daß Kissing selbst einmal Opfer eines Einbruchs war, entzieht sich unser Kenntnis. Kissing wußte seinerseits natürlich, mit wem er es zu tun hatte.«

»Kissing hat wahrscheinlich mit mehr als einem Hauseinbrecher zu tun«, wandte die Blissow ein. »Ich sehe Ihnen an der Nasenspitze an, daß Sie an der Version von der Selbstjustiz basteln. In diesem Fall müßte Kissing wohl alle Einbrecher erhängen.«

»Ja, sicher.« Dietrich Kölling brauchte eine Verschnaufpause. Er stand auf, ging zum Fenster und krempelte sich im Gehen die Ärmel hoch. Auf dem Gehsteig der Keithstraße spielten ein fünfjähriger Junge und ein etwas älteres Mädchen mit einem Fußball. Beide sahen ärmlich und schmutzig aus. »Falls er nicht aus einer unbedachten Äußerung Teskes geschlossen hat, daß er den Einbrecher vor sich hat, der seinen Teppich beschmutzte. Es war nämlich Winter.«

»Trotzdem«, die Zweifel der Blissow blieben bestehen, »das kann kein Motiv sein. Wegen einem dreiarmigen Silberleuchter und ein paar Flecken.«

Dietrich Kölling riß sich von den spielenden Kindern los.

»Mehr Motiv haben wir im Moment nicht«, sagte er.

8

Den Jungen, der gerade Hans-Joachim Tangermanns Hosenstall aufknöpfte, würde er bezahlen müssen. Einen Hunderter womöglich. Der Junge hatte behauptet, er sei zwanzig. Wahrscheinlich war er siebzehn. Aber er hatte nicht nur gelogen. Daß er aus Rumänien stammte, war sicher die Wahrheit.

Tangermann krallte seine Hände in das schwarze Haar.

Der Junge war gleich eingestiegen. Er mußte ein Novize sein, denn er hatte noch kein Wort über Geld verloren.

»Wir können auch zu mir nach Hause fahren«, schlug Tangermann vor.

Der Junge nahm seinen Schwanz in den Mund. Daß er nicht auf einem Kondom bestand, bewies entweder, daß er tatsächlich ein Frischling war oder unverschämte Forderungen stellen würde.

»Wie heißt du?«

»Ich komme mit«, sagte der Junge.

Das würde natürlich den Preis in die Höhe treiben. Tangermann hielt an einem Geldautomaten. Er hob sicherheitshalber fünfhundert Eier ab. Mehr konnte er sich nun wirklich nicht leisten.

Der Polizeimeister und der Junge brauchten fast zehn Minuten, um in Tangermanns Wohnung im dritten Stock zu gelangen. Schuld daran war Tangermann. Alle paar Stufen nahm er den Stricher in den Arm und versuchte, ihn zu küssen. Der Bengel mochte das nicht. Er ließ sich fürs Schwanzlutschen bezahlen, aber ansonsten war sein Mund tabu.

Tangermann hatte noch eine Flasche Bourbon im Haus, die er auf den Tisch stellte. Ein Glas konnten sie noch zusammen trinken oder zwei. Der Polizeimeister mußte auf sich aufpassen. Zu viel Alkohol machte zwar geil, aber zugleich auch unvorsichtig und impotent.

Der Junge zog seine Turnschuhe aus.

»Ich bin Sunny«, sagte er.

»Das ist aber nicht dein richtiger Name.«

Tangermann füllte die Gläser. Sunny trug keine Socken.

»Ist das nicht zu kalt?« Der Polizeimeister fühlte sich unbehaglich. Einen Jungen wie Sunny hätte er gern jeden Tag in seiner Wohnung. Er war erst vierundzwanzig. Er war schlank, blond, gutaussehend. Und er war ein Bulle.

Sunny hielt ihm acht Finger vor die Nase.

»Achthundert? Du bist bekloppt.«

Sunny klappte zwei Finger ein. Tangermann schüttelte den Kopf. Bei fünfhundert Mark wurden sie handelseinig. Die Thaijungen sollten für einen Hunderter über Nacht bleiben. Aber Tangermann wollte Sunny. Und der wußte das.

Der Junge saß jetzt in Slip und T-Shirt vor ihm. Tangermann streichelte seine Beine. Tangermann legte den Kopf an die Brust des Jungen. Tangermann nahm sich dessen Arme vor.

Als er die Ärmel des T-Shirt hochschob, sah er die Tätowierung auf dem Oberarm.

»Warst du im Knast?«

Sunny lächelte.

»Warst du im Knast?«

»Plötze«, sagte der Junge.

»Warum?« Tangermann wußte, daß die Jugendstrafanstalt Plötzensee gemeint war.

»Scheiße«, sagte der Junge. »Verpißte Scheiße.«

»Hast wohl Liebhaber beklaut?«

Dann verstand Tangermann die Welt nicht mehr. Sunny, der Geschäftsmann in Sachen Schwanzlutschen, fiel ihm um den Hals. Zitterte wie Espenlaub. Klebte an ihm wie einer, der auch nach Auszahlung von fünfhundert Mark nicht gehen will. Tangermann stöhnte. Wieder hatte er einen erwischt, der eigentlich einen Vater suchte. Oder so was Ähnliches.

Tangermann stand kurz davor, vor Zuneigung und Liebe und Vatergefühlen und Angst und Verlangen den Verstand zu verlieren. Die Realität war stärker. Die Welt war doch erklärbar. Tangermann hatte die vernarbte Armbeuge des Jungen gesehen.

Sie fickten nicht. Tangermann ließ sich keinen blasen. Sie kuschelten bloß. Und das war mit fünfhundert Mark absolut überbezahlt.

Fünftes Kapitel

1

Die Staatsanwaltschaft hielt die Akte Teske noch immer unter Verschluß. Zwischen dem Tötungsverbrechen zum Nachteil von Anita Regorius, einer offenkundigen Beziehungstat, und dem Selbstmord des Vollzugsinsassen Martin Teske bestünde kein Zusammenhang, hatte die Staatsanwältin Kriegel geschrieben. Dietrich Kölling kochte vor Wut.

»Ich verstehe dieses Brimborium nicht«, sagte die Blissow, »wir können uns doch das Exemplar kommen lassen, das bei der Polizei archiviert ist.«

»Hahaha«, machte Dietrich Kölling bloß, sprang auf und stürmte aus dem Raum.

»Was hat er denn?«

»Ein solches Exemplar existiert nicht«, erklärte Becker das Verhalten ihres Chefs.

»Ein solches Exemplar existiert immer«, meinte die Blissow unbeirrbar.

»Nicht in diesem Fall. Frau Kriegel war der Ansicht, da die Angelegenheit derart klar liege, genüge ein Papier für den Staatsanwalt, der die Sache bearbeitet. Und das ist sie. Es gibt wahrscheinlich nicht mal eine richtige Akte, nur ein Fundortprotokoll und einen Abschlußbericht.«

»Spurensicherung?«

»Das haben die aus der Flottenstraße selbst gemacht. Werden wohl ein bißchen rumgepinselt haben, wenn überhaupt.«

»Vernehmungen des Personals?«

»Nicht protokolliert. Im Abschlußbericht zusammengefaßt.«

»Ärztliches Gutachten?«

»Nicht schriftlich. Im Abschlußbericht zusammengefaßt. Irgendwann kam dann noch ein Brief von Doktor Peukert. An die Kriegel. Keine Ahnung, wo der ist.«

»Keine Durchschrift?«

»Sie haben doch mit dem Arzt gesprochen«, sagte Becker entnervt.

Dietrich Kölling kam zurück.

»Wo ist Hajota?«

Tangermann war noch nicht aufgetaucht. Es war nach zehn, eigentlich hätte er längst da sein müssen. Dietrich Kölling stand kurz vor der Explosion. Um die zu verhindern, machte er sich an seinem Krisenschnaps zu schaffen; wenn er es vor dem Mittagsessen tat, stand es wirklich schlecht um ihn.

»Denken Sie an Ihr Herz«, riet die Blissow. Das hätte sie nicht tun sollen.

»Ich hab kein Herz«, schrie Dietrich Kölling die Oberkommissarin an. »Ich habe unfähige Mitarbeiter, Dilettanten, die allesamt in die Flottenstraße gehören, um mit diesem Heßlich um die Wette zu saufen. Sie, Sie, Frau Blissow, Sie, Frau Oberkommissar, Sie sollten sich doch über diese Staatsanwältin erkundigen. Wo sind die Resultate? Wo ist ein Papier, das meine Wunden kühlt? Ich sehe keins.«

Und zum erstenmal, seitdem die drei Kriminalbeamten zusammenarbeiteten, sahen Becker und Dietrich Kölling, wie die Blissow kleinlaut wurde.

»Ich bin noch nicht dazu gekommen«, gab sie zu. »Der Mord an Anita . . .«

Dietrich Kölling trank aus der Flasche. Er wollte keine Entschuldigungen hören.

»Dann Marsch«, sagte er nur noch. Und die Blissow marschierte los.

Ein paar Minuten wurde geschwiegen. Becker wagte nicht, etwas Tröstliches zu sagen, außerdem fiel ihm nichts Tröstliches ein. Dietrich Kölling betrachtete das Etikett. Plötzlich aber lächelte er.

»Vielleicht sind wir gerade einer Riesenschweinerei auf der Spur. Einem Skandal erster Sahne. Vielleicht trete ich im Fernsehen auf.«

Statt des Fernsehens kam ein Anruf.

2

Polizeimeister Hans-Joachim Tangermann erwachte unter anomalen Umständen. Es war zehn Uhr fünfzehn. Tangermann würde zu spät in die Keithstraße kommen, zu spät zu diesem Ekel von einem

Hauptkommissar, zu spät zu seiner Karriere, und er hatte ein Bündel Elend am Hals, etwas Schwitzendes, Zuckendes, etwas Kaputtes, das Stoff brauchte, und Tangermann wußte, wo er zu kriegen war.

»Hau ab«, brüllte er das Bündel an. »Verpiß dich.«

Das Bündel war aber nur zum Schwitzen und Zucken in der Lage.

Tangermann ging duschen. Ihm war etwas Dummes, etwas ganz und gar Blödsinniges widerfahren. Er hatte sich in einen Stricher verknallt. Er hatte sich in einen Stricher verknallt, mit dem er nicht einmal geschlafen hatte. Man verliebte sich nicht in Stricher, das brachte Unglück. Man bezahlte sie und schickte sie auf die Straße zurück. Stricher, die man bei sich behielt, klauten Schecks, Geldkarten, Bargeld. Erst dann verschwanden sie. Und Stricher mit Venenentzündung klauten nicht nur, wenn man sie nicht vor die Tür setzte, sie saugten einen bis auf den letzten Blutstropfen aus.

»Scheiße, Scheiße, Scheiße.« Die Kacheln zeigten keine Reaktion.

Tangermann, am Vorabend noch von väterlichen Gefühlen für einen siebzehnjährigen rumäniendeutschen Fixer überwältigt, brauchte jetzt selbst einen Vater.

»Bevor Sie mich entlassen«, sagte er in die Sprechmuschel, nachdem er seinen Name genannt hatte.

»Ich? Ich kann Sie gar nicht entlassen«, sagte Dietrich Kölling. »Aber wir warten seit fast drei Stunden auf Sie. Und, nebenbei bemerkt, man wird von mir ein paar Zeilen über Ihre Qualitäten verlangen. Guten Morgen übrigens.«

»Ich brauche Ihre Hilfe.«

»Haben Sie gesoffen? Nehmen Sie zwei Aspirin und vertrauen Sie sich Bussen und Bahnen an. Ich kann schweigen.«

Obwohl Tangermann aufgeregt war, fiel ihm auf, das Dietrich Kölling ihn immer noch siezte.

»Können Sie nicht herkommen?«

»Nee, ich hab keine Zeit für Suffprobleme.«

»Ich . . . bitte kommen Sie . . . Es ist kompliziert.«

Sunny war ziemlich durcheinander, aber immerhin klar genug, eine Pistole am Griff anzufassen. Tangermann war gezwungen, in den Lauf seiner Dienstwaffe zu blicken. Seine Eitelkeit hatte ihm einen üblen Streich gespielt.

Natürlich hatte er die Knarre versteckt, bevor er ins Bad gegangen war, aber nur höchst liederlich unter einer Zeitung. Daß die Pistole nicht entsichert war, sah er sofort.

»Laß es«, sagte er. Mit einem Sprung und einem schnellen Schlag vor den Solarplexus fällte er den Stricher.

Dietrich Kölling erschien nach einer halben Stunde. Der Hauptkommissar war allein und nicht nur mißmutig, sondern stinksauer. Als er den gefesselten nackten Jungen sah, biß er sich auf die Lippen.

»Tangermann«, sagte er scharf, »ich ermittle Mordsachen. Ihren Anschauungsunterricht zu sadomasochistischen Praktiken können Sie mir in der Freizeit erteilen.«

»Sie sind gekommen.« Hajota konnte es nicht fassen.

Dietrich Kölling nahm sich Zeit, das unbekleidete Bürschchen in Augenschein zu nehmen. Es war ziemlich schmächtig, hatte eine Hühnerbrust, lag in Fötusstellung auf dem Boden und speichelte den Teppich ein. Wenn ihm die Spucke wegblieb, klapperte es mit den Zähnen. Dann speichelte es wieder.

»Tja«, meinte Dietrich Kölling schließlich, »Rettungswagen oder Grüne Minna?«

»Sunny hat mich mit der Waffe bedroht.«

»Sunny, ach Gott, wie süß. Aus welchem Asylbewerberheim ist er denn ausgebüxt?«

Tangermann zuckte die Schultern.

»Werden Sie Anzeige erstatten?«

Tangermann schüttelte den Kopf.

»Also Rettungswagen.« Dietrich Kölling stapfte zum Telefon.

3

»Tangermann, Sie sind doof«, sagte Dietrich Kölling, als sie im Wagen saßen und dem mit Blaulicht abfahrenden Feuerwehrfahrzeug hinterherschauten. »Aber komplett. Sie wissen selbst, warum man Vorbehalte gegen schwule Bullen hat. Sie sind unzuverlässig, erpreßbar, immer hautnah an der Unterwelt. Und ein Azubi der Mordkommission, der Polizeipräsident werden möchte, bestätigt das alles.«

»Schwule werden nicht Polizeipräsident.«

»Nee, Tangermann. Das kann man auch keinem zumuten, bei

einer Lagebesprechung von halbnackten Ganymeds mit Spargelsuppe bedient zu werden.«

»Aber . . .« Tangermann verschluckte seinen Einwand, Dietrich Kölling schob den Schlüssel ins Zündschloß. »Wohin bringt man den Jungen eigentlich?«

»Tangermann.«

»Ja?«

»Vergessen Sie ihn. Vergessen Sie den ganzen Scheiß. Seien Sie froh, daß ich hier aufgetaucht bin. Zuerst wollte ich nämlich jemanden vom nächsten Abschnitt schicken. Jetzt kommen Sie wenigstens mit einem blauen Auge davon.« Dietrich Kölling startete den Wagen.

»Ich krieg das schon raus.«

»Was?«

»Na, wo sie ihn hinschaffen.«

»Ach, Tangermann.« Dietrich Kölling gab auf. »Sie sind doch so blöd, daß Sie Polizist werden müßten. Wenn Sie nicht schon einer wären.«

Dietrich Kölling, ohnehin nicht des beste Autofahrer, weil sich seine Gedanken immer außerhalb des Straßenverkehrs bewegten, fuhr an diesem späten Morgen einen Stil, der ihm rasant vorkam. Wenn Dietrich Kölling einen rasanten Stil vorlegte, brauchte er mehr als einen Schutzengel. Um seinen Chef nicht zu noch mehr Verletzungen der Vorfahrtsregeln zu provozieren, sagte Tangermann nichts mehr. Dietrich Kölling nahm den Gesprächsfaden wieder auf.

»Warum«, wollte er wissen, »nehmen Sie sich keinen gleichaltrigen oder älteren Freund? Etwas Ruhiges, Ausgeglichenes, Pflegeleichtes? Bei Ihrem Aussehen müßten Sie so etwas doch im Dutzend finden.«

»Ich kann nicht«, sagte Tangermann leise.

»Sind Sie so festgelegt? Ich meine, ich kenne das alles aus meiner Arbeit. Dieses Fixiertsein auf das junge, unbehaarte, feste Fleisch. Wenn Sie dieser Begriff nicht verschreckt. Die Leute bringen einander schließlich vor allem wegen ihrer sexuellen Obsessionen um. Da hab ich ständig mit zu tun.«

»Das heißt . . .« Tangermann suchte lange nach der richtigen Formulierung. »Sie wollen sagen . . . mal angenommen, ich dürfte bei der Mordkommission bleiben, nur mal angenommen . . . ich wäre dann in einem solchen Fall vorbelastet? Also nicht objektiv?«

»Ist das nicht zu befürchten?«

»Sind Sie denn immer . . .«

»Was ich bin, steht nicht zur Debatte. Es geht um Sie. Tangermann, Sie werden es furchtbar schwer haben.«

»Bei der Kripo?« Der Polizeimeister war am Boden zerstört.

»Ach, Faxen.« Dietrich Kölling zeigte einem Fußgänger, der die Straße im dichtesten Verkehr überqueren wollte, seinen ausgestreckten Mittelfinger. »Ist Ihnen dieser blödsinnige Polizeidienst denn so wichtig? Ich dachte eher an Ihr Leben, Tangermann. An Ihre Liebe. Wenn Sie alt werden. Und unansehnlich wie ich.«

4

Die Blissow hatte sich seit langem nicht in ihrer Haut derart unwohl gefühlt. Ohne richterlichen Auftrag oder einen Auftrag von der Staatsanwaltschaft selbst war es schlichtweg unmöglich, über eine Staatsanwältin zu ermitteln. Jeder würde von der Oberkommissarin eine entsprechende Legitimation verlangen, niemand ihr Auskunft geben. Es gab überhaupt keinen Grund, warum ihr jemand etwas über Frau Kriegel erzählen sollte. Nur eine Legende konnte ihr helfen. Oder für immer schaden. Die Blissow brauchte den Rat eines Außenstehenden.

Erst als sie von der Yorckstraße in die Großbeerenstraße einbog, wurde ihr bewußt, daß der Mann, mit dem sie seit Jahren zusammenlebte, den gleichen Vornamen trug wie Teske: Martin. Das schien ihr kein besonders gutes Omen zu sein. Ihr Martin, der Texter und Leadgitarrist der *Verstoßenen Langschläfer,* würde sie vermutlich auslachen, wenn sie ihn mit ihrem Ansinnen belästigte. Und er hatte ja recht; er machte Musik und hatte keinen Sinn für Anwälte und ähnliche Gewalten des Staates.

Die *Verstoßenen Langschläfer* hatten in einem Hofgebäude der Großbeerenstraße ihr Probendomizil. Die Blissow hielt das, was sie produzierten, für Rockmusik. Daß sie damit schief lag, hatte ihr Martin lang und breit auseinandergesetzt, aber bis ins Letzte hatte sie nie verstanden, was er meinte; so wenig, wie sie begriff, warum sie an diesem Mann einen Narren gefressen hatte. Er trug aus ästhetischen Gründen eine unästhetische Frisur, kam von seinen Konzerten mit einer Fahne nach Hause, und über seinem Schamhaar wuchs bereits ein Bauch. Nach anstrengenden Tourneen stank er wie ein Wiedehopf, sein Schwanz war höchstens Mittelmaß und seine Künste als Liebhaber waren es auch. Aber Martin bewunderte die Blissow nicht nur, er vergötterte sie, denn die Blissow war eine starke Frau. Sie hatte die Hosen an. Sie befahl, und Martin ließ sich einfach fallen. Das mochte er, und die Blissow konnte selbst im Bett nur mit Männern etwas anfangen, die ihr nicht zu nahe traten.

Assel empfing die Oberkommissarin in dem Vorraum zur Probebühne, der Teeküche genannt wurde, obwohl in ihm niemals Tee gekocht worden war. Leere Rotweinflaschen und Bierbüchsen kündeten von den Schmierstoffen, die ein musikalischer Geist benötigte. Die Blissow hatte sich angewöhnt, den Schmutz zu ignorieren.

»Die Bulette ist gekommen«, rief Assel in den Probenraum. Wenn sich die Blissow nicht täuschte, hieß er Axel.

Kennengelernt hatte die Blissow ihren Musiker bei einem Tanzvergnügen, das niemand als solches bezeichnet hätte, weil es wohl eigentlich um höhere Werte gegangen war. Als an Dietrich Kölling und Becker noch nicht im entferntesten zu denken war, hatte sie ein Kollege zum Auftritt einer Kultband mitgenommen, deren Chef im Verdacht stand, seine beiden Söhne im Vollrausch erstochen zu haben. Daß die Blissow gern tanzte, war über das Kommisariat hinaus bekannt gewesen; ihr damaliger Chef hatte sie also mit Bedacht für diese Mission ausgewählt. Aber getanzt hatte die Blissow nicht. Die Musik hatte nicht zum Tanzen, sondern nur zu konvulsivischen Zuckungen eingeladen, und die Blissow legte Wert auf ihre Würde.

»Wir probieren gerade einen neuen Titel«, sagte Martin, der nervös wirkte und die Oberkommissarin nicht einmal auf die Wange küßte. »Ist ziemlicher Streß hier.«

»Wie heißt denn euer neues Werk?«

»Read me«, sagte Martin mit einem Anflug von Stolz.

»Gott, wie einfallsreich.«

Die Kultband von damals war keine Kultband mehr. Der Mord an den Söhnen des früheren Chefs konnte nie aufgeklärt werden. Dennoch hatte sich der Mann, dessen Bild an den kahlen Wänden des Probenraums hing, eine Kugel in den Kopf geschossen, aber er hatte sein Ziel verfehlt und saß seitdem sabbernd in einem Rollstuhl. Nur Martin war bekannt, daß die Blissow seinerzeit an den

Ermittlungen beteiligt war. Als er sie angesprochen hatte, wußte er es nicht. Er war völlig am Ende gewesen, hatte eine Frau gesucht, an der er sich festhalten konnte, und daß die Blissow eine solche Frau sein mußte, hatte er sofort erkannt. Und eine Woche später hatte er sich damit abgefunden, eine Polizistin zu lieben.

»Also mach's kurz«, befahl Martin der Blissow.

»Ich brauche Informationen über eine Staatsanwältin.«

»Aber doch nicht von mir.« Martin schaute die Blissow entgeistert an. »Mir ist im Leben noch keine Staatsanwältin über den Weg gelaufen. Nicht mal durchs Bett.«

Die Blissow gab Assel, der in der Küche hantierte, und Martin eine Zigarette aus und zündete sich selbst eine an.

»Wenn du wenigstens eine Idee hättest«, sagte sie. »Ich muß mir die Informationen inoffiziell verschaffen. Und ich weiß nicht, wie.«

»Und dein genialer Boß hat auch keinen Einfall?«

Die Blissow schüttelte den Kopf.

»Ich wüßte was«, mischte sich nun Assel ein. Die Blissow wandte ihm augenblicklich den Kopf zu, fürchtete aber, daß sie nur verschaukelt werden sollte. Das hatte der Musiker jedoch nicht vor. »Doktor Volkmann. Das ist mein Tip.«

»Wer ist Doktor Volkmann?«

»Unser Anwalt. Der war selbst mal bei der Staatsanwaltschaft, ist aber ausgeschieden. Paßte da nicht hin, weil er zu weit links steht. Linksaußen geradezu. Aber der kennt die Typen alle und hat so manches Anekdötchen auf Lager. Die Anschrift der Kanzlei habe ich in meinem Notizbuch.«

5

Dietrich Kölling hatte Hajota ohne viel Federlesens zu Becker geschickt, weil er bei dem etwas Wichtiges lernen konnte: das Abgleichen von Listen. Becker war nicht sehr erfreut über die Anwesenheit des Grünschnabels. Wenn er in den Listen etwas fand, dann entdeckte er es allein.

»Was war denn los?« erkundigte er sich lustlos.

»Der Alte hat mich aus 'ner ziemlichen Scheiße rausgehauen.«

»Wer?«

»Na, der Alte.«

»Sagt man das so?« Becker benutzte diese Formulierung niemals. Er sprach von Dietrich Kölling gegenüber anderen immer nur vom Chef. Wenn er hingegen seinen Vorgesetzten im direkten Gespräch so anredete, meinte er es immer ironisch. Im Grunde umging er es, ihn irgendwie zu nennen.

»Was sagen Sie denn?« wollte Hajota wissen.

»Nichts.«

»Und womit beschäftigen wir uns nun?«

»Mit den Bezugspersonen von Teske. Was Sie dem Rauschgiftheini aus dem Kreuz geleiert haben. Ich prüfe das gerade.«

»Und wie machen Sie das?«

»Querverweise.« Für Becker war damit alles erledigt. Tangermann staunte nur. Das kleine Zimmer, daß sich der Kommissar und die Blissow teilten, war voll mit Unterlagen; selbst auf dem Fußboden lagen vergilbte Registraturblätter. Becker stieg zwischen ihnen herum, nahm das eine oder andere Papier, den einen oder anderen Ausdruck zur Hand und gab irgend etwas in seinen Computer ein. Aber der Computer schien nicht zu wollen, wie Becker wollte.

»Die Frage ist ja ganz schlicht«, erklärte der Kommissar schließlich sein Tun. »Wie sind Martin Teske und Anita Regorius an das Heroin herangekommen?«

»Wieso denn die Regorius?«

»Wegen der zweiunddreißig Gramm, die wir in ihrem Badezimmer gefunden haben. Im Behälter für die Monatsbinden.«

»Das war Heroin?« Tangermanns Augen glänzten.

»Nee, Zucker.« Becker unterstrich eine Position mit Rotstift.

»Ich hätte da vielleicht einen Tip. Aus meiner Zeit als Streifenhörnchen.«

»Den behalten Sie man für sich«, sagte Becker, der gar nicht richtig zugehört hatte, und trat an seinen Computer, um abzugleichen.

6

»Ja, die Frau Kriegel, das ist auch so ein Früchtchen.« Rechtsanwalt Volksmann bot der Blissow einen Platz auf der Couch an, die üblicherweise seinen Mandanten vorbehalten war. Für einen Advo-

katen, der mit Vorliebe Autonome und Hausbesetzer vertrat, sah er etwas zu yuppiehaft aus mit seinem bunten Schlips und dem weißen Hemd. Um dennoch keine Mißverständnisse aufkommen zu lassen, kredenzte er der Blissow zwar einen Kaffee, sprach selbst allerdings einem Glas Karottensaft zu. Die Blissow schaute sich nach einem Aschenbecher um. In Volkmanns Büro herrschte Rauchverbot. Auch das paßte nicht ins Bild vom Selbstgedrehte quarzenden Autonomen.
»Was wollen Sie denn wissen?« erkundigte sich Volkmann.

»Alles«, sagte die Blissow.

»Wie das so Polizistenart ist.« Der Anwalt schüttelte sich. »Komisch, daß Sie sich ausgerechnet an mich wenden. Bei Ihrer Knüppelgarde bin ich nämlich unbeliebt.«

»Meine Knüppelgarde ist es nicht«, präzisierte die Blissow.

»Und Sie nehmen auch keine harmlosen Demonstranten mit der Videokamera auf?«

»Weder harmlose noch gefährliche.«

»Nun, gut.« Volkmann ordnete seine Krawatte, die besser gar nicht sitzen konnte. »Ich weiß tatsächlich eine Menge über Frau Kriegel. Wir haben nämlich zusammen Jura studiert. Die Kriegel war immer ein As im Strafrecht, vor allem in der Strafrechtsgeschichte. Ich sage Ihnen im Vertrauen, am liebsten wäre Sie wohl so ein Verknacker wie Freisler geworden. Nur ein bißchen rechtsstaatlicher. Todesurteile mit dem Grundgesetzkommentar in der Hand sprechen, das wär's gewesen.«

»Da übertreiben Sie sicher«, meinte die Blissow.

»Ich übertreibe gern. Aber als die Kriegel noch die politischen Strafsachen bearbeitet hat, bin ich mit ihr oft aneinandergeraten. Man schickt keine fünfzehnjährigen Demonstranten für ein Jahr in den Knast, bloß weil sie einen Stein in der Hand hatten. Wenn Sie die Frau sehen würden, wüßten Sie Bescheid. Eine Matrone, gepanzert wie ein Drachen und scharf wie ein Wachhund. Unverheiratet. Monogam allerdings nicht. Die geht jede Nacht nach getaner Arbeit mit einem anderen Paragraphen ins Bett.«

Volkmann lachte unangenehm, und die Blissow fragte sich, ob es nicht eher persönliche Gründe für diesen Haß gab, Gründe, die in einer gescheiterten Karriere ihren Ausgangspunkt hatten. Denn während die Kriegel immerhin erfolgreich zu sein schien, mußte sich Volkmann die Hände an ungewaschenen Jungen schmutzig machen, die ihn womöglich nicht einmal angemessen honorieren konnten. Wie ein politischer Fanatiker wirkte Volkmann jedenfalls nicht, und Ideologien machten noch nicht satt.

»Sie sprechen ziemlich abfällig von der Frau«, stellte die Blissow so nüchtern wie möglich fest.

»Aha.« Volkmann wurde ernst. »Sie glauben wohl, daß der Neid mich in meinen Urteilen beeinflußt? Keine Sorge, ich verdiene mindestens das Zehnfache von dem, was der liebe Staat seinen lieben Anwälten zahlt. Und den Aufstieg mancher Leute aus meinem Matrikel kann ich nur belächeln. Da sind nämlich einige die Treppe so hoch gefallen, wie sie nur konnten. Die haben sich wie die Kriegel immer an den richtigen Rockzipfel gehängt. Justizstaatssekretär Festersen zum Beispiel. Erst hat er in der Wirtschaft rumgemacht, dann in der Politik. Und der Mann ist eine ausgesprochene Null. Senatoren umgeben sich ja gern mit solchen Typen, damit sie sich von ihnen abheben können. Die Kriegel hat sich in kleineren Schritten hochgedient.«

»Sie soll mit der Justizsenatorin befreundet sein.«

»Befreundet? Na, denkbar ist alles. Bei den Spitzen der Berliner Justiz bin ich nicht zu Hause, aber wenn ich Ihnen etwas raten darf: Nehmen Sie sich Festersen vor. Dem ist die Kriegel eine Zeitlang hinterhergelaufen. Als kleine, pummelige Studentin, die niemand zum Tanzen aufforderte. Wenn irgendwo gemauschelt wird, dann auf dieser Ebene.«

7

Dietrich Kölling war noch immer nicht zufrieden. Die Blissow hatte ihm eine knappe Gesprächsnotiz vorgelegt und wartete auf eine Reaktion, die lange ausblieb. Dietrich Kölling schnaufte nur. Er dachte daran, daß ihm am Abend die neue Couch geliefert werden würde, und da er nicht wußte, ob er den Trägern nun einen Zehner extra in die Hand drücken sollte oder nicht, hätte er den Empfang des Möbels lieber einem anderen überlassen. Aber es gab keinen anderen, den er damit betrauen konnte.

»Volkmann scheint ein Blindgänger zu sein«, meinte er schließlich. »Ein bösartiger Winkeladvokat mit schräger Klientel.«

»Vielleicht, vielleicht nicht.« Die Blissow war die Gelassenheit in Person. »Jetzt hab ich jedenfalls einen schönen Vorwand, der Kriegel auf den Zahn zu fühlen.«

Dietrich Kölling zog eine seiner Schreibtischladen auf; er hatte noch nichts Rechtes gegessen und hoffte, einen Schokoladenriegel vorzufinden. In der Schublade gab es nur ein derangiertes Feuerzeug und ein paar Tabakkrümel.

»Sie meinen, nachdem Sie mit Volkmann über die Kriegel geredet haben, reden Sie nun mit der Kriegel über Volkmann? Wie, bitteschön, wollen Sie das anstellen?«

»Mit Ihren Worten. Über einen bösartigen Winkeladvokaten mit schräger Klientel herzuziehen, das muß doch ein wahres Vergnügen sein für seine ehemalige Kommilitonin. Ich erzähle ihr einfach, daß uns Volkmann am Rande eines Ermittlungsverfahrens über den Weg gelaufen ist. Das ist nicht einmal gelogen.«

»Sehr am Rande.« Dietrich Kölling schnaufte wieder. »Da, wo es privat wird.«

Die Blissow grinste bloß. Dietrich Kölling stützte sich mit beiden Armen auf der Tischplatte ab und schob sich so in die Höhe. Ein großes Eisbein mit Erbspürree würde ihm jetzt am meisten behagen. Aber wahrscheinlich würde es doch nur wieder ein Grillhähnchen von der Imbißecke werden.

»Sehe ich irgendwie lächerlich aus?« erkundigte er sich.

»Die Frage kann Ihnen ein Blick in den Spiegel beantworten. Aber ich freue mich nur, weil Sie mir auch das zweite Stichwort geliefert haben. Privat. Der Volkmann scheint sich für einen Frauenkenner zu halten, während das Geschlechtsleben unserer Staatsanwältin keiner Erwähnung bedarf. Was meinen Sie, wie gern solche Frauen die Volkmänner in den Schmutz ziehen. Womöglich wird dabei auch etwas von dem Dreck offenbar, den sie selbst am Stecken hat. Man muß sie nur richtig schön in Rage bringen.«

»Pfui, Teufel«, sagte Dietrich Kölling, bereits auf dem Weg in den Korridor, und fand sich mit einem toten halben Hahn ab.

8

»Kann man denn diese Heulsuse nicht endlich vom Gehöft schicken?« Der Stationsarzt hatte zwar die Oberschwester angesprochen, aber adressiert waren seine Worte an Tangermann.

Tangermann hatte nur wahrgenommen, daß es hier eine Oberschwester gab. Ober, immer existierten irgendwelche Ober; keine Kellner, sondern Oberschwestern, Oberkommissare, Oberärzte. Wenn Tangermann sich anstrengte, würde er bald Obermeister werden. Tangermann hatte keine Lust, sich anzustrengen. Sunny lag immer noch im Koma. Er fixte nicht bloß, er war Diabetiker. Ein Diabetiker, der fixte, war eine Katastrophe.

»Weiß Gott«, stöhnte die Schwester. Das war nur so dahergesagt, die Klinik war kein Krankenhaus der Kirche, sondern des Staates.

Tangermann heulte wie ein Schloßhund und ärgerte sich darüber. Er wollte sich doch nicht in einen Stricher verlieben. In einen Dahergelaufenen. Er war doch Polizist.

»Der braucht auch bald ein Bett«, meinte die Schwester. »Auf Bonnies Ranch.«

»Was?« fragte Tangermann, der kurz zu sich kam.

»Kennt er nicht«, sagte die Schwester, sagte die Oberschwester belustigt.

»Die Karl-Bonhoeffer-Nervenklinik, der Herr«, erklärte der Arzt.

»Kommt das vom Drücken?« fragte Tangermann.

»Was?«

»Daß er Zucker hat?«

»Kann sein, kann nicht sein«, stellte der Doktor seine Diagnose. »Und nun gehen Sie endlich.«

»Man kriegt doch eher Gelbsucht.«

»Man kriegt 'ne ganze Menge.« Der Arzt nahm irgendein Diagramm an sich. »Vom Bumsen zum Beispiel kriegt man AIDS. Und jetzt nehmen Sie Ihre Beine in die Hand, bevor ich den Wachschutz oder die Polizei rufe.«

»Rufen Sie doch.« Aber Tangermann stand auf. Er schaffte es, zur Tür zu gelangen, ohne zu schwanken. Er verabschiedete sich sogar.

»Erst knallen sie solchen Jungs den Arsch mit tausend Krankheiten zu«, hörte er den Arzt noch sagen, »und dann bekommen sie den Moralischen. Machen Sie in zwei Stunden die nächste Senkung.«

9

Für Dietrich Kölling endete der Tag mit einer Katastrophe. Die Männer von der Möbelfirma kamen mit einer zweistündigen Verspätung und ächzten auf der Treppe derart, daß Dietrich Kölling das Trinkgeld, zu dem er sich durchgerungen hatte, noch einmal verdoppelte. Außerdem hatte er Bier gekauft, während des Wartens allerdings selbst drei Flaschen geleert. Die Männer schafften *Stella* bis auf den Treppenabsatz vor Dietrich Köllings Wohnung. Weiter ging es nicht, denn *Stella* paßte nicht durch die Tür.

»Nehmen Sie das Ding wieder mit«, befahl Dietrich Kölling, in jeder Hand eine Flasche als Lockmittel.

»Sie hätten das vorher ausmessen müssen«, meinte einer der Männer, ein grauhaariger Endvierziger, und schielte nach dem Bier.

»Das hätten Sie tun müssen«, bestätigte sein Begleiter, der fast noch ein Junge war. Für Bier hatte auch er einiges übrig.

»Erst mal Prost.« Dietrich Kölling nickte den Trägern zu. Bei ihnen käme er vermutlich nur mit Schmeichelei voran. »Ziemlich anstrengende Arbeit, die Sie da haben.«

»Routine«, sagte der Ältere. Seine Aufmerksamkeit galt der Tür. »Man könnte den Rahmen rausnehmen«, erklärte er fachmännisch. »Das müßte reichen.«

»Unterstehen Sie sich.«

»Stella wird gern gekauft«, sagte der Junge, als könne das die Couch animieren, schlanker zu werden.

»Ich werde den Kauf stornieren müssen«, meinte Dietrich Kölling resigniert. Der Grauhaarige schüttelte den Kopf.

»Das machen wir aber gar nicht gerne.«

»Oder ich tausche sie in Solveigh um.«

»Solveigh ist Mist.« Der Junge strich sich über seine rasierte Glatze. »Keine gute Verarbeitung. Da haben Sie nichts von. Aber Stella, die hält ewig.«

Sechstes Kapitel

1

Die Staatsanwältin Kriegel war tatsächlich, wie von Volkmann beschrieben, eine füllige oder, wie höfliche Menschen es nannten, eine vollschlanke Person. Zu allem Überfluß betonte sie ihren Körperumfang noch durch ein enganliegendes hellblaues Kostüm. Die Frau hatte keinen Geschmack, das sah die Blissow auf den ersten Blick. Über Besuch von der Kripo schien sie sich allerdings zu freuen, oder sie heuchelte die Freude nur. Die Blissow hatte sich telefonisch angemeldet, und sie hatte einen raschen Termin bekommen.

»Wenn Sie noch einen Moment Geduld aufbringen könnten, Frau Oberkommissarin«, bat die Kriegel, die ihrer Sekretärin einen Schwung Papiere auf den Tisch donnerte, mit einem angedeuteten Diener. Das weibliche Suffix hatte sie besonders betont.

»Diese Haftsachen nehmen langsam überhand«, meinte die Sekretärin, die vermutlich Wert darauf legte, als Justizangestellte bezeichnet zu werden; so jedenfalls stand es an ihrer Bürotür. »Es sind schon wieder alle Vollzugsanstalten überbelegt.«

»Ja, ja.« Die Kriegel verschwand wieder in ihren Arbeitsraum.

»Wissen Sie, was unsere Senatorin erwägt?« fragte die Angestellte die Oberkommissarin mit einem verschwörerischen Unterton. Die Blissow wußte es nicht. »Wir werden wohl bald ein paar Häftlinge nach Westdeutschland verlegen. Die ostdeutschen Anstalten sind ja unter aller Kanone. Noch. Gebaut wird wie verrückt.«

»Wäre ein Massenselbstmord unter den Insassen nicht auch eine Lösung?«

»Aber ich bitte Sie.« Die Sekretärin stemmte die Fäuste in die Hüften. »Damit scherzt man nicht. Wie haben gerade wieder so einen Fall gehabt. Schon der zwölfte in diesem Jahr. Ein junger Mann noch. Sie haben sicher davon gehört.«

Die Blissow schüttelte nur den Kopf.

»Ich dachte, so etwas verbreitet sich wie ein Lauffeuer.« Mit einem lauten Seufzer machte sich die Sekretärin über die Papiere her.

Offenbar wurde noch nicht alle Schriftstücke der Staatsanwaltschaft maschinell erstellt. »Früher war ich bei der Abteilung XI«, fuhr sie fort, »also bei Demonstrationen und Großveranstaltungen. Da gab es immer viele Anklageschriften zu tippen. Hier bei Kapital habe ich fast nur Verwaltungskram am Hals. Aber seitdem mein Mann die XI leitet. Man wollte nicht, daß er seine Frau im Vorzimmer hat.«

»Ihr Mann ist Staatsanwalt?«

»Ist er. Oberstaatsanwalt sogar. Frau Kriegel kommt auch von der XI. Das Mykonos-Attentat war übrigens sein größter Fall. Und bei diesen Olympiakrawallen ist er gar nicht aus den Schuhen gekommen. Das ging ja über Monate, ständig diese Stänkerei und diese Brandanschläge.«

»Damit hatten wir auch unsere Sorgen«, meinte die Blissow unbestimmt. »Aber etwas anderes: Wenn Sie sich dadurch nichts zuschulden kommen lassen, könnten Sie vielleicht meine Neugierde befriedigen. Ich denke an diesen Selbstmörder, von dem Sie gesprochen haben.«

»Den in Tegel?«

»Wenn es in Tegel war.«

Die Justizangestellte, die mit einem Oberstaatsanwalt verheiratet war, was sich die Blissow fürchterlich vorstellte, winkte ab. Wahrscheinlich hielt auch sie die Angelegenheit für eine Bagatelle.

»Was soll sein. Knastfrust, weiter nichts. Sie bringen die Leute da rein . . .«

»Na, doch wohl eher die Staatsanwälte und die Richter«, korrigierte die Blissow.

»Der junge Mann hatte sich aufgehängt. Erst einen Schuß gesetzt, dann Schluß gemacht. Ehrlich gesagt, das mit den Drogen hinter Gittern, das bereitet uns mächtigen Verdruß. Die Kollegen vom Rauschgift sitzen ja gleich gegenüber. Ich weiß nicht, wieviele Ermittlungsverfahren die schon eingeleitet haben. Ist alles im Sande verlaufen.«

»Also auch keine Anklageschriften zu tippen.«

»Genau. Aber das ist nicht meine Sache.«

»Wurde denn wegen des Suizids auch ein Ermittlungsverfahren eingeleitet?«

»Nee, Suizid ist doch kein Verbrechen.«

»Wegen des Drogenzusammenhangs.«

Die Angestellte antwortete nicht sogleich. Eine Zeitlang schaute sie die Blissow mißtrauisch an, dann spannte sie einen Bogen weißes Papier mit Briefkopf in ihre elektronische Schreibmaschine und setzte eine Anschrift ins Adreßfeld.

»Es wurde kein EV eingeleitet«, erklärte sie endlich. »Denn wäre eins eingeleitet worden, wüßte ich davon. Sie sehen selbst, daß der Schreibkram durch meine Hände geht.«

»Auch die Eingangspost?«

»Alles«, sagte die Sekretärin noch, dann tippte sie los.

Die Staatsanwältin bat die Blissow über die Wechselsprechanlage zu sich herein. Ihr Arbeitszimmer war ein schmaler Schlauch mit einem vergitterten Fenster an seinem Ende, und sie mußte ihn sich obendrein mit einem Kollegen teilen, der aber nicht anwesend war. Die Raumprobleme der Berliner Staatsanwaltschaften waren eine ständiger Klagegrund, der manchmal sogar den Weg in die Medien fand, aber das Beklagen von allerlei Nöten war ohnehin die Lieblingsbeschäftigung des gesamten Justiz-, Polizei- und Vollzugsapparates. Wie die Polizei waren die Staatsanwälte überlastet, wie es auch die Richter waren und die Knastarbeiter. Aber trotz allen Sparens verschlang die Verbrechensbekämpfung mehr Geld, als die Verbrecher an Schäden anrichteten. Die Blissow kannte die Hochrechnungen, die der Bund Deutscher Kriminalbeamter in Auftrag gegeben hatte; Dietrich Kölling hatte lauthals losgelacht, als sie ihm die Statistik präsentiert hatte, und sich diebisch darüber gefreut, daß die Jagd auf einen Mörder Millionen kosten konnte, während der Täter nur einem anderen Menschen das Leben geraubt hatte, das den vielleicht schon seit langem ankotzte.

»Bitte, Frau Blissow, nehmen Sie doch Platz«, bat die Staatsanwältin sie mit einer Handbewegung, die ins Leere ging; es war eigentlich kein Platz da, den die Blissow nehmen konnte. Selbst auf dem Stuhl des Gegenübers von der Kriegel lagerte ein Aktenstapel. Die Blissow nahm ihn herunter, legte ihn auf den Teppich und setzte sich.

»Sie interessieren sich also für Doktor Volkmann«, stellte die Staatsanwältin fest. Beim Sitzen spannte sich ihr Kostüm so um ihr Hinterteil, daß seine Nähte jederzeit platzen konnten. »Warum?«

»Das ist sehr einfach zu erklären. Im Zuge einer Morduntersuchung sind wir auf einen Mandanten von Doktor Volkmann gestoßen, und wir hegen den Verdacht, daß Volkmann irgendwie in die Sache verwickelt ist. Bitte mißverstehen Sie mich nicht. Als Tatbeteiligten schließen wir ihn aus. Umschreiben wir das, was wir ihm unterstellen, einmal als Unterlassung. Ich kann nicht deutlicher werden, weil das fast schon eine Verleumdung wäre.«

Die Staatsanwältin nickte demonstrativ.

»Verstehe. Welcher Staatsanwalt betreut das Verfahren?«

»Herr Henninger.« Die Blissow sprach damit eine Halbwahrheit aus, und sie wußte, auf welch gefährliches Terrain sie sich begab. Ein Anruf würde genügen, und das Lügengebäude stürzte zusammen. Die Kriegel rief aber niemanden an.

»Doktor Volkmann unterliegt natürlich dem Anwaltsgeheimnis«, sagte sie bloß.

»Das ist auch uns klar. Nur, Volkmann verschweigt etwas, was uns möglicherweise die Handhabe gibt, ein weiteres Verbrechen zu verhindern.«

»Um welchen Tatbestand handelt es sich?«

»Tötung zum Nachteil von Rentnerinnen.« Ein solches Verfahren war zwar bei Henninger anhängig, aber mit Volkmann hatte das nichts zu tun.

»Abscheulich.« Frau Kriegel war anzusehen, daß sie das alles andere als abscheulich fand, immerhin hatte sie im laufenden Jahr bereits mit zwölf Leichen zu tun gehabt. Es waren keine alten Frauen gewesen, aber Leichen zeigten immer dieselben Symptome. »Ja, die Sache kenne ich. Herr Henninger erzählte mir, daß die Kripo so gar keine Fortschritte vorzuweisen hat.«

»Leider nicht.« Die Blissow setzte alles auf eine Karte. »Und dann ist da zu allem Überfluß ein Rechtsanwalt, der deckelt.«

»So, tut er das?« Die Kriegel ließ sich nicht aus der Ruhe bringen. Deckeln war womöglich etwas, das alle Anwälte liebten. »Tja, Frau Blissow, zutrauen würde ich es ihm. Er ist, wie soll ich sagen . . .«

»Ein Winkeladvokat mit schräger Klientel«, sprang die Blissow ihr bei. »So hat mein Chef ihn genannt.«

Die Staatsanwältin lachte. Diese Bezeichnung schien ihr großes Vergnügen zu bereiten.

»So schön hat das noch niemand formuliert«, sagte sie denn auch. »Im Grunde ist Doktor Volkmann wohl ein anständiger Kerl, aber er hat in der Tat eine merkwürdige Kundschaft. Und Staatsanwälte haßt er wie die Pest. Das mag verschleppter Selbsthaß sein, denn er war ja selbst Staatsanwalt. Ein mieser übrigens. Viel zu weich. Er hat Mitleid zugelassen, und das geht in unserem Beruf nicht. Da gelten hier die gleichen Gesetze wie bei der Polizei.«

»Ja.« Die Blissow nickte eifrig. »Ich wäre Ihnen aber sehr verbunden, wenn Sie mir ein Bild von Volkmann geben könnten. Mir ist bekannt, daß Sie mit ihm gemeinsam studiert haben.«

»Sie sind sehr rege.« Noch immer lächelte Frau Kriegel. Und die Blissow fand dieses Lächeln sympathisch. »Aber ich möchte Ihnen weiterhelfen. Jenseits des Protokolls. Also sehen Sie, Volkmann taugt eigentlich nicht zum Juristen. Er hätte Sozialarbeiter werden sollen, vielleicht Psychologe. Er hat nämlich ein Helfersyndrom. Ich weiß, daß er sich als Staatsanwalt nicht wohlgefühlt hat. Und ich weiß ebenfalls, daß er über uns schlimme Dinge verbreitet. Wir machen unsere Arbeit, ohne die es keine Anklagen gäbe und keine Urteile. Verzeihung, ich will Sie nicht belehren. Wir werden dafür bezahlt, und wenn wir unsere Arbeit gut machen, kriegen wir einen Titel oder steigen auf in der Hierarchie. Das hat Volkmann nie akzeptiert. Er ist gegangen, als er Oberstaatsanwalt werden sollte.«

»Hat das, sagen wir mal, ideologische Gründe?«

»Gewiß hat es das. Aber wir sind Anwälte des Staates, und das kann man nur sein, wenn man den Staat anerkennt. Bei Volkmann mußte man mitunter an der Verfassungstreue zweifeln, aber alle, die ihn kannten, haben doch zu ihm gehalten. Er war, wenn Sie mir dieses Bild erlauben, der buntesten Hund unter allen Staatsanwälten, die ich jemals kennengelernt habe. Und dafür mochten wir ihn eigentlich. Weil wir mitunter auch gern bunte Hunde wären und nicht graue Mäuse.«

Die Blissow brannte sich eine Zigarette an, um ein wenig Denkaufschub zu erhaschen. Da die Staatsanwältin im Gegensatz zu Volkmann selbst rauchte, war das hier kein Affront. Frau Kriegel folgte sogar ihrem Beispiel.

»Ich muß Ihnen ein Geständnis ablegen«, sagte die Blissow nach der Pause. »Wir haben mit Volkmann natürlich gesprochen. Zur Sache hat er wenig gesagt. Dafür schimpfte er fast ohne Unterlaß auf einen Staatssekretär namens Festersen.«

»Ah ja?« Das war für eine Zeitlang das einzige, was die Staatsanwältin Kriegel von sich gab; sie rauchte nur. »Ja, der Neid«, meinte sie schließlich und schaute auf ihre Armbanduhr. »Mehr kann ich Ihnen zu Herrn Volkmann leider nicht mitteilen.«

Die Blissow erhob sich. Sie hatte das Gefühl, daß ihr Spiel verloren war, aber vielleicht war wirklich alles gesagt.

»Wer ist eigentlich Ihr Chef?« erkundigte sich die Kriegel noch.

»Hauptkommissar Kölling.«

»Der?« Die Staatsanwältin bedachte die Blissow mit einem Blick, der eindeutig war. »Und Sie sind nur wegen Volkmann hier?«

Die Blissow nickte eifrig.

»Nun«, sagte die Kriegel, »darüber kann ich mich bei Herrn Henninger erkundigen. Schließlich arbeiten wir in derselben Abteilung.«

Die Oberkommissarin Blissow wurde sehr blaß.

2

Der Oberrat höchstselbst stürmte Beckers Büro. Dietrich Kölling hatte sich einen halben Tag freigenommen, um sein Couchproblem zu lösen, die Blissow steckte irgendwo im Stadtverkehr, Hajota war dem Oberrat zu klein, also ging das Gewitter auf Becker nieder.

»Euer Kommissariat gehört aufgelöst«, schrie er, kaum daß er die Tür durchschritten hatte. »Ihr seid eine Ansammlung von Idioten, die nichts Besseres zu tun haben, als sich mit der Macht anzulegen, der sie dienen und die sie bezahlt.«

Becker wandte seinen Kopf nicht vom Computerbildschirm. Er mochte den Polizeidienst längst nicht mehr, er würde sich eine Frechheit herausnehmen, zu der er früher nicht fähig gewesen wäre.

»Für einen Wutanfall haben Sie eben einen ziemlich komplizierten Satz korrekt ausgesprochen«, meinte er bloß. Tangermann wurde knallrot. Nur der Oberrat übertrumpfte ihn noch in der Färbung seines Teints.

»Ihnen geht es wohl zu gut«, setzte der seine Brüllarie fort.

»Wenn es mir gut ginge, würde ich anders mit Ihnen sprechen.«

Der Oberrat verstummte. Ihm war offenbar so übel mitgespielt worden, daß er sich erst einmal setzen mußte. Es war Hajota, der eine behutsame Zurechtweisung wagte.

»Aber Kommissar«, sagte er leise.

»Und du hör' auf, mich mit dem Dienstgrad anzusprechen.«

Becker, als Gemütsmensch bekannt, verlor nun auch die Beherrschung. Er beendete sein Textverarbeitungsprogramm und begann, auf dem Computer Solitär zu spielen. Der Oberrat, der sich vorgenommen hatte, nach einer deftigen Abreibung die Schäden zu begrenzen, sprang wieder auf.

»Sie hören mir jetzt zu«, verlangte er, schon ein wenig ruhiger, aber noch immer aufgebracht. »Und Sie gehen raus«, setzte er hinzu, zu Tangermann gewandt.

»Der Chef hält ihn für einen guten Mann«, sagte Becker, »und gute Männer schickt man nicht raus.«

Der Oberrat war dermaßen verblüfft, daß er an Hajotas Stelle den Raum verließ.

»Schöne Scheiße«, kommentierte Tangermann dessen Abgang.

»Ach, was«, sagte Becker, der zu seiner Liste zurückkehrte. »Frau Blissow hat den Finger offenbar genau auf die Wunde gelegt. Das Schwein heißt Festersen.«

»Schwein? Aber Kommissar. Aber Herr Becker. Das ist ein . . .«

»Justizstaatssekretär, ich weiß. Etwas vollkommen Überflüssiges.«

3

Dietrich Kölling, noch immer mehr von *Stella* beeindruckt als von seinem Mordfall, kaute auf seinem Kugelschreiber. Nach vielem Heckmeck war er die Couch endlich losgeworden und hatte an ihrer Statt *Solveigh* erworben. *Solveigh* paßte von der Größe her vorzüglich in seine Wohnung, aber das Muster stand in einem so schreienden Widerspruch zu seiner Tapete, daß er auf *Solveigh* nicht eine Minute lang ausruhen können würde, ohne neurotisch zu werden. Da er es wahrscheinlich längst war, brach er seine Grübelei über das Möblieren kurzerhand ab.

»Und wenn die Senatorin mit einem Sondereinsatzkommando bei uns auftaucht«, sagte er lässig, »wir machen weiter. Ich habe da nämlich einen interessanten Laborbefund. Die Schuhe, die Teske bei seinen Einbrüchen getragen hat, sind bei der PTU asserviert. Es handelt sich um Turnschuhe der gleichen Marke, die der Mörder von Anita Regorius getragen hat. Auch die Schuhgröße ist identisch.«

»Wie aufregend«, meinte die Blissow, »da ist Teske wohl wie

Phönix aus der Asche auferstanden und hat seine Freundin abgeschlachtet.«

»Nicht voreilig sein.« Dietrich Kölling zündete sich eine Zigarette an. »Die Herrenschuhe, die bei der Regorius gefunden wurden, haben ein charakteristisches Merkmal. Man sieht ja daran, wie ein Schuhprofil abgelaufen wird, was für einen Gang der Besitzer dieser Schuhe hatte. Und die Turnschuhe, in denen der Mörder weggelaufen ist, weisen dieses Merkmal ebenfalls auf. Ich spreche das Wort Träger nicht mehr gern aus, aber ich muß es wohl tun. Also der Träger der Halbschuhe und der Träger der Turnschuhe, mit denen der Mörder im Blut gewatet ist, und der Träger der bei uns asservierten Turnschuhe gleicher Marke müssen extreme O-Beine gehabt haben. Teske hatte extreme O-Beine.«

»Das ist mir zu kompliziert«, stöhnte die Blissow.

»Was bedeutet das denn nun?« wollte Tangermann wissen.

»Das bedeutet höchstwahrscheinlich, daß der Mörder sich nach seinem Mord Schuhe übergestreift hat, die Teske gehören«, sagte Dietrich Kölling voller Triumph.

»Ein Schuhfetischist.« Die Blissow schüttelte bloß den Kopf. »Auch das noch.«

»Quatsch. Der Mörder wollte eine falsche Fährte legen.« Becker zumindest hatte begriffen.

4

Das Haus, das der Justizvollzugsbeamte Rudolf Kissing in Frohnau bewohnte, hatte bereits in der Akte mehr als geräumig ausgesehen, aber in natura war es eine mittlere Sensation; man hätte es für die Villa eines Großindustriellen halten können. Becker war ebenso sprachlos wie Hans-Joachim Tangermann.

Empfangen wurden sie durch zwei Dobermänner, die entweder spielen oder zubeißen wollten. Ihnen folgte nach längerem Läuten die Dame des Hauses, und die war mit Sicherheit bissig. Das anhaltende Leiden der vernachlässigten und gelangweilten Ehefrau hatte sich tief in ihre Mundwinkel gegraben. Besucher von der Kriminalpolizei überraschten sie allerdings nicht.

»Haben Sie den Einbrecher geschnappt?« fragte sie sofort.

Tangermann zeigte auf die Hunde. »Die sind handzahm«, behauptete Frau Kissing.

»Wir möchten Ihren Mann sprechen«, sagte Becker.

Rudolf Kissing, der zwischen den Schichtwechseln einen freien Tag hatte, befand sich im Garten, wo er mit der Ginsterhecke sprach; Becker jedenfalls war sicher, daß es sich um Ginster handelte. Frau Kissing lud ihre Gäste auf der Terrasse ab und ging zu ihrem Mann. Becker fläzte sich ungeniert in einen der Gartenstühle, ein weißlackiertes Stahlrohrmöbel, dessen Sitzfläche mit Schaumstoffkissen abgepolstert waren. Die Kissen hatte der Hersteller mit gestreiftem Markisenstoff bezogen, und damit sie nicht verrutschten, konnten sie am Stahlrohr festgezurrt werden. Sie verrutschten dennoch.

Hajota blieb stehen. Er war ein zur Höflichkeit erzogener Mensch und setzte sich erst, wenn er dazu aufgefordert wurde. Das hatte Frau Kissing versäumt.

»Du nimmst mir die Sonne weg«, sagte Becker. Hajota fuhr zusammen. Gerade hatte er erreicht, daß Dietrich Kölling ihn mit Sie ansprach, und nun duzte ihn dieser Kommissar; wirkliche Anerkennung würde er bei diesen alten Hasen wohl nie finden. Tangermann belegte einen zweiten Gartenstuhl.

»Guten Tag«, sagte Kissing laut, als er noch gut fünfzehn Meter von den Besuchern entfernt war. Das sollte fröhlich und burschikos klingen, sollte das Einverständnis zwischen Kollegen betonen. Becker nickte bloß. Jeder Streifenbeamte und jeder Bereitschaftspolizist, jeder Reviervorsteher und jeder Wachmann waren seine Kollegen, aber keiner von der Knastbrigade. Der Säugling Hajota blies natürlich auch gleich in die Fanfare; Hajota hatte noch keinen Sinn für die feinen Unterschiede zwischen seriöser Polizeiarbeit und stupidem Schließen.

»Möchten Sie einen Kaffee?« erkundigte sich die Hausherrin. Becker mochte nicht, aber Tangermann. Es war zum Mäusemelken; wahrscheinlich hätte er nicht einmal einen Schnaps abgelehnt.

Während Frau Kissing im Haus verschwand, wischte sich ihr Mann die Hand an seiner Manchesterhose ab und bot sie den Kriminalbeamten dar. Becker drückte sie lasch, Tangermann erhob sich. Er markierte eine Händeschütteln, das eigentlich in einem Wangenkuß hätte gipfeln müssen. Wie so oft bedauerte Becker, daß er ihm peinliche Momente nicht wie Dietrich Kölling und die

Blissow durch das Anzünden einer Zigarette überspielen konnte. Aber er rauchte nicht mehr seit seinem zwanzigsten Lebensjahr. Ausgerechnet beim Militär, wo sich die meisten das Qualmen angewöhnten, hatte er damit aufgehört. Kissing nahm ebenfalls Platz. Nun gab es nur noch einen Stuhl für die Gattin.

»Ich höre, Sie haben den Ganoven geschnappt, der in unser Haus eingestiegen ist«, sagte Kissing im Frageton. »Zeit wurde es ja.«

»Sie hören viel«, entgegnete Becker grob. »Anita Regorius ist tot.«

»Was? Wer?« Kissing grub mit der rechten Hand in der Hosentasche und förderte eine zerknautschte Packung Camel zutage. Er rauchte die Filterlosen. »Ich verstehe nur Bahnhof.«

»Sie kennen Frau Regorius«, behauptete Becker.

Rudolf Kissing brannte seine Zigarette an. Er tat das bedächtig, als ob er nachdenken müßte, und brach mehrere Zündhölzchen ab.

»Wer, bitte, soll das sein?«

Becker gab Hajota einen Wink.

»Sie verteilen doch auch die Post?« fragte Tangermann.

Kissing mußte seinen Kopf drehen. Becker fand Hajotas Frage intelligent.

»Das tue ich«, sagte Kissing. Er wirkte irritiert.

»Na«, sagte Becker, »dann haben Sie auch Martin Teske die Briefe ausgehändigt.«

»Was hat Teske . . . Ach, ich verstehe. Der ist also bei mir . . . ach du grüne Neune.«

Darauf ging Becker nicht ein.

»Wenn Sie die Post auch an Teske verteilt haben, müßte Ihnen der Name Regorius eigentlich geläufig sein.«

»Zumal«, ergänzte Tangermann, »Sie wissen, welche Besucher Ihre Schützlinge empfangen.«

»Wo sind die Briefe, die Anita Regorius an Martin Teske geschrieben hat?« fragte Becker.

»Ich . . .«

»Wurden sie an die Staatsanwaltschaft übergeben?«

»Das weiß ich nicht.«

Kissing saß sehr aufrecht in seinem Gartenstuhl; das war eine Verteidigungsposition, aber dem Überraschungsangriff der beiden Kripomänner vermochte er nichts entgegenzusetzen. Auf derartige Attacken schien er nicht vorbereitet zu sein. Becker hoffte nur, daß

Frau Kissing nicht auftreten und ihrem Mann eine Pause verschaffen würde.

»Was wollen Sie? Wer sind Sie denn?« Der Knastbeamte war tatsächlich vollkommen hilflos.

»Mordkommission.«

Kissing krümmte sich ein wenig unter Tangermanns Schlag.

»Wieso Mordkommission? So junge Leute?«

»Hören Sie, Herr Kissing«, Becker war sehr zufrieden mit dem Verlauf des Gesprächs, »es sind einige seltsame Dinge passiert. Der Häftling mit der Buchnummer dreihundertvierundzwanzig dreiundneunzig hängt sich in seiner Zelle . . .«

»Seinem Verwahrraum«, protestierte Kissing schwach.

»Er hängt sich in seiner Zelle auf.« Becker hatte keine Lust, auf bürokratische Sensibilität einzugehen. »Er hängt sich auf, während Sie Dienst haben. Sie finden die Leiche. Es vergehen keine drei Wochen, da wird die Lebensgefährtin von Teske ermordet. Mit einem Beil erschlagen. In ihrer Wohnung.«

»Sie konstruieren Zusammenhänge.«

»Wir konstruieren gar nichts. Wir haben nur ein paar Fragen.«

Schließlich erschien Frau Kissing doch auf der Bildfläche. Sie brachte den Kaffee auf einem Tablett und hatte sogar ein Gebäckschälchen dabei. Becker hatte eigentlich mit einem Dienstmädchen gerechnet. Rudolf Kissing zündete sich die zweite Zigarette an. Kettenraucher war er augenscheinlich nicht.

Frau Kissing machte Anstalten, sich zu dem Kreis der Männer zu gesellen. Ihr Gatten nickte ihr aufmunternd zu.

»Leider müssen wir mit Ihrem Mann unter vier Augen sprechen«, wies Becker die beiden zurecht.

»Unter sechs«, sagte die Kissing beleidigt, aber sie gehorchte.

»Was wir wissen wollen«, begann Tangermann nach dem Abgang der Frau.

»Ist eigentlich ganz einfach«, nahm Becker den Faden auf.

»Teske hatte sich doch vollgedröhnt, bevor er sich erhängte«, sagte Tangermann. Kissing bestätigte es.

»Woher hatte er den Stoff?« wollte Becker wissen.

»Keine Ahnung.«

»Und wo ist die Spritze geblieben?« fragte Tangermann.

»Ja, und wo die Briefe der Regorius?« stimmte Becker ein.

»Die Spritze und die Briefe«, faßte Tangermann zusammen.

»Ich weiß es nicht.« Kissing war nahe daran zu verzweifeln. Ein paar Fragen noch, und er würde auspacken, falls es etwas auszupacken gab.

5

Der Oberrat hatte seinen Vorsatz, Schadensbegrenzung zu betreiben, noch immer nicht aufgegeben. Um möglichst diplomatisch vorgehen zu können, hatte er sich dazu herabgelassen, in der Sitzecke Platz zu nehmen, in der auch Dietrich Kölling und die Blissow lümmelten. Obwohl er das Schlimmste ahnte, würde er nicht einmal fragen, was Kommissar Becker und der Schwule gerade trieben. Seine beiden Untergebenen betrachteten mit schamgebeugten Häuptern den Glastisch. Wahrscheinlich warteten sie darauf, daß er endlich die Kekse aus dem Wandschrank holen würde, aber genau das würde er nicht tun, schon allein weil dieser Kölling immer die mit der Schokoladenglasur auffraß, die er selbst so gern mochte.

Eigentlich hatten es die Leute in seinen Kommissariaten viel zu gut. Während sie sich mit ihren Fällen beschäftigten, und das sollten sie ja auch, mußte er immer diesen ganzen blödsinnigen Organisationskram im Blick behalten. Seit einigen Tagen gab es eine neue Polizeistruktur in Berlin, die der Innensenator schlank, und die der Polizeipräsident straff genannt hatte. Der Oberrat, der seit zwölf Jahren allen Berliner Mordkommissionen vorstand, war bislang ohne eine schlanke und ohne eine straffe Polizei ausgekommen. Aber vielleicht war er bloß altmodisch und eingebildet; vielleicht hatte ihn das Bewußtsein, den erfolgreichsten Dienstzweig der Kriminalpolizei zu leiten, davon abgehalten, sich mit Reformideen auch nur zu beschäftigen. Die Reform, nicht die erste und sicher nicht die letzte in der Polizeigeschichte dieser Scheißstadt, war nun also durchgeführt worden. Man hatte jetzt etwas so Schickes wie ein Landeskriminalamt, wahrscheinlich der Traum aller Innensenatoren, seitdem es Innensenatoren gab, aber der Oberrat war nicht sicher, wozu ihm ein Landeskriminalamt nützte. Daß er sich jetzt Leiter LKA IV nennen durfte, würde seine Beförderung zum Kriminaldirektor auch nicht beschleunigen. Außerdem war er zeit seines

Kriminalistenlebens der Auffassung gewesen, daß ein LKA nur eine Abtauchstation für Drückeberger und Unfähige war. Nun gehörte er selbst dazu.

Den herzkranken Dietrich Kölling, einen Ersten Kriminalhauptkommissar immerhin, und seine Mitarbeiter schien all dies nicht zu bekümmern; im Gegenteil, als hätte er nicht genug andere Sorgen, hatten sie dem Oberrat auch noch die Beschwerde einer Staatsanwältin beschert. Der Oberrat mußte handeln.

»Ich kenne Frau Kriegel lange genug«, eröffnete er die Partie, »Ihre kruden Verdächtigungen sind aus der Luft gegriffen.«

»Welche Verdächtigungen?« fragte Dietrich Kölling sofort.

»Daß irgend etwas bei den Untersuchungen in Tegel nicht korrekt verlaufen sein könnte.«

»Ein solcher Verdacht wurde gegenüber Frau Kriegel nie ausgesprochen.« Dietrich Kölling schaute die Blissow an. »Oder haben Sie etwas so Unüberlegtes geäußert?«

»Niemals«, antwortete die Oberkommissarin.

»Tja, da wird die Frau Kriegel wohl einer Einbildung erlegen sein«, meinte Dietrich Kölling leichthin.

»Oder ihrem schlechten Gewissen«, schlug die Blissow vor.

Der Oberrat hob begütigend die Hände. Er mußte jetzt behutsam formulieren, um seine Spezialisten nicht aufzubringen. Eine Abfuhr, wie sie ihm Becker erteilt hatte, wollte er nicht erneut riskieren.

»Wenn tatsächlich das eine oder andere nicht koscher erscheint«, erklärte er, »könnten wir durchaus eine Aktennotiz für den Generalstaatsanwalt erarbeiten. Die Ermittlungen liegen in diesem Fall selbstverständlich bei ihm.«

»Also bei der Oberkrähe«, sagte Dietrich Kölling.

»Nicht vorschnell urteilen.« Der Oberrat erwog nun doch, eine Packung Kekse zu spendieren oder gar einen Kognak. Ein Kognak würde die Situation entspannen, also erhob er sich und trat an seinen Schrank. »Schlampereien kommen bei anderen Abteilungen immer wieder vor. Davon können wir doch ein Lied singen.«

»Schlamperei gibt es auch bei uns«, meinte Dietrich Kölling, der seinen Chef genau beobachtete. Wenn der mit Schnaps kam, würde das Gespräch eine gute Wendung nehmen.

»Leider.« Der Oberrat kam mit Schnaps.

6

Rudolf Kissing betrachete seine Fingernägel. Er befand sich in einer Verfassung, die erwarten ließ, daß er zum Nägelbeißer werden würde. Becker zwinkerte Hajota aufmunternd zu.

»Da war keine Spritze«, sagte Kissing nach langer Pause.

»Ach, nee.« Becker nahm Kissings Hände ins Visier. »Da wird sich Teske den Stoff wohl mit den Nägeln in die Vene gegraben haben.«

Unter dem Vorwand, den unfreiwilligen Gastgeber und seine Gäste nach weiteren Wünschen zu fragen, betrat Frau Kissing abermals die Terrasse; offenbar platzte sie vor Neugierde und erhoffte sich, zumindest einen Gesprächszipfel zu erhaschen. Becker, der sich mittlerweile auf längeres Bleiben eingerichtet hatte, bat um ein Wasser. Tangermann schüttelte den Kopf. Er war viel zu aufgeregt, um etwas hinunterzubringen. Frau Kissing verfügte sich.

»Ich schwöre Ihnen«, beharrte der Vollzugsbeamte, »ich schwöre Ihnen, ich habe keine Spritze gesehen. Ich hab natürlich nicht so genau darauf geachtet und wußte ja nicht einmal, daß sich Teske einen Schuß gesetzt hatte. Aber meines Erachtens hat auch die Kripo nichts gefunden. Ich meine, es gab ein ziemliches Tohuwabohu, da kann jeder das Ding mitgenommen haben.«

»Jeder?«

»Na, alle, die in der Zelle waren. Im Verwahrraum. Die ganzen Kollegen.«

»Das trauen Sie denen zu?«

»Ich weiß es doch nicht.« Kissing verstummte wieder.

Frau Kissing brachte das Mineralwasser. Eine Zeitlang stand sie unschlüssig am Tisch, aber das eisige Schweigen, mit dem ihre Anwesenheit bedacht wurde, schlug sie in die Flucht. Wahrscheinlich würde sie jetzt nicht wieder stören. Becker bedeutete Tangermann mit einem Blick fortzufahren.

»Erzählen Sie uns etwas über Frankovic«, bat dieser. Becker fand den Jungen gar nicht so übel.

»Frankovic?«

»Diesen Jugoslawen. Diesen Zuhälter und Dealer und Schläger und was er sonst noch ist. Der ganz Tegel mit Drogen, Alkohol und Tabak versorgen soll.«

»Und mit Geld«, ergänzte Kissing.

»Mit Geld?«

»Ja. Der und seine Leute sind eine Art Kreditinstitut. Die Insassen verdienen nicht allzuviel, und manche kommen mit ihrem Geld nie aus. Bei Frankovic kann man borgen. Zu Wucherzinsen natürlich. Wie ich gehört habe, müssen einige sogar.«

»Was müssen die?«

»Einen Kredit nehmen. Die werden von Frankovic' Bande so lange fertiggemacht, bis sie einen Schuldschein unterschreiben. Damit hat er sie draußen an der Hand. Drinnen natürlich auch.«

»Und diese Schuldscheine liegen dann irgendwo in Frankovic' Vewahrraum herum? Und niemand kommt auf die Idee, die Zelle mal zu durchsuchen?«

»Das haben wir schon getan. Ohne Ergebnis. Vermutlich schleppt sein Anwalt die Papiere raus.«

»Bei Ihnen geht es ja zu wie im Taubenschlag«, fiel nun Becker wieder ein.

»Wir sind schließlich kein Konzentrationslager«, sagte Kissing. Das klang sogar ein bißchen stolz.

»Aber Geld in den Vollzug mitzubringen ist verboten, nicht wahr?«

»Drogen und Alkohol sind es auch«, fügte Tangermann hinzu.

»Ist es auch. Sogar Lebensmittel. Und Informationen. Ich weiß nicht genau, wie das funktioniert. Man hat ja so seinen Verdacht, aber . . .«

»Aber?«

»Ein Verdacht nutzt doch nichts. Manchmal erwischen wir den einen oder anderen Freigänger, aber damit hat es sich. Ich sage Ihnen, die haben straffere Strukturen als wir. Logisch bei dem Personalmangel.«

Becker nahm einen Schluck von seinem Mineralwasser. Es war warm und enthielt kaum Kohlensäure. Angeekelt stellte er das Glas zurück auf den Tisch.

»Sie haben also einen Verdacht«, sagte er dann. »Im allgemeinen wissen Sie allerdings recht gut Bescheid.«

»Ich weiß gar nichts. Es gibt das eine oder andere Gerücht, die eine oder andere Vermutung. Das bedeutet noch lange nicht, daß jemand etwas weiß. Von uns. Vom Personal. Das Pack weiß es natürlich.«

»Das sind ungeheure Vorgänge«, stellte Becker fest. »Werden die denn nicht mal untersucht?«

»Untersucht?«

»Von der Staatsanwaltschaft beispielsweise.«

»Das schon«, sagte Kissing. »Vor allem, wenn ein neuer Staatsanwalt für uns zuständig ist. Der will dann unbedingt den eisernen Besen spielen. Aber die beißen sich alle die Zähne aus.«

»Warum das?«

»Weil es keine Zeugen gibt«, sagte Kissing.

7

Der Oberrat drehte nachdenklich sein Glas in den Händen. Wie es seine Art war, hatte er die Kognakschwenker bis zur Hälfte vollgegossen, eine Stilwidrigkeit, gegen die Dietrich Kölling nie etwas einzuwenden hatte. Sein Glas war schon leer, die Blissow nippte bloß. Auch das war typisch.

»Sie jedenfalls kümmern sich ausschließlich um den Mordfall Regorius«, sagte der Oberrat. Es klang nicht wie ein Befehl, aber es war einer. »Wenn es da irgendwelche Spuren gibt, die zu Teske führen, müssen Sie die natürlich verfolgen. Von dieser Pflicht kann Sie auch eine Staatsanwältin nicht entbinden. Die Staatsanwaltschaft lassen Sie außen vor. Auch diesen Staatssekretär. Aber ich verspreche Ihnen, daß ich mich da mal umhören werde.«

»Mit Umhören allein ist es nicht getan«, meinte Dietrich Kölling und verschob demonstrativ sein Glas. Der Oberrat ignorierte diese Geste. »Man kann seine Ohren noch so weit aufsperren: alles Schall und Rauch.«

»Man muß auch die politische Tragweite der Tegeler Ereignisse berücksichtigen. Stoff im Knast? Schlimm. Suizid im Knast? Auch schlimm. Aber ein Mord? Das stellt alles in den Schatten. Bedenken Sie bitte, daß das den Gegnern des liberalen Vollzugs Munition liefert.«

»Das haben wir uns auch gedacht«, sagte die Blissow.

»Was haben Sie sich gedacht?«

»Daß es nicht um ein Menschenleben geht, sondern um ein Wahlkampfthema.«

»Nun hören Sie aber mit diesem Pathos auf.« Der Oberrat ließ sich doch dazu herab, Dietrich Köllings Kognakschwenker erneut zu füllen. »Was haben unsere Staatsanwälte mit dem Wahlkampf zu schaffen? Die Senatoren kommen und gehen, die Staatsanwälte bleiben.«

»Unsere Staatsanwälte?« fragte die Blissow. »Ich besitze keinen.«

»Aber es wäre doch schön«, Dietrich Kölling griff nach dem Schnaps, »wenn man einen hätte. Einen aufblasbaren.«

»Die sind aufgeblasen genug.«

»Herr Kölling, Frau Blissow.« Der Referatsleiter war um Schärfe bemüht. »Ich wiederhole mich. Hände weg von Staatsanwaltschaft und Justizverwaltung.«

»Er wiederholt sich gern«, sagte die Blissow draußen auf dem Flur.

Dietrich Kölling machte eine wegwerfende Handbewegung. »Ist doch glimpflich abgelaufen. Kommen Sie, ich hab das was für Sie. Einen Zeugen.«

Der Zeuge hatte warten müssen, bis der Anpfiff des Referatsleiters vorüber war. Gefallen hatte es ihm offenkundig nicht, aber da er sehr begierig schien, seine Beobachtungen der Kripo mitzuteilen, hatte er den sauren Apfel geschluckt. Der Mann hieß Meinhard Wendt, er war fünfundvierzig Jahre alt, aber auf jugendlich getrimmt wie ein Porschefahrer. Ob sein Imbißlokal so viel abwarf, daß er sich einen Porsche leisten konnte, vermochte Dietrich Kölling nicht zu sagen, hingegen wußte er, daß Wendts Imbiß der einzige deutsche in dessen Gegend war; das hatte der Mann bereits mehrfach und voller Stolz hervorgehoben. Den Unterschied zwischen einem deutschen und einem türkischen Grillhähnchen hatte Wendt allerdings nicht erklären können; außerdem führte er nicht nur rein arische Speisen, sondern hatte auch Döner Kebab im Angebot, angeblich aber nur, weil die Kundschaft es so wollte. Sofern sie nicht aus noch unerkannten Mördern und Totschlägern bestand, war diese Kundschaft dem Hauptkommissar piepegal. Was ihn interessierte, war allein die Tatsache, daß sich das Lokal gegenüber vom Haus der Anita Regorius befand, daß es Tag und Nacht geöffnet hatte und Wendt in der Mordnacht etwas gesehen haben wollte, das er gleich erzählen würde.

»Bitte nehmen Sie Platz.«

»Danke.« Wendt setzte sich zaghaft und schaute sich um. Dietrich Köllings Büro war derart schmucklos, daß es ihn irritierte. Vermutlich hatte er bislang nur in komfortableren Behörden verkehrt.

»Häßlich, nicht?« fragte Dietrich Kölling und wies der Blissow ebenfalls einen Stuhl zu.

»Extrem häßlich.«

»Unsere Büroräume stellen der Berliner Polizei ein Armutszeugnis aus«, bemühte sich Dietrich Kölling um Vertraulichkeit. »Aber darüber wollten wir natürlich nicht sprechen.«

»Nein, darüber wollen wir nicht sprechen«, bestätigte Wendt.

»Sie haben uns eine wichtige Beobachtung mitzuteilen?«

»Das habe ich.« Wendt rückte sich in Positur.

»Dann erzählen Sie einfach.«

»Ja«, der Imbißinhaber räusperte sich, »daß es eine wichtige Beobachtung war, ist mir erst im Nachhinein aufgegangen. Erst, als ich erfahren hatte, daß man die junge Frau umgebracht hat. Das Fräulein Anita.«

»Sie kannten Sie namentlich?«

»Mit dem Vornamen nur. Manchmal hat sie abends noch ein Fläschchen Wein bei mir gekauft. Oder sie blieb auf einen Schwatz. Eine sympathische junge Frau. Und nicht ungebildet.«

»Warum eigentlich Fräulein?« wollte die Blissow wissen.

»Ich hab sie so getauft. Für mich. Sie wird sicher auch ihre Männer gehabt haben, aber verheiratet war sie wohl nicht. Eine Zeitlang hatte sie einen festen Freund. Mit dem ist es wohl vorbei.«

»Was meinen Sie damit?« Dietrich Kölling war gespannt wie ein Flitzbogen.

»Daß sich die beiden getrennt haben.«

»Nicht, daß der Freund tot ist?«

»Ist er denn tot?«

»Er ist«, sagte die Blissow knapp.

»Oh, das ist ja eine richtige Tragödie.« Das schien Wendt sehr zu gefallen. Nun hatte er seinen Gästen einiges zu erzählen. »Auch umgebracht?«

»Kein Kommentar«, sagte Dietrich Kölling. »Bitte fahren Sie fort.«

»Ja. In jener Nacht also . . . in der Nacht, als dieses Unglück geschah. Es war wenig Betrieb bei mir, und da schaue ich immer mal auf die Straße. Ich nehme an, daß es gegen halb oder Viertel vor eins gewesen ist, da fuhr auf der gegenüberliegenden Seite ein Wagen vor. Vermutlich ein Franzose. Ein französisches Modell, meine ich. Peugeot, aber das will ich nicht beschwören. In dem Wagen waren zwei Männer, das kann ich beschwören, aber nur einer stieg aus. Der Beifahrer. Er trug einen langen, dunklen Mantel und eine Mütze. Eine Schiffermütze. Eine Aktentasche hatte er bei sich. Und er ging in das Haus.«

»Wie kam er hinein?«

»Er hatte einen Schlüssel. Schon allein deshalb hab ich mir nichts dabei gedacht. Vermutlich habe ich ihn für einen Hausbewohner gehalten, der etwas in seiner Wohnung vergessen hat; weil doch der andere unten wartete. Nach fünfzehn, zwanzig Minuten kam Fräulein Anita mit einem Taxi. Auch sie ging in das Haus. Ich wollte ihr noch zuwinken, aber sie hat gar nicht zu mir rübergeschaut.«

Die Blissow und Dietrich Kölling hielten den Atem an; für keinen von beiden bestand ein Zweifel darüber, wen Wendt da gesehen hatte. Wendt legte eine kurze Verschnaufpause ein, sprach aber bald weiter.

»Weil ein paar Kunden kamen, war ich beschäftigt. Also abgelenkt. Das heißt, ich kann nicht genau sagen, wieviel Zeit vergangen war, bis dieser Mann das Haus wieder verließ. Eine halbe Stunde wäre denkbar. Er hatte jetzt den Mantel über den Arm gelegt. Und er hatte es eilig. Stieg in den Wagen, und der brauste los.«

»Wunderbar«, lobte Dietrich Kölling.

»Was?«

»Sie haben uns einen wertvollen Hinweis gegeben, Herr Wendt. Sie müssen uns nur noch ein paar Fragen gestatten.«

Wendt nickte geschmeichelt.

»Wie alt war der Mann?«

»Schwer zu sagen. Ich konnte das Gesicht nicht sehen.«

»Aber die Körperhaltung, die Bewegungen?«

»Zwischen dreißig und vierzig. Grob geschätzt, aber genauer kann ich's nicht.«

»Und wie groß?«

»Mittelgroß. Kräftig. Untersetzt, sagt man wohl.«

»Was trug er unter dem Mantel?«

»Auch etwas Dunkles. Vielleicht einen schwarzen oder blauen Pullover. Doch, ja, einen Rollkragenpullover.«

»Was war das für eine Aktentasche?«

»Eine gewöhnliche. Kein Koffer, also nichts so Steifes.«

»Farbe?«

»Schwarz.«

»Und wie trug der Mann den Mantel über dem Arm?«

»Wie meinen Sie das?«

»Mit dem Futter nach außen oder nach innen?«

»Nach außen.«

»Das habe ich erwartet«, sagte Dietrich Kölling voller Triumph.

»Wieso das?«

Wendt bekam keine Antwort. Stattdessen war die Blissow wieder am Zuge.

»Und der Wagen könnte ein Peugeot gewesen sein?« wollte sie wissen.

»Könnte. Aber verbürgen möchte ich mich nicht.«

»Ein Kleinwagen?«

»Nein, eher Oberklasse.«

»Haben Sie die Farbe erkannt?«

»Ja. Das Auto war blau. Marineblau, da kenne ich mich aus.«

»Danke, Herr Peukert«, sagte die Blissow gedankenverloren.

»Wie?«

»Kommen Sie morgen vorbei, um das Vernehmungsprotokoll zu unterzeichnen.« Dietrich Kölling überging den Freudschen Versprecher seiner Mitarbeiterin halbwegs elegant.

»War das denn eine Vernehmung?«

»Eine Zeugenvernehmung«, beruhigte Dietrich Kölling den erschrockenen Imbißbesitzer.

8

Sehr zur Verwunderung von Becker und von Tangermann hieß die Herberge, in der die Regorius als Maniküre gearbeitet hatte, *Atlantic Hotel*. Schon von weitem war ihm anzusehen, daß der maritime Name nicht einmal durch einen Swimmingpool gerechtfertigt sein durfte. Das Hotel befand sich im tiefsten Wedding in einer Seitenstraße und war offenbar ein umgenutztes Mietshaus, aus dem der Besitzer um der höheren Rendite willen die Mieter vertrieben hatte.

Das Vestibül wirkte trotz seiner Holztäfelung heruntergekommen, die Teppiche waren verschlissen, die Rezeption war leer. Es war kaum zu glauben, daß die Gäste dieser Billigherberge einer Maniküre bedurften.

»Was jetzt?« fragte Tangermann.

»Irgend jemand wird schon da sein«, meinte Becker.

Der Irgendjemand war eine südländische Putzfrau, die auf Knien die Dielen im Speisesaal schrubbte. Speisesaal war auch eine gelinde Übertreibung, eher schon gemahnte der Raum an ein großes Wohnzimmer. Becker räusperte sich in der Tür. Die Putzfrau hob den Kopf.

»Sie Zimmer?« erkundigte sie sich.

Becker schaute Hajota von der Seite an.

»Zwei Einzelzimmer«, sagte er dann.

»Moment.« Die Putzfrau erhob sich vom Boden, wischte die Hände an der Kittelschürze ab und begab sich schnurstracks zur Rezeption. Wahrscheinlich wurde sie hier doppelt und dreifach ausgebeutet.

»Schönes Blick in Hof?« wollte die zur Empfangsdame verwandelte Reinigungskraft wissen.

»Was sieht man denn Schönes im Hof?«

»Baum.«

»Baum ist gut«, sagte Becker und legte seinen Ausweis auf den Tresen. Die Frau brauchte einige Zeit, um die Schrift zu entziffern. Als sie die beiden Besucher als Polizisten identifiziert hatte, wich sie zurück, als wäre ihr gerade der Teufel erschienen. Sie hatte Angst, und Becker hielt Hajota zurück, der etwas Begütigendes tun oder sagen wollte. Angst war eine gute Verhandlungsbasis.

Die Frau hatte sich allerdings schnell gefangen. Sie war auf eine solche Situation vorbereitet gewesen, aber das Eintreten des Erwarteten hatte sie dennoch für einen Moment aus den Gleisen geworfen.

»Immer gepackt«, sagte sie und holte eine große Reisetasche unter dem Tresen hervor.

Weder Becker noch Hajota waren auf eine solche Wendung der Dinge eingestellt gewesen, und so mußte Becker seine Gedanken ordnen, bevor er eine Entscheidung fällen konnte. Noch immer hielt er Tangermanns Arm fest. Hajota hatte aber schon begriffen.

»Haben Sie Papiere?«

Die Frau schüttelte den Kopf.

»Eine Arbeitserlaubnis?«

»Ohne Papiere?«

»Woher kommen Sie?«

»Albania. Arme Land, arme Familia.«

»Soll ich eine Streife rufen?« erkundigte sich Tangermann bei Becker.

»Arme Land«, sagte die Frau. »Viel hungern.«

»Die Streife kann warten«, entschied Becker.

9

Dietrich Kölling hatte sich durchgesetzt, indem er den Kneipenausflug mit der Blissow kurzerhand als Arbeitsgespräch deklarierte. Um die Oberkommissarin weich zu stimmen, hatte er sie sogar eingeladen, aber der war Schweinshaxe so zuwider, daß sie nicht einmal jemandem beim Eisbeinessen zusehen mochte. Die Blissow empfand das Ansinnen ihres Chefs als Nötigung, und sein Versprechen, mit Höchstgeschwindigkeit zu essen, machte alles nur noch schlimmer; der Anblick eines Mannes, der ein Eisbein geradezu verschlingt, war schließlich besonders unangenehm. Dietrich Kölling tunkte ein großes Stück Fett in den Senf. Der Blissow drehte sich der Magen um.

»Ein Silberstreif am Horizont?« fragte der Chef mit vollem Mund.

»Immerhin fährt der Knastarzt Doktor Peukert einen blauen Peugeot.«

»Marineblau. Was ist das?«

»Wenn Sie sich den Wagen ansehen, wissen Sie es.«

Dietrich Kölling belud seine Gabel mit einer Portion Erbspürree. Das Pürree war genauso zubereitet, wie er es mochte, nämlich mit gebratenem Speck, und Dietrich Kölling schnurrte wie ein dicker Kater in der Sonne. Die Blissow bekämpfte die aufsteigende Magensäure mit einer Zigarette.

»Heute schaue ich mir nichts mehr an.« Dietrich Kölling trank einen Schluck von seinem Bier.

»Warum nicht?«

»Eisbein macht müde. Ich werde also meine Stunden in der Keithstraße absitzen und über den Akten dösen. Und wenn der Hammer fällt, fahre ich zu Solveigh.«

»Und was machen Sie bei Solveigh?«

»Ich leg' mich drauf.« Dietrich Kölling lachte. Dann putzte er den Knochen ab.

»Wird ja Zeit, daß Sie sich mal eine Freundin zulegen«, meinte die Blissow.

»Oh ja. Eine gute Freundin übrigens. Sehr entgegenkommend und ohne eigenen Willen.«

»Das sieht Ihnen ähnlich. Ich wußte schon immer, daß Sie ein Pascha sind. Mich schicken Sie bestimmt zu diesem Peukert.«

Dietrich Kölling kratzte den letzten Rest des Erbspürrees von seinem Teller, den er am liebsten abgeleckt hätte, aber so weit wollte er die Stillosigkeit nun doch nicht treiben. Die Blissow bestellte sich einen Kaffee, er wollte noch ein Bier. Bereits träge von seinem opulenten Mahl, lehnte er sich zurück und schloß die Augen.

»Peukert laden wir vor«, beschied er der Oberkommissarin. »Dem laufen wir nicht hinterher, der muß zu uns kommen. Nehmen Sie ein Formblatt für Zeugenvernehmungen. Wenn sich der Zeuge zum Beschuldigten mausert, umso besser.«

»Sagen Sie mal . . .«, begann die Blissow.

»Ja, was?«

»Werden diese Formulare nicht im Knast von Tegel gedruckt?«

»Kann schon sein«, sagte Dietrich Kölling langsam und polkte eine Fleischfaser zwischen seinen Zähnen hervor.

10

Becker hatte sich nicht verrechnet. Die von Abschiebung bedrohte Albanerin überschlug sich fast, um sich als kooperativ zu erweisen und die Behörden günstig zu stimmen. Retten würde sie das nicht, und Becker hatte durchaus Skrupel, die Not der Frau auszunutzen, aber die Skrupel schob er fort. Die junge Frau hielt das Bild der Regorius in den Händen und betrachtete es so aufmerksam, als verkünde es den Ausweg. Dazu nickte sie ohne Unterlaß. Hajota hielt sich abseits.

»Bedeutet Ihr Nicken, daß Sie diese Frau kennen?« wollte Becker wissen.

»Natürlich kenne ich. Hat gearbeitet hier.«

»Als was?«

»Weiß nicht genau. Hat immer gearbeitet oben auf Etage.«

»War sie Maniküre?«

»Was ist das?«

»Nun, jemand, der anderen die Nägel schneidet. Die Fingernägel schön macht.«

Zum erstenmal zeigte sich im Gesicht der Albanerin ein flüchtiges Lächeln.

»Bestimmt nicht. So Leute hier nicht einkehren. Wie soll ich erklären?«

»War Sie eine Prostituierte? Eine Hure? Eine Frau, die Liebe verkauft?«

»Kann man verkaufen Liebe?«

Becker wußte überhaupt nichts von Albanien. Es war einmal ein sozialistischer Staat gewesen, und Becker war in der sozialistischen DDR aufgewachsen, aber selbst dort hatte man nichts über Albanien erfahren. Nach der Gegenfrage der Frau zu urteilen, schien es ein eher katholisches Land zu sein. Zumindest ein sittenstrenges. Halb verzweifelt, halb verärgert schaute Becker nach Hajota. Der war knallrot geworden, und sittenstreng war der bestimmt nicht.

»Bitte beantworten Sie meine Frage.«

»Sie hat nicht verkauft Liebe. Geht nicht, Liebe verkaufen. Sie hat verkauft, nun, wie sagt deutscher Mann, Fotze. Sie hat verkauft Fotze.«

Becker gab Tangermann ein Zeichen.

Der Streifenwagen war nach zehn Minuten da. Die Albanerin hatte die Kittelschürze abgelegt und war nun ausgehfertig. Ihre Reisetasche brauchte sie nicht zu tragen, und sie konnte es auch nicht, weil man ihr Handschellen angelegt hatte. Ein Uniformierter nahm ihr die Tasche ab. Sie belastete ihn nicht, denn sie war sehr leicht.

11

Hans-Joachim Tangermann wiederholte Fehler. Der Arzt hatte ihm Sunnys Entlassung aus der Kriseninterventionsstation des Steglitzer Klinikums für diesen Nachmittag angekündigt, da man nunmehr ausreichend gegen die Krise interveniert hatte, an eine Weiterbehandlung jedoch nicht zu denken war, denn Sunny war nicht krankenversichert; allein für die Interventionskosten würde er mehrere Dutzend Freier über sich ergehen lassen müssen. Tangermann stand seit einer Dreiviertelstunde mit seinem altersschwachen Golf vor dem Haupteingang und wagte nicht hineinzugehen. Er hatte Angst vor der Begegnung mit einem Sunny, der bei Bewußtsein war, sich also erinnern konnte. Vielleicht erinnerte er sich nicht gern an die Nacht mit einem Polizeimeister.

Um die Wartezeit zu überbrücken, hatte sich Tangermann einen *Stern* gekauft, aber er war nicht in der Lage, auch nur eine Seite zu lesen. Becker würde sich wohl über den *Stern* freuen. Er las ihn nicht, aber er löste gern das Kreuzworträtsel. Tangermann kaufte sich den *Stern* allwöchentlich. Vor allem wegen des Horoskops, aber auch, um informiert zu sein. Das war er dem Kripo-Image schuldig.

Drei Männer verließen das Klinikum, die allesamt wie Ärzte aussahen. Sie schritten gewichtig zum Personalparkplatz, verabschiedeten sich voneinander mit Handschlag und verschwanden in ihren großen Limousinen. Tangermann warf das Magazin auf die Rückbank. Da er das Sitzen nicht mehr aushielt, stieg er aus. Er ging vor dem Eingang auf und ab, und ohne es zu bemerken, legte er beide Arme auf den Rücken. Nun war er auch ohne Uniform als Bulle zu erkennen.

Sunny war noch dünner als sonst. Er konnte sich kaum auf den Beinen halten, und sein Gesicht war aschfahl. Tangermann stürzte sich auf ihn. Sie standen einander gegenüber, keiner sagte etwas. Schließlich wandte sich der Junge ab.

»Du bist ein Bulle«, stellte er fest.

»Ich habe dich nicht verpfiffen.«

»Ein Bulle bleibst du trotzdem.«

»Das ist mein Beruf«, sagte Tangermann hilflos.

»Meinen Beruf kennst du auch.« Sunny hatte nicht einmal eine Tasche bei sich; so, wie ihn der Rettungsdienst in Tangermanns

Wohnung eingesammelt hatte, verließ er das Krankenhaus. Hajota fühlte alles Elend der Welt auf seinen Schultern ruhen.

»Ich fahr dich heim«, erbot er sich.

»In mein oder in dein Heim?«

»Wohin du möchtest.«

Sunny zuckte bloß die Schultern. Nach einer Weile setzte er sich einfach ins Gras. Tangermann hockte sich zu ihm.

»Ich muß kein Bulle bleiben«, sagte er.

»Aber ich bleibe ein Stricher, solange ich kann. Ich kann nämlich nichts anderes.«

»Ich helfe dir.«

»Auf deine Hilfe scheiße ich.«

»Ich liebe dich.«

»Auf deine Liebe scheiße ich auch.«

12

»Wohin?« fragte Hajota zum drittenmal, und zum drittenmal bekam er keine Antwort. Sunny saß auf dem Beifahrersitz und kaute an den Fingernägeln. Seine Hände sahen schrecklich aus; sie waren gedunsen, als hätten sie sich mit Wasser vollgesogen. Der Junge gehörte noch immer in ärztliche Obhut, das wußte Tangermann, aber auch er hatte nicht genug Geld, um einen Arzt zu bezahlen. Und er hatte keinen Mediziner zum Freund, der bereit war, die Abrechnungsordnung zu vergessen. Sunny bekam endlich den Mund auf.

»Du willst mir also helfen«, konstatierte er. Tangermann spürte sofort, daß er etwas vorhatte, dem der Polizeimeister unmöglich zustimmen konnte.

»Ich will's versuchen.«

»Du bist doch Bulle?«

»Ja, verdammt. Bulle, Bulle, Bulle. Ich kann's nicht mehr hören.«

»Kommst du an Stoff?«

»Was?«

»Ob du an Stoff kommst? Ihr beschlagnahmt doch laufend was.«

Tangermann bremste scharf an einer Ampel. Er hatte mit allem gerechnet und fühlte sich dennoch überrumpelt. »Das kann ich nicht machen«, sagte er.

»Nicht mal für mich? Nicht mal aus Liebe?«

»Mit Rauschgift hab' ich nichts zu tun.«

»Womit denn?«

»Mit Mord.«

»Ach, du Scheiße.« Dann verstummte Sunny wieder. Tangermann fuhr jetzt vorsichtiger. Er rechnete jeden Augenblick mit einem neuen Angriff von nebenan. Aber der Junge hing nur kraftlos in dem verschlissenen Sessel. Noch immer biß er an seinen Nägeln herum, und das machte Tangermann allmählich nervös.

»Ich kauf' dir was.«

»Was? Mickey-Mouse-Hefte?«

»Was du willst. Du mußt mich dahin bringen, wo man was kriegt.«

Tangermann konzentrierte sich auf die Fahrbahn, aber er bemerkte doch, wie der Junge ihn von der Seite ansah. Eigentlich hatte der Polizeimeister sein Angebot nur unüberlegt dahergesagt, aber er ahnte schon, daß Sunny ihn daran festnageln würde.

»Du willst spitzeln, was?«

»Die Rauschmittelfahndung hat genug V-Leute.«

»Rauschmittelfahndung. Heißt das so bei euch?«

»So ähnlich.«

»Und das blöde Gesetz, wie heißt das?«

»Betäubungsmittelgesetz.«

»Bullensprache. Totale Bullensprache. Betäubst dich wohl nicht, was, Bulle?«

»Manchmal schon.«

Sunny überlegte einen Moment. Tangermann fuhr und fuhr, aber er hatte kein Ziel. Er wußte nicht einmal genau, wo sie sich befanden.

»Du willst mir also ein bißchen was kaufen, ja? Und was soll ich dafür tun? Wirst du mich dann ficken, oder was? Umsonst ist der Tod, oder? Wenn du mir was kaufst, dann fick mich.«

»Das will ich nicht.«

»Was willst du denn?«

»Weiß nicht. Kuscheln. Bloß ein bißchen kuscheln.«

»Ach, verdammter Scheiß. Bloß ein bißchen kuscheln. Du bist der totalste Blödmann, den ich jemals kennengelernt habe. Mensch, Typ, für Stoff kannst du mich ficken, bis du nicht mehr kannst.«

»Wohin also?«

»Zum Breitscheidplatz.«

Siebentes Kapitel

1

»Tangermann.« Dietrich Kölling sprach den Namen nicht aus, er rezitierte, er sang ihn. »Jetzt lassen Sie sich auch noch bei einer Rauschgiftrazzia festnehmen. Jetzt reicht's.«

»Disziplinarverfahren?« fragte die Blissow.

»Was, bitte? So etwas Harmloses. Ermittlungsverfahren obendrein.«

»Dann kann er sich frischmachen«, sagte Becker.

»Ich frage sie ernsthaft, Tangermann«, Dietrich Kölling brannte sich eine Zigarette an, »ich frage Sie ernsthaft, obwohl man Sie nichts Ernsthaftes fragen sollte: Welcher Teufel hat sie geritten, sich mit Ihrem Junkie in einer Szenekneipe zu verlustieren? Ihr Privatleben geht mich nichts an. Sie können alle Knaben Berlins vernaschen, wenn Sie das schaffen. Aber Sie zwingen mich dazu, mich auch noch mit Ihren Eskapaden zu beschäftigen. Und das geht mir gegen den Strich. Ich bin doch keine Sozialstation.«

»Chef, ich . . .«

»Sagen Sie nicht Chef zu mir. Das kann ich nicht ausstehen.«

»Kommissar Becker sagt auch immer Chef.«

»Weil er mich nicht ernstnimmt. Vorne sagt er Chef, hinten sägt er an meinem Stuhl.«

»Na, na«, sagte Becker.

»Schon gut. Also, Meister Tangermann, ich warte auf Ihre Erklärung.«

Hajota war so klein geworden, daß er sich einen Hut hätte aufsetzen müssen, damit man ihn überhaupt wiederfand. Becker und die Blissow, die Dietrich Kölling zur Rückendeckung herbeizitiert hatte, hatten bisher noch nicht viel gesagt; der Blissow war das alles zu blöd, und Becker verstand ja, daß ein Mensch, der sich in einen drogensüchtigen Stricher verknallt hatte, mit Katastrophen leben mußte. Er durfte nur kein Polizeibeamter sein; für einen Beamten schickte sich das nicht.

Hajota versuchte stotternd, sich zu verteidigen.

»Ich habe mir gedacht . . . Also, ich dachte, wenn der Sunny . . . also der Kleine . . . wenn der sich in der Szene auskennt, daß ich da vielleicht was über Anita Regorius erfahre.«

»Gedacht haben Sie? Das bezweifle ich. Und daß sie ausgerechnet zwei Zivilfahnder über die Regorius befragen, die ihrerseits angehalten sind, in der Sache zu ermitteln, nee, Tangermann, damit haben Sie eine Fahrkarte geschossen.«

»Das gibt es alles nicht«, sagte die Blissow aufgebracht. »Wir werden langsam zum Irrenhaus.«

»Aber ich habe doch was rausgekriegt«, sagte Hajota schüchtern.

»Haben Sie was rausgefunden, oder haben Sie sich was eingebildet? Sie sollen eine mächtige Schlagseite gehabt haben.«

»Sunny kennt einen von Frankovic' Kurieren.«

»Was erzählen Sie da?«

»Sunny kennt einen von Frankovic' Kurieren. Aber bitte, bitte, Sie dürfen ihn nicht verhören. Lassen Sie mich das machen. Sie dürfen nicht alles zerstören. Dieses bißchen Vertrauen.«

»Ach, Gott«, sagte Becker, in dem der Menschenfreund nach der Herrschaft über die Seele griff.

»Klingt eigentlich ganz interessant«, meinte Dietrich Kölling nach einer Weile. Er wirkte jetzt besänftigt.

»Werde ich gefeuert?« erkundigte sich Tangermann.

»Ach, was, nichts wird so heiß gegessen, wie es gekocht wird.« Dietrich Kölling langte nach einer weiteren Zigarette.

»Die in Kriminalistenkreisen gerühmte Hand eines berüchtigten Hauptkommissars, die sich schützend über jeden seiner Mitarbeiter legt, wird eine gepfefferte Stellungnahme verfassen. Das muß schon sein. Das Ermittlungsverfahren biegen wir ab, die Disziplinarmaßnahme lassen wir im Sand verlaufen. Aber nur, wenn Sie uns brauchbares Material liefern. Daß heißt, Sie schwingen sich jetzt auf ihre Schrottkiste, und heute abend kriege ich Ihren Bericht. Arbeiten Sie getrost mit Ihren merkwürdigen Methoden; wenn man einen Mordfall mit Schmusen und Streicheln aufklären kann, dann klären wir ihn eben so auf. Im übrigen, Kollegen, nur so zur Verständigung: Herr Tangermann war in meinem Auftrag in dieser Kneipe. Mir pinkelt nämlich keiner mehr an die Hose, weil alle fürchten, dann könnte sich mein Bein auflösen.«

»Darf ich gehen?« fragte Tangermann, dem das Alpenmassiv vom Herzen gefallen war.

»Sie dürfen«, sagte Dietrich Kölling generös. »Nur eines kann ich Ihnen nicht ersparen. Ihre Dienstwaffe geben Sie mir.«

2

Becker haßte alles Unübersichtliche, und obwohl die Gebrauchtwagen in Reih' und Glied aufgestellt waren, hatte er doch das Gefühl, niemals Übersicht zu erlangen. Dietrich Kölling, der sich von dem Schlag erholen mußte, den Hajota ihm erteilt hatte, begleitete seinen Mitarbeiter. Unter dem Vorwand, Becker mit Rat und Tat zur Seite zu stehen, war er aus der Dienststelle geflüchtet; eigentlich hatte er sich einen Skandal gewünscht, aber keinen, der sein Kommissariat betraf. Nach dem Ärger mit der Kriegel schlug nun auch noch Hajota über die Stränge; das alles konnte mit dessen Schwulsein erklärt werden, schließlich galten Schwule als minderwertige Polizisten, und Dietrich Kölling mochte sie nicht einmal sonderlich, aber solcherart Argumente waren ihm doch zu dumm. Hajota konnte soviele Kinder lieben, wie er wollte; das Problem war bloß, daß ihn seine Art der Liebe kindisch machte. Und es gab genug kindische Bullen; Dietrich Kölling wollte keinen in seiner Nähe.

»Volvo soll doch ein sehr sicheres, sehr haltbares Auto sein«, meinte er im Angesicht eines fahrbaren Schweden.

»Aber der ist sieben Jahre alt«, sagte Becker, »und die wollen trotzdem fast dreißigtausend dafür haben.«

»Zwei Jahre Garantie. Steht da.« Dietrich Kölling wies auf das Preisschild.

»Das sind doch Abzocker.«

»Ich habe Ihnen gleich gesagt, daß Sie sich einen Neuwagen kaufen sollen.«

»Ja, das haben Sie gesagt. Aber ich brauche eben ein Familienauto, und die sind neu sehr teuer.«

»Sie sind zu anspruchsvoll. Ein deutsches Fabrikat soll es nicht sein, ein japanisches nicht, also was nun?«

»Frau Blissow meinte, ein Franzose würde zum meinem intellektuellen Habitus passen.« Becker lachte. Dietrich Kölling lachte auch.

»Dann sollten Sie sich vor dem Autokauf eine Nickelbrille beschaffen«, sagte er prustend.

»Wir haben's doch gerade mit dem Peugeot.«

»Ja, mit marineblauen.« Dietrich Kölling winkte den Verkäufer heran, der schon seit geraumer Zeit in ihrer Nähe herumlungerte. Der Verkäufer war so jung, daß er Hajota interessieren würde, und er trug eine Krawatte mit goldener Krawattennadel. Dietrich Kölling fand das sehr imposant. »Wir möchten einen Peugeot. Einen marineblauen.«

»Oh«, sagte der Verkäufer beschämt. »Damit kann ich zur Zeit nicht dienen.«

»Dienen sollen Sie auch nicht. Haben Sie wenigstens Peugeot?«

»Im Moment leider nicht. Aber dieser Volvo, das ist schon ein feines Modell. Der macht's noch zehn Jahre. Ohne die kleinste Reparatur.«

»Sie sollen uns nicht die Ohren vollblasen. Wir wollen einen Peugeot kaufen. Becker.«

»Ja?«

»Hier werden wir nicht gut bedient.«

»Nein.«

»Wollen wir das Geld, das Sie für ein Auto zusammengespart haben, nicht versaufen?«

»Im Prinzip ja.«

»Und außerhalb des Prinzips?«

»Auch.«

3

Tangermann fuhr nicht mit seinem Golf, den Dietrich Kölling Schrottkiste getauft hatte, sondern er fuhr mit seinem Finger. Die Straße, die er zu passieren hatte, war das Rückgrat von Sunny. Der Junge war schon nackt, Tangermann hatte noch sein T-Shirt an. Er war noch nicht soweit.

»Ich hab dir schon genug erzählt«, sagte Sunny. »Wenn du mich nicht irgendwann von den Schienen abkratzen willst, frag nichts mehr.«

»Eins muß ich dich noch fragen. Liebst du mich?«

»Keine Ahnung. Aber mach' weiter. Das ist geil.«

Tangermann drehte den Jungen auf den Rücken. Dessen Körper war noch kühl, aber die Brustwarzen standen schon. Der Polizeimeister begann, sie mit der Zunge zu umkreisen. Sunny griff kräftig in dessen Schopf.

»Mach' mich fertig«, bat er in einem Ton, der dem Winseln nahestand. Tangermann gab sich Mühe. Sunny sexuell zur Strecke zu bringen, war nicht allein ein Privatvergnügen, sondern ein Staatsauftrag.

Es dämmerte bereits, als Tangermann halbtot in die Kissen fiel. Sunny muckste sich gar nicht mehr. Der Junge war erledigt. Tangermann war es auch. Ihm tat der Schwanz so weh, als hätte man ihm ein paar Elektroschocks verabreicht. Die tiefschürfenden polizeilichen Ermittlungen, die Dietrich Kölling von ihm erwartete, würden wohl ausfallen müssen. Sunny hob vorsichtig den Kopf.

»Du hast lange keinen Jungen mehr gehabt«, stellte er fest. »Vor mir, meine ich.«

»Nein«, sagte Tangermann.

»Wie lange?«

»Fast zwei Jahre.«

»Warum?«

»Aus Angst. Weil ich Bulle bin. Damit die Kollegen nichts erfahren. Dabei haben die das von Anfang an gewußt. Gespürt jedenfalls.«

»Ja, das kenne ich. Viele Freier sind so.« Sunny zupfte an Tangermanns Achselhaar. Tangermann bewegte sich nicht.

»Du weißt ziemlich viel.«

Das sollte eine Andeutung sein, und Sunny schien sie zu verstehen. Abrupt drehte er sich von Tangermann weg. Der malte ein paar Kringel auf die nasse Haut des Jungen. Einige Minuten verstrichen, dann schaute sich Sunny wieder den Mann an, der vielleicht ein fester Liebhaber werden würde.

»Ich muß bald los«, sagte er.

»Wohin?«

»Weißt du doch.«

»Schon wieder?«

»Hast du noch Geld?« Sunny hatte sich aufgerichtet. »Ich bring es dir morgen wieder.«

»Wer ist Frankovic?«
Sunny ließ sich fallen.
»Du gibst keine Ruhe.«
»Nein«, sagte Tangermann.

4

»Wer von uns«, fragte Dietrich Kölling und begutachtete die Blume auf seinem Bier, »wer von uns kann eigentlich am besten mit Henninger?«

»Wenn Sie es nicht für einen Anfall von Arroganz halten«, sagte Becker, »ich.«

Dietrich Kölling nickte vor sich hin. Gemeinsam mit seinem Mitarbeiter war er in die Kneipe eingekehrt, die dem Platz des Gebrauchtwagenhändlers am nächsten lag, und das war keine gute Wahl gewesen. Eine Kneipe wäre Dietrich Kölling recht gewesen, aber keine Stampe, in der die Alkoholiker ihre Letzte Ölung erhielten. Und auch Becker fühlte sich unbehaglich, zumal die beiden Beamten ständig wie Fremdkörper beobachtet wurden.

»Ich brauch' was«, sagte Dietrich Kölling, »und das muß Henninger aus dem Kreuz geleiert werden. Zum Wohl, übrigens.«

»Prost.« Becker hob sein Glas. »Worum handelt es sich?«

»Ich will den Wagen von Peukert einziehen lassen. Für die Spurensicherung.«

»Ach, herrjeh. Bei einem Verdacht, der auf so wackligen Beinen steht.«

»Eben. Und wo wir gerade keinen Stein im Brett der Staatsanwaltschaft haben.«

»Noch zwei?« brüllte der Wirt durch den Saal. Alle Männer wandten den Kopf zu den beiden Unbekannten, die am Tisch vor dem Fenster saßen.

»Wir können ein anderes Lokal aufsuchen«, schlug Dietrich Kölling vor.

»Nun sitzen wir hier«, meinte Becker.

»Auch wahr. Noch zwei«, brüllte Dietrich Kölling zurück. »Sie haben aber manches bei Henninger erreicht, das unmöglich erschien«, fuhr er in normaler Stimmlage fort.

»Irgendwie schaffen Sie es immer, dem Mann um den Bart zu gehen.«

»Unangenehm ist es trotzdem.«

»Ich weiß.« Dietrich Kölling bekam Lust, zum Bier auch einen Schnaps zu trinken. Als der Wirt das frische Bier brachte, bestellte er einen doppelten Wodka. Becker hielt mit.

»Wenn ich ein bißchen auf hilflos mache«, sagte der Kommissar, »wird Henninger weich.«

»Sie kennen eben die richtigen Wege zum Herzen eines Staatsanwalts.«

»Wann soll die Genehmigung denn vorliegen?«

»Hat Zeit«, sagte Dietrich Kölling zweideutig.

»Bis wann also?«

»Bis morgen.«

5

Sunny hatte sich einen Platz an Tangermanns Seite gesucht. Sein linkes Bein preßte er auf die Oberschenkel des Polizeimeisters, der linke Arm lag schwer auf dessen Brust. Auf diese Weise hatte der Junge endgültig Besitz ergriffen von dem Älteren, und der genoß die Bedeutung dieser Geste. Er war gefangengenommen worden und hoffte, zu lebenslänglich verurteilt zu werden.

»Frankovic ist eine große Nummer«, flüsterte Sunny. Sein Mund befand sich so nah an Tangermanns Ohr, daß die Atemluft des Jungen in dessen Gehörgang drang. »Der macht sich nicht mehr die Hände schmutzig. Für die Dreckarbeit hat er seine Leute.«

»Hast du für ihn gedealt?«

»Ich nicht, aber einer von meinen früheren Freiern. Bei dem hab ich's auch für den Stoff gemacht. Ein kleines Päckchen für einen großen Fick. Und der war so eklig, der Kerl. Außerdem wollte der immer schlagen.«

»Hast du dich denn . . .?«

»Was sollte ich anderes machen?«

»Scheiße.« Tangermann, von Mitleid übermannt, zog den Jungen auf seinen Leib und nahm ihn derart fest in den Schraubstock seiner Arme, daß er fast erstickte. Sunny küßte Tangermanns Hals.

»Und dieser Freier ist also ein Kurier?«

»Angeblich. Vielleicht hat er bloß angegeben. Er holt das Zeug irgendwo an einer Grenze ab. Bulgarische Grenze, glaube ich. Weiß nicht genau.«

»Und dann?«

»Bringt er's nach Berlin oder so.«

»Weißt du seinen Namen?«

»Nein.«

»Ist er auch Jugoslawe?«

»Nein, Deutscher. Ist besser wegen dem Paß.«

»Frankovic ist jetzt im Knast«, sagte Tangermann vorsichtig.

»Davon hab ich gehört.«

»Er versorgt den ganzen Knast mit Drogen.«

»Na, logisch. Ist doch ein gutes Geschäft.«

»Spricht man in der Szene darüber?«

»In der Szene wird nicht gesprochen.«

Sunny zitterte schon wieder, und obwohl das kaum mehr möglich war, drückte Tangermann den Jungen noch fester an sich. Das Zittern wurde etwas schwächer, verschwand aber nicht.

»Kennst du eine Anita?«

»Ja«, sagte Sunny.

»Was?« Tangermann ließ mit einemmal los. Sunny war so erschrocken, daß er aufschrie. »Du kennst eine Anita?«

»Ja, aber, wieso? Was . . . Wieso drehst du durch?«

»Welche Anita?«

»Zwei. Ich kenne zwei. Eine ist schon tot.«

6

Kriminalhauptkommissar Wieland putzte sich die Zähne. Wie immer, wenn er Streß hatte, und Wieland hatte ständig Streß, rannte er alle Naselang zu dem Waschbecken in seinem Dienstzimmer und schrubbte an seinem Gebiß herum; über diese Manie wurden längst in der gesamten Direktion Verbrechensbekämpfung Witze gerissen. Hauptkommissar Wieland spuckte aus. Mittlerweile ärgerte er sich zu Tode über eine Zusage, die er nicht hätte geben dürfen.

Am Morgen war ein fetter Chef von der Mordkommission zu ihm

gekommen und hatte ihn um kollegiale Hilfe gebeten, um eine Hilfe außerhalb des Dienstweges. Wieland hätte nicht zustimmen dürfen. Aber der Dicke hatte mit Engelszungen geredet, und nun war es zu spät. Wielands Kommissariat war für die Personenüberwachung zuständig; seine Leute hängten sich tage-, wochen- oder monatelang an die Fersen von Verdächtigen, und all das bloß im Auftrag der Fachabteilungen, die dann die Erfolge einheimsten. Der Gedanke, auch einmal eine leibhaftige Staatsanwältin verfolgen zu dürfen, hatte Wielands Untergebene begeistert. Er konnte sie nicht mehr zurückpfeifen, ohne sich lächerlich zu machen. Eigentlich hätte er es tun müssen. Er hatte sich auf den allergrößten Schwachsinn eingelassen.

Einer von Wielands Mitarbeitern betrat den Raum.

»Oh«, sagte er, als er seinen Vorgesetzten bei seiner Lieblingsbeschäftigung ausmachte, und grinste.

»Was ist?« Wieland trocknete sich den Mund ab.

»Die Verdachtsperson hat soeben ihre Privatwohnung verlassen. Sie fährt mit ihrem Fahrzeug in Richtung Süden.«

»Es ist keine Verdachtsperson«, sagte Wieland überzeugt.

»Wie auch immer. Jedenfalls fährt sie jetzt durch die Gegend.«

»Vielleicht hat sie noch einen dienstlichen Termin.«

»Um dreiundzwanzig Uhr?« fragte der Mitarbeiter ungläubig.

»Mein Gott. Das ist doch auch ein Mensch. Sie wird einen Freund haben.«

»Wie die aussieht?« Der Mitarbeiter warf die Meldung auf Wielands Schreibtisch und trat ab.

Wieland starrte seine Zahnbürste an. Der Drang, sie noch einmal zum Einsatz zu bringen, wurde wieder stärker. Wenn nicht am kommenden, so würde er an einem der folgenden Tage eins auf den Deckel kriegen, es sei denn, er blies die Aktion doch noch ab. Wieland setzte sich an seinen Schreibtisch und regte sich nicht. Der Mitarbeiter, ein Quälgeist vor dem Herrn, hatte noch etwas auf der Pfanne. Wieland stöhnte leise vor sich hin.

»Sie fährt nach Zehlendorf.«

»Das ist nicht verboten«, sagte Wieland.

»Ist nicht verboten«, bestätigte der Mitarbeiter. Er tat dies auf eine Weise, als gäbe es nichts Verboteneres.

Wieland zündete sich eine Zigarette an. Offiziell galt er seit einer

Woche als Nichtraucher, aber er hatte es nicht einen Tag ohne Glimmstengel ausgehalten. Und das war gut so: er konnte schließlich nicht mit einer Zahnbürste im Mund herumlaufen. Das Telefon klingelte. Hauptkommissar Wieland nahm den Hörer ab.

»Kölling«, meldete sich der Mann vom Mord. »Gibt's was Interessantes?«

»Wenig. Außerdem habe ich zwei neue Ermittlungsaufträge auf dem Tisch. Wie lange, meinen Sie, wird diese Observation dauern?«

»Keine Ahnung. Sie klingen verschnupft.«

»Ich habe ein ungutes Gefühl«, sagte Wieland.

»Das habe ich auch. Und falls Sie darauf anspielen wollen, daß wir gewaltigen Ärger kriegen werden: den hab ich schon.«

Bei Wieland stellte sich erneut die Wut über seine Nachgiebigkeit ein; daß dieser Kölling ihn und sein Kommissariat in den Sumpf hineinzog, in dem die Mordleute offenbar wateten, war im Grunde rücksichtslos. Einer Staatsanwältin am Zeuge flicken war das eine; die Karriere war das andere. Polizeibeamte durften sich nicht zu weit aus dem Fenster lehnen, denn manchmal sauste ein Fallbeil nieder aus den höheren Etagen.

»Rufen Sie mich an?« wollte Dietrich Kölling wissen.

»Wie besprochen. Jedes besondere Vorkommnis teilen wir Ihnen sofort mit.«

»Oder der Bereitschaft. Wenn ich nicht da sein sollte. Auf Wiedersehen.«

»Auf . . . Moment. Augenblick noch«, hielt Wieland Dietrich Kölling vom Auflegen zurück. Der Mitarbeiter hatte das Büro gerade betreten und fuchtelte aufgeregt mit einem Papier herum. »Was gibt es?«

»Was gibt's?« fragte auch Dietrich Kölling an Wielands Ohr.

Der Mitarbeiter legte das Blatt auf den Tisch.

»Ich bekomme grade eine Meldung«, erklärte Wieland. »Hier: Frau Kriegel hat ihr Ziel erreicht. Sie . . . nein, ich glaub, mein Schwein pfeift . . . wissen Sie, wo sie ist? Vor fünf Minuten hat sie das Haus der Justizsenatorin betreten. Dort scheint es eine kleine Geselligkeit zu geben. Sollen wir fotografieren?«

»Alles und jeden«, verlangte Dietrich Kölling.

7

Die erste Person, die Doktor Jonathan Peukerts Wut abbekam, war Dietrich Köllings Sekretärin. Peukert war ungehalten über die Vorladung, die er als Frechheit qualifizierte, und er fluchte so laut, daß es Dietrich Kölling im Nebenzimmer mithörte. Bei der Sekretärin biß der Knastarzt allerdings auf Granit. Sie lächelte nur zu den Tiraden und klimperte ungerührt auf ihrer Tastatur.

Dietrich Kölling ließ Peukert warten, weil er seinerseits wartete, denn Becker war noch nicht aus Henningers Büro zurückgekehrt. Langweilig wurde es Dietrich Kölling allerdings nicht; vor einer halben Stunde hatte er die Fotos bekommen, die Wielands Leute für ihn aufgenommen hatten, und nun versuchte er, die abgebildeten Personen zu identifizieren. Außer der Kriegel kannte er niemanden, aber er wußte, daß sich das bis zum Abend ändern würde. Dietrich Kölling schenkte sich Kaffee ein.

Ein Satz Bilder beschäftigte ihn besonders. Die Personenüberwacher hatten sehr sorgfältig gearbeitet und jedes Foto mit der Uhrzeit versehen, zu der es geschossen worden war. Zwischen ein Uhr zwölf und ein Uhr neunzehn hatte die Kriegel Streit mit einem Mann gehabt. Beide hatten zugleich das Anwesen der Senatorin verlassen und offenbar vorgehabt, sich zu dem Wagen des Mannes zu begeben, einem BMW, dessen Kennzeichen deutlich zu erkennen war. Auf dem Weg mußte es dann die Auseinandersetzung gegeben haben; der Mann wirkte zwar gelassen, aber die Kriegel gestikulierte so ausladend, als halte sie ein Plädoyer, bei dem ihr die Argumente ausgegangen waren. Offenbar war der Mann dann aber doch wütend geworden; kurzentschlossen hatte er die Kriegel stehengelassen, hatte er sich an das Steuer seines BMW gesetzt und war davongefahren. Die Kriegel ihrerseits war in das Haus zurückgegangen. Erst um zwei Uhr dreiundvierzig war sie dann erneut auf der Bildfläche erschienen, um schnurstracks heimzukehren in ihre Wohnung.

Dietrich Kölling fand diese Fotoserie höchst bemerkenswert. Er rechnete nicht nur mit dem Eintreffen von Becker, sondern auch mit einem Anruf vom Landeseinwohneramt; vom *Referat Kraftfahrzeugzulassungsangelegenheiten*, wie es ein hirnrissiger Bürokrat getauft hatte. Das Referat war zweigeteilt, die Westberliner Hälfte befand sich in der Jüterboger, der Ostberliner Teil befand sich in der Keibelstraße, und das machte Auskünfte so ungeheuer schwierig; Dietrich Kölling hatte mit einer Frau gesprochen, die bereits am Telefon den Eindruck machte, übergewichtig zu sein, und obwohl sie ihm schnelle Bearbeitung zugesichert hatte, war er auf stundenlanges Hinhalten eingerichtet. Dietrich Kölling hatte keine genaue Kenntnis von der Beschaffenheit einer Zulassungsstelle, er wußte nicht, ob sie mit Computern ausgestattet war oder ob man noch mit Karteikarten arbeitete, aber das war auch gleichgültig; die Stimme der Frau hatte ihm längst verraten, daß sie weder in der Lage war, den richtigen Knopf am Computer zu finden, noch dazu, einen Registraturschrank zu öffnen, ohne die Karteikästen zu Boden zu werfen, also faßte er sich in Geduld. Becker jedenfalls würde mit Sicherheit vor der gewünschten Auskunft bei ihm sein.

Peukert laberte noch immer die Sekretärin voll, und Dietrich Kölling beschloß, sie zu erlösen. Er setzte sein Sonntagslächeln auf, streifte sogar sein Sakko über, klaubte den Schlüssel zum Vernehmungszimmer vom Tisch und öffnete die Tür. Peukert wurde augenblicklich still.

»Guten Morgen, Herr Doktor Peukert«, sagte Dietrich Kölling mit einem angedeuteten Diener. Ein Pennäler konnte seinem Schulleiter nicht devoter gegenübertreten.

»Morgen«, entgegnete Peukert mürrisch.

»Darf ich bekanntmachen?« fragte die Sekretärin, die aufgesprungen war. Ihr Lächeln war noch perfekter als das ihres Chefs. »Hauptkommissar Kölling, der Leiter unseres Kommissariats. Doktor Peukert, Arzt in der Justizvollzugsanstalt Tegel.«

Peukert war sprachlos. Er ahnte nicht einmal, daß dies ein abgekartetes Spiel war.

»Warum haben Sie Herrn Doktor Peukert keinen Kaffee angeboten?« fragte Dietrich Kölling erstaunt.

»Er mochte nicht«, rechtfertigte sich die Sekretärin.

»Ich trinke ohnehin zu viel Kaffee«, lenkte Peukert ein.

»Wie wir alle«, meinte Dietrich Kölling mit einem tiefen Seufzer, der die Kaffeebohne in eine lebensgefährliche Droge verwandelte. »Wir treiben Raubbau mit unserer Gesundheit. Kaffee macht nervös und vor allem morgens sogar unduldsam.«

Der Knastarzt hatte die Anspielung verstanden, und obwohl er nicht das Gefühl hatte, eine Scharte auswetzen zu müssen, mied er Dietrich Köllings Blick. Dietrich Kölling riß die Tür zum Flur auf.

»Bitteschön«, sagte er forsch. Nun mußte ihn Peukert doch wieder ansehen.

Auf dem im allgemeinen öden Gang herrschte einiges Gewimmel. Vier Beamte vom Siebten Kommissariat stürmten aus dem Bereitschaftszimmer und sahen sehr entschlossen aus, ein halbes Dutzend Stiere bei den Hörnern zu packen; wahrscheinlich hatte man sie soeben an einen Tatort gerufen.

»Einsatz?« erkundigte sich Dietrich Kölling.

Einer der Kollegen machte das unmißverständliche Zeichen für einen durchgetrennten Hals. Der Auftritt war keinesfalls Teil von Dietrich Köllings Inszenierung, aber er kam bei Peukert gut an. Der Knastdoktor war sichtlich beeindruckt. Und auch Beckers Erscheinen paßte wie die Faust aufs Auge.

»Das ist mein Mitarbeiter, Kommissar Becker«, stellte Dietrich Kölling vor. »Er hat sich gerade mit Ihrer Vergangenheit beschäftigt.«

»Womit? Wie? Wie kommen Sie dazu?«

»Hier, Herr Doktor, ist unser Vernehmungszimmer.« Dietrich Kölling schloß es auf und zwinkerte Becker dabei zu. »Ein Viertelstündchen werden Sie sich noch gedulden müssen. Ich muß erst meinen Mitarbeiter konsultieren.«

»Was läuft hier eigentlich?« fragte Peukert, dem abermals die Galle hochkam, aber auch die Angst.

»Kein Film, Herr Doktor. Ein Stück Wirklichkeit.«

Becker mußte bei Staatsanwalt Henninger Erfolg gehabt haben, denn er wirkte stolz wie ein Spanier. Nachdem er Peukert im Vernehmungszimmer verstaut hatte, winkte Dietrich Kölling den Kommissar in sein Büro. Becker setzte sich sofort und ließ die Schlösser seines Aktenkoffers klicken. Diesen Lederkoffer, eine Neuerwerbung, hatte Dietrich Kölling von Anbeginn albern gefunden; Becker sah mit ihm aus wie ein Oberschulrat. Nicht einmal der Referatsleiter lief mit einem derartigen Behältnis herum.

»Na?« fragte Dietrich Kölling lauernd.

»Ich hab das Papierchen«, entgegnete Becker leichthin. »Wir können die Karre auseinandernehmem lassen.«

»Prima. Peukert wird einen Wutanfall kriegen.«

»Verzeihung übrigens für meine leichte Verspätung.« Becker sagte das so, als hätte eigentlich sein Chef allen Grund, sich zu entschuldigen. »Ich hab noch ein wenig mit Henninger geplaudert.«

»Über Erziehungsfragen, nehme ich an. Henninger hat doch auch zwei Bäl . . . zwei Sprößlinge.« Obwohl ihn das Schweben seines Untergebenen im siebten Himmel reizte, wollte Dietrich Kölling ihm nicht zu nahe treten.

»Nicht über Kinder. Über Autos. Henninger will sich verbessern. Er würde mir seinen Kadett abtreten. Fast nagelneu, der Wagen. Zweiunddreißigtausend Kilometer gelaufen. Und alles zum Freundschaftspreis.«

Dietrich Kölling war mit seiner Zigarettenschachtel beschäftigt und registrierte erfreut, daß Rauchen während der Schwangerschaft dem Fötus schaden konnte. Dietrich Kölling mochte keine Kinder. Sie waren laute, disziplinlose Analphabeten, und wenn man durch Rauchen erreichen konnte, daß sie ewig Föten blieben, war ihm das nur recht.

»Mit Freundschaftspreisen sollte man sich vorsehen«, meinte er dann. »Das sind immer die höchsten.«

»Wir haben noch nichts festgemacht. Ach, über Frau Kriegel haben wir auch ein Schwätzchen abgehalten.«

»Ach, fast hätte ich vergessen, sollten Sie hinzufügen. Becker, unter einer Militärdiktatur wären Sie ein begnadeter Folterer geworden. In einer Demokratie schaffen sie es bloß, Ihren Chef auf die Streckbank zu spannen. Spucken Sie es aus.«

»Tja«, sagte Becker gedehnt. Ihm gefiel diese Situation, in der er die Trümpfe auf der Hand hatte, und er wollte sie gern noch ein bißchen ausdehnen.

»Raus damit«, befahl Dietrich Kölling, »ich hab nicht mehr so viel Lebenszeit wie Sie.«

»Die Kriegel und Festersen, also dieser Justizstaatssekretär . . .«

»Ich weiß, wer das ist«, unterbrach Dietrich Kölling unwirsch.

»Die beiden sind eine Zeitlang liiert gewesen. Es ist also nicht nur so, wie Volkmann der Blissow gesagt hat, daß die Kriegel dem Mann hinterhergelaufen ist. Sie hat ihn sogar eingeholt.«

»Zehn Punkte«, jubelte Dietrich Kölling. »Erzählen Sie mir alles. Ich kann davon gar nicht genug bekommen.«

»Es wurde bereits von Ehe gemunkelt. Festersen war schon hoch angesiedelt in der Justizverwaltung, und das rief selbstredend Neider auf den Plan. Bei der Staatsanwaltschaft wurden Wetten darüber abgeschlossen, wann die Kriegel Sozialdemokratin werden würde, um am Rockschoß ihres Mannes in luftige Höhen zu enteilen.«

»Sie Poet.« Dietrich Kölling konnte die Stichelei nicht lassen.

»Aber dann gab es einen Knacks.«

»Einen Knacks?«

»Nichts Genaues weiß man nicht. Es war eben einfach vorbei. Schluß, aus, finis. Es heißt, seitdem befaßt sich die glorreiche Staatsanwältin weniger mit ihrer Arbeit als damit, Festersen regelmäßig zur Rede zu stellen. Um zu kitten, was längst nicht mehr zu kitten ist.«

»Das klingt ja wie ein lehrbuchreifes Mordmotiv.«

»Festersen lebt aber noch.«

»Noch, Begnadeter, noch.« Dietrich Kölling lachte ausgelassen wie ein Kind. Becker fiel in das Gelächter ein.

»Würden wir denn die Auslöschung eines Justizstaatssekretärs verhindern?« fragte er, nachdem er sich beruhigt hatte.

»Das Verhindern von Morden hat glücklicherweise noch niemand von uns verlangt«, sagte Dietrich Kölling. »Wir sollen bloß was dagegen tun, daß sich ein Mord wiederholt.«

»Was sowieso unmöglich ist«, ergänzte Becker.

»Schöner Slogan«, meinte Dietrich Kölling, der das letzte Wort nicht an Becker verlieren mochte.

»Wie meinen?«

»Schöner Slogan: Wir machen das Unmögliche möglich. Ihre Mordkommission.«

8

Dietrich Kölling hatte Peukert zwar belogen, was Beckers Part bei den Ermittlungen betraf, aber natürlich hatte er sich mit der Vergangenheit des Knastdoktors längst beschäftigt. Doktor Peukert hatte eigentlich keine Vergangenheit. Als gebürtiger Hamburger war Peukert wie so viele junge Westdeutsche Ende der sechziger Jahre nach Berlin geflüchtet, um der Einberufung zur Bundeswehr zu entgehen. Er hatte sich an der Freien Universität für das Medizinstudium eingetragen und den Numerus clausus zumindest mit achtbarem Resultat bestanden, um wie so viele Kinder von Ärzten seinerseits Arzt zu werden. Er war, wie die meisten Medizinstudenten, kein besonders intelligenter Student gewesen, aber natürlich hatte er alle Klausuren, Prüfungen und Physika irgendwie hinter sich gebracht. Nach der Assistenzzeit am Urban-Krankenhaus hatte er den Weg des geringsten Widerstands und des geringeren Einkommens gewählt; er hatte weder eine eigene Praxis eröffnet noch sich der Hackordnung eines Krankenhauses oder gar des Universitätsklinikums ausgeliefert, sondern er war stante pede in den Staatsdienst eingetreten, auch hierin wieder ganz Abziehbild seiner Eltern; Peukerts Vater heftete als Amtsarzt in Hamburg-Eimsbüttel alle neuen Verordnungen und Durchführungsbestimmungen des Bundesgesundheitsministers in verschiedenfarbige Ordner, die Mutter gar war eine Art medizinischer Verbindungsoffizier im Solde des Hamburger Senats, dem die Aufgabe zuteil geworden war, die AIDS-Arbeit aller an AIDS arbeitenden Verwaltungsbereiche zu koordinieren. Dietrich Kölling hatte das alles nicht durchschaut; das einzige, was bei ihm haftenblieb, war die Tatsache, daß sich selbst der hanseatische Kultursenator mit AIDS befaßte.

Selbst Peukerts Dissertation hatte Dietrich Kölling kommen lassen. Nachdem sich der nicht mehr ganz junge Absolvent um die vakante Stelle eines Mediziners im Solde der Justizverwaltung beworben und einige Jahre in verschiedenen Knästen praktiziert hatte, mußte auch ein Doktortitel sein: das Thema *Psychosomatische Folgen der Isolation von Strafgefangenen, insbesondere im gastralen Bereich* lag quasi direkt hinter den Gefängnismauern, und Peukert hatte ja am lebendigen Menschen experimentieren können; daß Isolation und Streß magenkrank machten, wußte Dietrich Kölling allerdings auch ohne das ausführliche wissenschaftliche Tamtam, das Peukert darum verbreitete. Komisch fand er den Titel jedoch wegen dessen Doppeldeutigkeit, weil er auch die gastrale Isolation von Strafgefangenen beinhalten konnte, und die Vorstellung, aus Strafgründen die Mägen von Insassen zu separieren, belustigte den Hauptkommissar. Peukerts Karriere konnte als geradlinig bezeichnet werden, weil es gar keine Karriere war; der Knastarzt war immer Knastarzt geblieben. Wenn er zum altgedienten Eisen zählte, würde man ihm vielleicht den Sanitätsrat verpassen, wie es Dietrich Köllings Schwester geschehen war. Sanitätsrat schien nichts Besonderes zu sein. Aber es klang natürlich.

»So, Herr Doktor Peukert«, Dietrich Kölling hatte die Plätze verteilt und sich gewohnheitsgemäß hinter dem Schreibtisch breitgemacht, »wir haben viel zu besprechen.«

»Sie mit mir, nicht ich mit Ihnen.« Der Arzt hatte sich wieder in die Reserve zurückgezogen, Dietrich Kölling würde ein paar Attacken reiten müssen, um ihn aufs Schlachtfeld zu locken. Denn wenn Peukert Dreck am Stecken hatte, sollte er hier und jetzt geschlachtet werden.

»Sind Sie mit dem Wagen gekommen?«

Peukert bestätigte es.

»Wo steht der Wagen?«

»Vor der Tür.«

»Hoffentlich nicht im Parkverbot«, mischte sich Becker ein.

»Kurz dahinter.«

»Ein marineblauer Peugeot?« fragte Dietrich Kölling.

»Allerdings.«

»Den lassen wir gleich zur PTU schleppen. Geben Sie mal dem Herrn Becker die Schlüssel.«

»Bitte?« Peukert saß kerzengerade. »Was soll das? Erst verschafft mir Ihre Kollegin eine Beule, und jetzt wollen Sie den Wagen auch noch auseinandernehmen lassen. Zu welchem Zweck?«

Dietrich Kölling umging die Antwort, indem er dem Arzt das von Staatsanwalt Henninger unterzeichnete Formblatt präsentierte. Aber so rasch ließ sich Peukert nicht mehr überrumpeln. Er studierte das Papier ausführlich und lächelte dann.

»Ich möchte Widerspruch einlegen«, sagte er entschieden. Damit hatte Dietrich Kölling nicht gerechnet, und er blieb stumm.

»Persönlich oder über Ihren Anwalt?« erkundigte sich Becker.

»Persönlich. Sie können das gleich zu Protokoll nehmen.«

»Dann wird der Richter entscheiden müssen«, sagte Dietrich Kölling aufgebracht. »Das bringt uns allen nur Verdruß.«

»Mir nicht.« Peukert hatte Oberwasser. Dietrich Kölling spielte mit seinem Kugelschreiber, den er zwischen seinen Händen hin und her rollte. Becker schaute ihn fragend an.

»Na, wie Sie wollen.« Der Kugelschreiber kam zur Ruhe. »Und

nun zur Sache. Herr Peukert, wie gut haben Sie Anita Regorius gekannt?«

Der Arzt mußte lange nachdenken; zumindest tat er so, als ob er nachdächte. Er ließ sich Zeit, um mit den Nerven seines Gegenüber zu spielen, bis er endlich Erleuchtung heuchelte.

»Sie meinen die Freundin von Martin Teske?«

»Genau die.«

»Ich habe sie nie gesehen«, erklärte Peukert kategorisch. »In meinen Sitzungen mit Teske spielte sie natürlich eine Rolle. Offenbar war es keine ganz krisenfeste Beziehung. Die Frau hat Teske zwar besucht, aber das Verhältnis hatte sich abgekühlt. Das ist ja nichts Ungewöhnliches. Eine attraktive junge Frau, der Liebhaber im Knast, also kein Mann im Haus, nun, wer kann einer Frau verdenken . . .«

»Woher wissen Sie, daß Anita Regorius attraktiv war?«

»Ich vermute es. Nach Teskes Beschreibungen. Die selbstredend falsch sein können. Eine Art Selbstbetrug.«

»Haben Sie die Regorius nie besucht?«

»Warum sollte ich?«

»Weil Sie gesehen wurden«, behauptete Dietrich Kölling.

Peukert mußte sich eine Gegenstrategie zurechtgebastelt haben, denn er ließ sich nicht ins Bockshorn jagen. Um sich eine Antwort zu überlegen, brauchte er keine Minute.

»Vielleicht jemand, der mir ähnlich sieht. Oder ein Irrtum Ihrer Zeugen. Ich war wirklich nie dort. Weiß nicht mal, wo die Dame wohnt.«

»Wohnte.«

»Ja, natürlich.«

»Daß sie tot ist, wissen Sie also?«

»So etwas spricht sich schnell herum. Irgend jemand hat immer irgend etwas gehört.«

»Und sie waren auch nicht in der Nacht vom zwölften auf den dreizehnten dieses Monats in der Mainzer Straße?«

»Hätte ich dort sein sollen? Ich fahre selten in den Osten.«

»Ich meine die Mainzer Straße in Neukölln. Frau Regorius wohnte dort.«

»Diese Straße ist mir nicht bekannt.«

»Zumindest Ihr Wagen ist in dieser Straße aufgefallen.«

»Da hat er sich wohl selbständig gemacht.« Peukert übte sich in Ironie.

»Vielleicht haben Sie ihn verliehen. An Ihre Kinder beispielsweise.«

»Das ist unwahrscheinlich. Meine Söhne sind vierzehn, zwölf und drei.«

»Ganz schöner Altersunterschied zum Nesthäkchen.«

»Die Großen hat meine Frau in die Ehe mitgebracht. Der Kleine ist von mir. Wir wollten noch ein gemeinsames Kind.«

»Drei Söhne?« fragte Becker nachdenklich.

»Vier. Es gibt noch einen aus meiner ersten Ehe, der bei meiner Geschiedenen lebt.« Peukert lachte. »Ich hab immer nur Jungs geschafft.«

»Stammhalter«, meinte Dietrich Kölling, und der Knastarzt nickte stolz. Dietrich Kölling hatte nie verstanden, wie ein Mann sich etwas darauf einbilden konnte, eine so einfache Sache wie die Begattung erfolgreich zu vollziehen; dazu brauchte man nicht einmal ein bravouröser Techniker zu sein, und selbst ein Schwuler wie Hajota schaffte das, wenn er sich Mühe gab. Wenn solchen Typen auch noch ein Junge gelang, kriegten sie sich gar nicht mehr ein, obwohl das nur eine zufällige Chromosomenkonstellation war, die auch bei Analphabeten, Debilen und sonstigen Blödmännern vorkommen konnte. Aber Leute wie Peukert taten so, als ob sie sogar die Chromosomen im Griff hätten. Dietrich Kölling brannte sich eine Zigarette an. Er war offenbar einer der wenigen Männer, die sich über das Stadium von Sandkasten und Indianerspiel erhoben hatten. Darauf nun konnte ein Mann wirklich stolz sein.

»Was haben Sie in der Nacht vom zwölften zum dreizehnten in der Mainzer Straße gemacht?« fragte er grob.

»Ich? Nichts. Vorausgesetzt, daß ich kein Schlafwandler bin. Bisher hat allerdings noch niemand eine solche Anwandlung bei mir bemerkt.«

»Wenn Sie also nicht in der Mainzer Straße waren, wo waren Sie dann?«

»Im Bett, nehme ich an.«

»Söhne zeugen«, entfuhr es Becker. Dietrich Kölling warf ihm einen wütenden Blick zu, der eines Zeus würdig gewesen wäre. Und sein Zorn hatte tatsächlich eine olympische Dimension.

»Ihre Frau kann das bestätigen?«

»Brauche ich denn ein Alibi?« fragte Peukert zurück.

»Womöglich ja.«

»Was ich Sie noch fragen wollte . . .« Der Knastarzt ließ den Halbsatz im Raum stehen.

»Ja?«

»Auf Ihrer Einladung . . .«

»Vorladung.«

»Auf Ihrer netten Einladung steht gar nicht, daß ich einen Anwalt zu diesem Verhör hinzuziehen kann.«

»Sie werden ja auch als Zeuge gehört, nicht als Beschuldigter.«

»Ach? Mir kam das bisher anders vor. Ich hätte also gern einen Rechtsanwalt hinzugezogen.«

»Vielleicht auch Ihren Steuerberater?«

»Das ist eine gute Idee.« Doktor Peukert zog das Formular aus der Jackentasche und faltete es auseinander. »Mit Freuden hab ich festgestellt, daß mir eine Entschädigung zusteht. Bitte, geben Sie mir doch Ihren Kugelschreiber. Ich fülle gleich mal die Rückseite aus.«

Dietrich Kölling gab das Schreibgerät heraus und den Kampf auf.

9

Für den Nachmittag hatte Dietrich Kölling sein Kommissariat zusammengetrommelt, um eine Zwischenbilanz zu ziehen; diese Beratungen, die er hin und wieder abhielt, zogen sich zumeist über Stunden hin, und selten kam viel dabei heraus. Von dem schmerzhaften Schlag, daß Peukert ihm überlegen gewesen war, hatte er sich längst nicht erholt, und um sich wenigstens bei seinen Kollegen schadlos zu halten, protzte er mit seiner Bildung; zwar hatte er einen popligen Knastdoktor nicht knacken können, aber dafür hatte er immerhin ein paar Bücher gelesen.

»Ich zähle die Großen meines Hofes. Einer fehlt. Wo ist der Becker, mein Infant?« eröffnete er, Schillers *Don Carlos* zitierend, die Sitzung. Die verblüfften Mienen seiner Untergebenen entschädigten ihn für die Niederlage.

Nur die Blissow bewies ihre Schlagfertigkeit. »Er wird seiner infantilen Lieblingsbeschäftigung nachgehen: Kreuzworträtsel raten.«

»Das ist nicht infantil, sondern lehrreich«, behauptete Dietrich Kölling.

»Was ist ein Infant?« fragte Hajota beflissen.

»Der Thronfolger«, erklärte Dietrich Kölling von oben herab. »Haben Sie denn kein Abitur?« Tangermann schüttelte den Kopf. »Hauptschule?« Ganz war Dietrich Kölling doch nicht über den Berg.

»Realschule«, sagte Tangermann beleidigt. »Und einen Beruf hab ich auch.«

»Polizist? Das ist kein Beruf.«

»Was sind Sie denn?« Hajota war bis aufs Äußerste gereizt, und auch Dietrich Kölling hatte Lust auf einen Streit.

»Was wird ein intelligenter Hauptkommissar schon sein?«

»Diplomverwaltungswirt wahrscheinlich«, meinte Tangermann und legte eine solche Verachtung in seine Stimme, daß der Abschluß als Diplomverwaltungswirt sofort abgeschafft gehörte. Und das gehörte er ja auch; jedenfalls teilte Dietrich Kölling diese Ansicht.

»Eben nicht. Sehen Sie, Tangermann, Frau Blissow ist eine Verwaltungswirtin. Ich nicht. Als ich Anfang der sechziger Jahre Polizeibeamter wurde, war eine Universitätsausbildung noch kein Hinderungsgrund.« Dietrich Kölling spielte Tangermann etwas vor. Er hatte zwar drei Semester Philosophie und Psychologie hinter sich, aber dann hatte er sein Studium geschmissen; er hatte fast nie eine Vorlesung besucht, weil ihm das Hocken in Schulbänken zuwider war, und auch sein Selbststudium hatte er vernachlässigt.

»Was sind Sie denn?« Nicht Hajota stellte diese Frage, sondern die diplomierte Blissow. Dietrich Kölling kam um eine Antwort herum, weil Becker erschien. Ohne ein Wort der Entschuldigung nahm der Kommissar seinen Platz ein.

»Dann sind wir ja vollzählig«, stellte Dietrich Kölling mit leisem Vorwurf fest. »Tangermann, beginnen Sie mal. Sie hatten immerhin die vergnüglichste Aufgabe von uns allen.«

Tangermann hatte nicht viel zu berichten. Sein Bettgespiele kannte zwar zwei Frauen mit dem Namen Anita, und eine war sogar tot, aber um die Regorius handelte es sich nicht; die tote Anita war eine obdachlose Fixerin und im letzten Winter erfroren, die noch lebende war eine Kneiperin in Schöneberg. Was Tangermann über Frankovic in Erfahrung gebracht hatte, war ebenso dürftig; da hatte die Drogenfahndung Besseres zu bieten. Aber auch deren Informationen brachten die Morduntersuchung nicht voran. Es blieb Dietrich Kölling nichts übrig, als seine Trümpfe schon zu Beginn aus dem Ärmel zu ziehen, also legte er die Fotos von der Kriegel auf den Tisch.

»Ich war nämlich fleißig«, kommentierte er sein Tun. »Und seit zwei Stunden weiß ich, mit wem sich Frau Kriegel da streitet. Mit Festersen.«

»Ach, nee«, sagte die Blissow bloß.

»Die beiden hatten nämlich eine Liaison d'amour.«

»Ach, nee«, wiederholte die Blissow.

10

»Die können uns doch nichts.« Rudolf Kissing bemühte sich, selbstsicher und von seiner Unantastbarkeit vollkommen überzeugt zu wirken, aber seine Nervosität, die er zu überspielen trachtete, entging Peukert nicht. Der Knastarzt hatte den Schließer in sein Ordinationszimmer gebeten und ihm von der Vernehmung bei der Mordkommission berichtet. Kissing würde die Informationen an Frankovic weiterleiten, und der allein hatte genug kriminelle Phantasie, um einen Ausweg zu finden.

»Hast du wirklich alles verschwinden lassen?« fragte Peukert seinen Kompagnon.

»Unwiederbringlich. Ich hab letztes Wochenende einen Ausflug ins Umland gemacht. Fläming, falls dir das was sagt. Da hab ich's in einem Wald verbuddelt.«

»Bis in den Fläming kommt dieses fette Miststück von Bullen bestimmt nicht«, meinte Peukert gehässig. »Der paßt ja gerade so durch eine Tür.«

Kissing nickte, blieb aber skeptisch. Daß die Kripo sowohl ihn als auch den Doktor auf dem Kieker hatte, das behagte ihm nicht. Wenn sie sich jetzt nicht umsichtig verhielten, konnte das ihr Ende bedeuten.

»Jemand muß uns beobachtet haben«, sagte er.

»Anzunehmen. Aber darüber haben wir doch gesprochen. Verschafft dir deine Frau noch immer kein Alibi?«

»Ach, die.« Kissing winkte ab.

»Du warst zum Canasta bei uns. Ich hab extra eine Liste mit Punkten angefertigt. Das Datum steht auch drauf.«

»Ja, ich weiß. Aber so blöd ist die Kripo nicht, daß die da nicht hinterkommen.«

»Meine Frau war dabei. Die bestätigt alles. Die muß alles bestätigen, sonst landet sie im Dreck.«

»Und deine Jungs?«

»Meine Jungs halten zum Vater«, sagte Peukert so selbstgewiß, daß es Kissing mit der Angst bekam. Kissing hatte auch einen Sohn großgezogen und immer geglaubt, von dem Jungen abgöttisch geliebt zu werden. Mittlerweile war er eines Besseren belehrt.

Achtes Kapitel

1

Wieder ging alles verquer. Der Richter hatte Peukerts Widerspruch stattgeben und verboten, dessen Wagen zu untersuchen; der Knastarzt hatte damit die Gelegenheit, seinen Peugeot vollkommen umrüsten zu lassen, denn bis Dietrich Kölling einen gegenteiligen Beschluß erwirkt hatte, würde mindestens eine Woche ins Land gehen, falls ihm das überhaupt gelang. Aber Peukert hatte auch ohne diesen Aufschub genug Zeit gehabt, alle Spuren zu beseitigen. Dietrich Kölling spazierte in seinem Arbeitszimmer auf und ab. Vermutlich hatte der Knastarzt überhaupt keinen Grund, Spuren verschwinden zu lassen; es gab mehrere hundert marineblaue Autos vom Fabrikat Peugeot in Berlin. Wenn er jeden untersuchen würde, brauchte das Wochen, wenn nicht gar Monate. Dennoch hatte er alles in die Wege geleitet. Und im Zuge dieser pauschalen Überprüfung konnte man auch Peukerts Wagen trotz der richterlicher Entscheidung erneut aufs Korn nehmen.

Die Briefe waren bereits auf dem Postweg. In ein oder zwei Tagen würde Peukert ein Schreiben aus seinem Briefkasten holen, das ihn bat, seinen Peugeot in der Polizeitechnischen Untersuchungsabteilung vorzustellen. Dietrich Kölling war davon überzeugt, daß er das tunlichst unterlassen würde. Er konnte einen zweiten Brief abwarten, sogar einen dritten. Dann würde man ihn zwingen können. Aber er würde natürlich im Urlaub sein.

Hauptkommissar Wieland hatte die Überwachung der Staatsanwältin Kriegel abgebrochen. Wieland hatte seine Entscheidung mit vordringlicheren Ermittlungsaufträgen begründet, aber dahinter konnte ebensogut ein Wink von oben stecken. Dietrich Kölling hatte überhaupt nichts in der Tasche. Daß Martin Teske in Tegel umgebracht worden war, blieb Hypothese und war vielleicht doch nur eine Wahnidee der Regorius. Deren Ermordung allerdings konnte nicht vom Tisch gewischt werden.

Staatsanwalt Henninger hatte die Exhumierung von Teske abgelehnt. Einem Häuflein Asche konnte schließlich nicht einmal der beste Gerichtsmediziner entnehmen, ob der Mensch, aus dem es entstanden war, sich selbst stranguliert hatte oder aufgehängt worden war.

Wahrscheinlich war dies einer der Fälle, die als unaufgeklärt im Archiv verschwinden würden. Dietrich Kölling hatte viele davon auf dem Buckel. Ein ungelöster Fall war für jeden Kripomann ein Stachel im Fleisch, aber die Vernunft gebot, sich damit abzufinden. Nicht einmal die Statistik würde ein ungelöster Fall versauen.

Dietrich Kölling schaute sich die Ermittlungsakten an. Es war ein Leichtes, zum Referatsleiter zu gehen und die Einstellung des Verfahrens zu besprechen. Staatsanwalt Henninger, der sowieso gerade sieben Leichensachen zu vertreten hatte, wäre einem solchen Ansinnen gewiß nicht gram.

Doch Dietrich Kölling brauchte sich nicht zu seinem Fürsten zu begeben; der Fürst kam zu ihm. Als der Oberrat kichernd das Dienstzimmer betrat, wußte Dietrich Kölling, was die Stunde geschlagen hatte. Ein leise vor sich hin kichernder Oberrat bedeutete, daß der Referatsleiter, der hauptsächlich für das Koordinieren seiner Mannschaften zuständig war, selbst etwas ermittelt hatte. Er mußte einen derart kolossalen Fakt herausbekommen haben, daß er sich dazu herabließ, die rechte Hand auf die Schulter seines Untergebenen zu legen. Wie immer zuckte Dietrich Kölling bei dieser freundschaftlichen Geste zusammen; er konnte es auf den Tod nicht leiden, wenn jemand die Schutzzone durchbrach, mit der er sich umgeben hatte.

»Ich hab da sehr interessante Dinge für Sie«, sagte der Oberrat denn auch. »Sie halten ja Beamte meiner Dienststellung für unfähige Bürokraten, nicht wahr?« Dietrich Kölling schüttelte vehement den Kopf. »Na, seien Sie doch ehrlich.« Der Referatsleiter war ausgesprochen vergnügt. »Manchmal sind die Quellen, die ein Mann meiner Ebene anzapfen kann, eben doch nützlich. Ich meine nur, Ihr macht ja die ganze Kleinarbeit, und die ist natürlich äußerst wichtig, aber ein bißchen Überblick kann auch nicht schaden.«

»Was überblicken Sie so?« fragte Dietrich Kölling uninteressiert.

»Nun, ich werde Ihnen nicht verraten, woher ich mein Wissen habe«, erklärte der Referatsleiter großspurig. »Aber Sie werden gleich die Ohren anlegen. Frau Kriegel, an der Ihnen ja sehr gelegen ist, und dieser Staatssekretär . . . na, Sie wissen schon . . .«

»Festersen.«

»Doktor Festersen. Ja, Kölling, staunen Sie nur. Die beiden waren mindestens zwei Jahre eng zusammen.« Der Referatsleiter sonnte sich in seinem Triumph.

»Wie eng?« wollte Dietrich Kölling wissen.

»So eng, wie Mann und Frau zusammensein können.«

»Ach?« Dietrich Köllings Ausruf war derart lahm, daß der Oberrat stutzig wurde.

»Das scheint Sie nicht sonderlich zu erregen«, meinte er enttäuscht.

»Doch, es erregt mich. Bloß, ich weiß das längst.«

Der Referatsleiter mußte sich setzen.

2

Der Hund hieß Ajax, wie es sich für einen anständigen Deutschen Schäferhund gehört, aber die Namensgebung war ein ebenso kapitaler wie unerklärbarer Irrtum gewesen: Ajax war eine Hündin. Als sie ihr erster Käufer nach zwei offenbar nicht sehr harmonischen Jahren im Tierheim ablieferte, hatte sie Ajax geheißen, was die Pfleger vermuten ließ, ihr Herrchen habe bei einem Welpen den Unterschied zwischen einem Rüden und einer Hündin nicht erkennen können. Dem Mann, der das Tier von seiner Heimkarriere erlöste, war der Name gleichgültig gewesen, obwohl er wahrscheinlich einer der wenigen deutschen Hundehalter war, der Ajax und seine Verdienste im Krieg um Troja kannte. Und der Hündin selbst war ihr Name auch egal. Sie wußte zwar instinktiv um ihre Weiblichkeit, aber ob man sie nun Hermine nannte oder Ajax, hatte damit nichts zu tun. Sie hatte sich an Ajax gewöhnt und kam schweifwedelnd angelaufen, wenn man sie so rief.

Ihr derzeitiges Leittier hatte auch eine Bezeichnung, die die Hündin sehr genau kannte. Für menschliche Verhältnisse war Manfred ein eher antiquierter Name, aber Ajax hatte keinen Zeitgeschmack. Wenn jemand Manfred sagte, spitzte sie die Ohren, und wenn sie Manfred sah, war sie nicht zu halten. Dabei hatte Manfred Burger den Hund für seine Kinder gekauft. Jede Familie im Dorf hielt ein bellendes Rassetier oder auch eine unbeschreibliche Promenadenmischung, und das hatte in Burgers Nachwuchs, der in Berlin die ersten Lebensjahre verbracht hatte, den Wunsch nach einem Hund geweckt.

Ajax langweilte sich. Jeden Morgen zwischen sieben und acht Uhr ging Burger mit ihr Gassi, aber er benutzte immer denselben Weg, und die Hündin kannte mittlerweile jedes Steinchen und jede Duftmarke, die ein Rüde aus dem Dorf hier gesetzt hatte; jeden Schwanz kannte sie allerdings noch nicht. Nur mit großem Widerwillen verließ Ajax den Trampelpfad und sprang über die Felder. Dort gab es nichts Neues zu entdecken, und auch die Hasen waren fast schon Geschwister.

Manfred Burger hatte den Hund für seine Kinder mit Bedacht aus dem Tierheim geholt; das gehörte zu seiner Philosophie, denn Burger war ein linksökologischer Aussteiger. Er war es aber nicht aus tiefstem Herzen, und im Grunde war er sich auch bewußt, wie verlogen sein Ausstieg war; er hatte nichts mit der Liebe zur Natur zu tun, sondern mit seiner Feigheit. Burger war vierunddreißig, und er hatte davon fast dreißig Jahre in der DDR verbracht, eingelullt in ein Gefühl von Sicherheit, die es nicht gab; man hatte zwar in der DDR sein Auskommen, aber eine Versicherung gegen den Tod existierte auch hier nicht. Und Burger hatte seit den Tagen, da er mit dem Wichsen begonnen hatte, Angst vor dem Sterben.

Angst hatte er immer, Angst gehörte zu seinem Leben. Als der Kapitalismus über die Biedermeierherrlichkeit seines Staates hereinbrach, hatte er plötzlich sogar Existenzangst. Er wußte sofort, daß er in dem neuen System nicht bestehen konnte; außerhalb seiner ständigen Ängste verfügte er nicht über das, was allgemein Identität genannt wurde, er verzagte, wenn jemand das Wort von der individuellen Initiative anbrachte, und er scheute den Begriff Persönlichkeit. Burger war leer. Und genau deshalb war er mit seiner Familie aufs Land gezogen.

Alle Freunde, die er in Berlin zurückgelassen hatte, bewunderten ihn für diesen mutigen Schritt, der nur ein Schritt aus der Leere in die Leere war. Aber Burgers Frau, die er nie hatte beglücken können, war glücklich auf der Scholle, und seine Kinder, die Burger nicht kannte, waren es auch.

Ajax bellte. Obwohl die Hündin wegen des Widerspruchs zwischen Namen und Geschlecht von ebenso unklarer Identität war wie er, hatte Burger manchmal Angst vor ihr. Er war kein gutes Herrchen, denn wenn Ajax seine Furcht spürte, wurde sie frech.

Ajax bellte ohne Unterlaß.

Die Hündin mit dem falschen Namen war seit mehr als einem Jahr im Fläming, und seit mehr als einem Jahr war sie gezwungen, Tag um Tag die ausgefahrenen Gleise entlangzulaufen. Sie kannte wirklich jeden Kothaufen. Da sie so nachhaltig anschlug, mußte sie etwas Neues entdeckt haben. Und Burger, der selbst die Neugierde aus seinem Leben gestrichen hatte, kam angerannt, um nachzusehen.

Es war nichts Besonderes. In der trockenen Ackerkrume gab es ein Rechteck frisch aufgeworfener Erde. Jemand hatte hier gegraben, seinen Müll verscharrt wahrscheinlich. Burger wandte sich ab, aber die Hündin gab keine Ruhe. Sie hatte ihre Nase, mit der sie Dinge roch, die Burgers kurzsichtigen Augen verborgen bleiben mußten.

»Na, Ajax, was hast du denn?« Burger rührte mit dem Finger im Sand. Das Bellen der Hündin kippte ins Hysterische. Burger begann zu graben.

3

Hans-Joachim Tangermann starrte den Jungen mit offenem Mund an, und Becker, der ihn beobachtete, rechnete jeden Augenblick damit, daß dem Azubi das Wasser aus dem Mund lief. Der Kommissar kannte den Geschmack seines Nebenmannes nicht, aber daß Thomas Peukert ein schöner Vierzehnjähriger war, konnte selbst er nicht leugnen. Und er war nicht nur schön, er wußte es auch und war dementsprechend selbstbewußt. Vor fünf Minuten hatte seine Klassenlehrerin ihn ins Lehrerzimmer gebracht. Er hatte den beiden Kriminalbeamten die Hand gereicht, er hatte ungewöhnlich fest zugedrückt und sich dann auf einen der Stühle nicht gesetzt, sondern geflätzt. Zurückgelehnt und breitbeinig saß er da, und als er mit dem Instinkt des Schönlings bemerkt hatte, daß sein Auftritt in Tangermann Herzflattern auslöste, bemühte er sich sogar um ein charmantes, fast laszives Lächeln.

Becker hatte sich zwar in seiner Kriminalistenkarriere des öfteren auch mit Homosexuellen beschäftigen müssen, aber Hajotas ständiges Linsen nach unausgewachsenen Knaben war ihm mittlerweile nur noch ein Ärgernis. Dieser dämliche Polizeimeister konnte sich einfach nicht beherrschen; der Kommissar wollte eine Befragung durchführen, und Hajota nutzte die Gelegenheit zum Flirten. Wahrscheinlich war Tangermann doch besser in Streifendienst aufgehoben, da konnte er all die Jungs, die er nicht ins Bett bekam, wenigstens zusammenprügeln.

Becker räusperte sich. Er war sich selbst gegenüber ehrlich genug, um sich einzugestehen, daß ihn Tangermanns geiles Stieren nur deshalb so aufregte, weil er seine Felle davonschwimmen sah. Vor gut einer Stunde hatte er mit Frau Peukert gesprochen, und die hatte Stein und Bein geschworen, daß ihr Mann die Nacht, in der die Regorius erschlagen wurde, als braver Ehemann daheim verbracht hatte, um mit ihr und einem seiner Kollegen Canasta zu spielen. Und mit der Begründung, daß ihr Privatleben in den Akten der Polizei nichts zu suchen hätte, hatte sie Beckers Frage nach dem Namen des Kollegen abgeschmettert. Es sei ein schöner, ein gemütlicher Abend gewesen, und den wolle sie sich nicht im Nachhinein madig machen lassen.

»Wir möchten dich nicht lange von deinem Unterricht abhalten«, sagte er, um endlich Raum zu gewinnen. »Es ist nur eine Routineangelegenheit.«

»Sie können mich siezen«, meinte Thomas Peukert frech. Als Sohn eines Justizbeamten glaubte er wohl, sich gegenüber der Polizei einiges herausnehmen zu dürfen. Becker blieb ruhig. Er mußte an seinen Jungen denken, der Peukerts Sprößling zumindest in der Kleidung ähnelte, aber vielleicht bildete auch er sich etwas darauf ein, daß sein Vater bei der Kripo war. Seitdem Becker von seiner Familie getrennt lebte, war ihm sein Nachkomme fremd geworden. Aber auch Beckers Sohn trug eine Baseballmütze, unterhalb der Knie aufgeschnittene Jeans und bunte Turnschuhe.

»Es geht um Ihren Vater«, sagte Becker und machte sofort eine begütigende Handbewegung. »Wirklich nichts Ernstes. Ein Dummkopf hat da ein Gerücht ausgestreut, und das möchten wir gern entkräften.«

»Was für ein Gerücht denn?« Thomas Peukert schaute noch immer Tangermann an.

»Reiner Blödsinn.« Becker beugte sich ein wenig vor, um zu signalisieren, daß er die Fragen stellte. »Man will Ihren Vater in der Nähe eines Tatortes gesehen haben. Aus unserer Sicht reine Denunziation. Wir möchten das schnellstens aus der Welt räumen.«

»Ein Tatort? Das ist ja geil. Bankraub?«

»Mord.«

»Mord? Das ist ja totaler Wahnsinn. Mein Alter als Mörder.« Thomas Peukert war rückhaltlos begeistert. »Und Sie sind wohl so eine Mordkommission, oder was?«

»Wir sind so eine Mordkommission, richtig.«

Der Junge hatte Tangermann vergessen. Seine Aufmerksamkeit war auf Becker gerichtet, von dem er offenbar eine spannende Geschichte erwartete, mit der er am folgenden Tag auf dem Schulhof prahlen konnte. Becker würde keine Geschichte erzählen.

»Ihr Vater hat mit dem Mord nichts zu tun«, sagte er schnell.

»Bestimmt der Typ, der sich aufgehangen haben soll.«

Doktor Peukerts Sohn war also im Bilde. Becker verzichtete darauf, dem Jungen zu erklären, daß es aufgehängt heißen mußte.

»Exakt darum geht's«, behauptete er.

»Hat der sich gar nicht aufgehangen?« wollte Thomas Peukert wissen.

»Doch, hat er. Die Sachlage ist klar, aber manche wollen sie nicht akzeptieren.«

»Geil«, sagte der Bengel noch einmal; das war eine Redensart, denn Tangermann meinte er nicht. »Fragen Sie mich alles. Herr Kommissar, muß ich jetzt wohl sagen. Ist das war Hohes?«

»Geht so«, entgegnete Becker bescheiden.

»Ziemlich hoch«, sagte Tangermann. Becker hätte ihn erwürgen mögen. »Uns interessieren die Canastaparties deines Vaters.«

»Was für'n Ding?« Daß Hajota ihn duzte, störte Thomas Peukert nicht. Wahrscheinlich hatte er den Polizeimeister sofort als eine geringwertige Charge identifiziert, bei der es nicht darauf ankam, wie sie einen anredete.

»Ihr Vater«, erklärte Becker, »veranstaltet doch regelmäßig Canasta-Abende mit Kollegen.«

»Nee, mit einem bloß. Mit einem totalen Dummbrot. Weiß gar nicht, was mein Alter an dem gefressen hat. Früher sollten wir den Arsch sogar Onkel nennen. Aber das haben die sich abgeschminkt.«

»Onkel?«

»Onkel Rudi. Is das nicht blöd?«

»Kann man wohl sagen.« Es gelang Becker nur mit Mühe, seine Spannung zu verbergen. »Wie heißt Rudi denn mit vollem Namen?«

»Rudolf.«

»Und weiter?«

»Keine Ahnung. Irgendwas mit Küssen. Mit Kiss.«

4

Die beiden uniformierten Polizisten aus Jüterbog waren ebenso ratlos und ebenso entsetzt wie Burger, und weil sie ratlos und entsetzt waren, machten sie alles falsch. Der eine, ein korpulenter Glatzkopf an der Grenze zur Pensionierung, nahm das Beil in die Hand und studierte die Blutspuren und die Haare, die im Blut klebten. Blutig war der gesamte Fund: die Sohlen der Turnschuhe und das Innere der Aktentasche. Offenbar war im Erdreich das Tatwerkzeug eines Verbrechens verborgen worden. Die Beamten, mit Müh' und Not in den brandenburgischen Polizeidienst übernommen, nur noch auf Ruhe bedacht und mit so blutigen Tatsachen selten konfrontiert, zertraten in ihrer Nervosität alles, was unter normalen Umständen nur eine Kompanie zertreten kann. Dann erst verständigten sie das Polizeipräsidium in Potsdam.

Die Leute von der Mordkommission, vier Männer und eine Frau, schienen ihr Handwerk zu beherrschen, und die Kriminaltechniker taten es auch. Mit offenen Mündern schauten die Jüterboger Polizisten zu, wie die Spezialisten den Fundort mit rotweißgestreiften Plastikbändern absperrten. Das Versteck im Ackerboden maß vielleicht fünfzig mal dreißig Zentimeter, das Terrain, das nicht betreten werden durfte, kam den Jüterbogern hingegen unverhältnismäßig groß vor, aber die Beamten aus Potsdam hatte den Durchblick, die wußten sicher, warum sie soviel Plastikband vergeudeten.

Nach einer halben Stunde wurden die Männer aus der ehemaligen Kreisstadt von der Frau herangewinkt, und demütig trotteten sie zu ihr.

»Ziemlich viele Fußabdrücke«, meinte die Frau und warf dabei einen Blick auf die Füße der Uniformierten. »Darf ich mal?« Die

Frau kniete nieder, die Polizisten mußten je einen Fuß heben und kamen sich vor wie Pferde, die beschlagen werden sollen. »Aha«, sagte die Frau nur, dann richtete sie sich wieder auf.

»Wir mußten schließlich erst mal den Sachverhalt feststellen«, verteidigte der Grauhaarige sich und seinen Begleiter.

»Die Abdrücke stammen aber von Trampeltieren«, sagte die Kriminalbeamtin.

»Trampeltiere?« hauchte der Graue.

»Ja. Kamele zum Beispiel. Kamele gehören zu den Trampeltieren.«

Mit dem Fund etwas anzufangen wußte aber auch die Mordkommission nicht. Im Zuständigkeitsbereich des Präsidiums gab es kein unaufgeklärtes Tötungsverbrechen, das mit einer Axt ausgeführt worden war, und auch aus den anderen brandenburgischen Präsidien lagen keine Meldungen vor. Das mußte natürlich nichts bedeuten, das Verbrechen konnte auch in Sachsen oder Sachsen-Anhalt verübt worden sein, deren Landesgrenzen nicht fern waren. Oder in Berlin.

Sachsen und Sachsen-Anhalt hatten kein Interesse an der Axt und wollten sie nicht haben, Berlin dagegen war begeistert. Berlin vermißte seit längerem ein Spaltwerkzeug und schickte sogar jemanden, um es in Augenschein zu nehmen. Bis zum Eintreffen des Beamten aus der Stadt der Großkotze sicherten die Potsdamer alles an Spuren, was ihnen ins Blickfeld geriet. Es waren nur die Zeichen, die Burger und die Schutzpolizisten gesetzt hatten. Von einem Reifenprofil im lockeren Waldboden einmal abgesehen. Aber für so ein Reifenprofil gab es auch genügend unverfängliche Erklärungen; es konnte von einem schlichten Sonntagsausflügler stammen oder von einem Forstfahrzeug.

Berlin hatte eine ganze Delegation gesandt, die in einem dunkelblauen Audi 80 vorfuhr. Der Mann, der auf dem Beifahrersitz gesessen hatte und als erster ausstieg, schien der Chef zu sein; er war der mit Abstand Älteste, Kleinste und Dickste der Equipe, und er trug einen grauen Anzug, der wahrscheinlich nirgendwo mehr verkauft wurde, oder nur noch aus zweiter Hand. Sein Fahrer hingegen war hochgewachsen und dunkelhaarig, er mochte Mitte dreißig sein und wirkte sportlich in seiner heller Leinenhose und der braunen Lederjacke. Als einziger hatte er sich eine Krawatte umgebunden, während der Alte sein Hemd am Kragen nicht zugeknöpft hatte, so daß man etwas von seiner Brustwolle sah. Der Dritte im Bunde war noch sehr jung und hatte einen fast knabenhaft schlanken Körper, aber groß war auch er. Sein Outfit bestand aus einer Jeans, die schon etliche qualvolle Umdrehungen in der Waschmaschine hinter sich hatte, einem T-Shirt mit der Aufschrift *A champ is born,* einer karierten Jacke und weißen Markenturnschuhen. Auch eine Frau war mitgekommen, vielleicht so alt wie der Fahrer, vielleicht ein wenig älter, bekleidet ebenfalls mit einer Jeans, aber einer ladenneuen, und einem weiten Strickpullover. Die Berliner Mordkommission war eine wirklich bunte Truppe.

Mit dem Instinkt von Führungspersonen erkannten sich Dietrich Kölling und die Frau aus Potsdam sofort als diejenigen, die hier das Sagen hatten; sie rochen sozusagen die Dienststellung des anderen. Dietrich Kölling gesellte sich denn auch sofort zu der Frau, reichte ihr die Hand und stellte sich vor.

»Ich bin Margarethe von Witzleben«, gab sich auch die Potsdamerin zu erkennen. »Aber das Adelsprädikat können Sie streichen.«

»Mein Gott«, sagte Dietrich Kölling, »Euer Polizeipräsidium ist ja das reinste House of Lords. Der Präsident ist doch auch blaublütig, oder?«

»Und wie«, platzte einer der Mitarbeiter der Margarethe von Witzleben heraus. »Sein Blut ist manchmal so blau, daß er schwankt.«

»Über Tote und Vorgesetzte nur Gutes«, wies Dietrich Kölling den vorlauten Subalternen in die Schranken. »Darf ich das Beilchen sehen?«

»Gern.« Frau von Witzleben wies auf eine Plane, auf der man die Fundstücke ausgebreitet hatte. »Es ist allerdings ein recht ausgewachsenes Beilchen.«

Dietrich Kölling beugte sich über die Plane. Das Werkzeug, ursprünglich zum Spalten von Brennholz erfunden, war mit Sicherheit ein Mordinstrument; seine scharfkantige Schneide war nicht nur blutig, es klebten nicht nur Haare daran, sondern auch Knochensplitter und ein bißchen Hirn. Dietrich Kölling drückte seinen Rücken durch und nickte.

»Ich glaube, das gehört mir«, sagte er.

»Aber einwickeln und mitgeben kann ich es Ihnen nicht«, sagte die Witzleben.

»Weiß ich doch, weiß ich doch«, lenkte Dietrich Kölling ein. »Ist schließlich auch egal, welcher Gerichtsdoktor sich daran Verdienste erwirbt. Wir können dann ja unsere Resultate abgleichen.«

»Wenn es zu einem von Ihren Sachen paßt, kriegen Sie es auch. Ich bin gar nicht erpicht auf was Neues. Aber von einmal Angucken kann man das nicht wissen.«

Dietrich Kölling zündete sich eine Zigarette an. Mittlerweile standen auch die Blissow, Becker und Hajota um die Plane und begutachteten die ausgelegten Utensilien.

»Es paßt aber alles«, meinte die Blissow.

»Paßt«, bestätigte Dietrich Kölling. »Man kann aber nicht wissen, ob Frau von Witzleben auf ihrem Hoheitsgebiet einen Schädel findet, zu dem es auch paßt. Erst mal abwarten.«

Frau von Witzleben fand das sehr in Ordnung.

5

Jonathan Peukert sah rot. Er hatte seinen Sohn Thomas dabei überrascht, wie dieser sich mit seinem Rasierwasser einschmierte, aber nicht diese Vergeudung eines teuren Aftershaves mißfiel ihm, sondern die Erklärung, die der vorlaute Hund dazu abgegeben hatte. Ein Mitschüler von Thomas veranstaltete am Wochenende eine Fete, zu der auch der Junge eingeladen war. Peukert hatte nichts dagegen, daß sein Ältester Freunde besuchte und mit ihnen feierte. Darum ging es nicht. Aber Thomas hatte ihm auf eine Art, als wäre dies selbstverständlich, gerade mitgeteilt, daß er die Nacht, wenn nicht gar das ganze Wochenende bei seinem Klassenkameraden verbringen würde, und eben das würde Peukert nicht dulden. Er bestand darauf, daß sein Sohn nicht später als einundzwanzig Uhr nach Hause zurückkehrte. Bei einem Vierzehnjährigen war das eine großzügige Regelung. Thomas hatte ihm deutlich gemacht, daß diese Regel außer Kraft gesetzt war. Irgend etwas war im Busch.

Noch nie hatte Thomas seinen Vater so knallhart auflaufen lassen, und im ersten Moment hatte Peukert darauf nicht reagieren können. Er hatte sich ein Bier geholt und beschlossen, eine sachliche Aussprache zu führen, obwohl ihm eher nach einer Ohrfeige war. Daß sein Sohn allmählich erwachsen wurde, war Peukert ebensowenig entgangen wie die Tatsache, daß er versuchte, die ihm gezogenen Grenzen zu erweitern. Jeder Junge in Thomas' Alter tat das. Was Peukert zur Raserei brachte, war der ironische Unterton, mit dem der Junge seine Ansprüche vertreten hatte. Peukert kehrte, zu einem Kompromiß bereit, ins Badezimmer zurück.

»Laß uns wie zwei Männer reden«, schlug er vor. »Vernünftig und überlegt.«

»Ich seh' hier nur einen Mann.« Thomas wies auf sein Spiegelbild.

Peukert hielt seine Hand fest. Wenn er den Jungen jetzt schlug, verspielte er seine letzte Chance.

»Versteh' mich bitte nicht falsch. Ich will dich nicht bevormunden. Aber ich bin doch verantwortlich für dich. Als dein Vater.«

»Du bist ja nicht mein Vater«, sagte Thomas eiskalt. Peukert fuhr zusammen. So brutal hatte ihm der Junge bisher noch nicht bedeutet, daß er nur ein Adoptivkind war.

»Deine Mutter macht sich auch Sorgen.« Peukert hoffte inständig, mit diesem Verweis die Kurve zu kriegen, denn Thomas war das Muttersöhnchen von allen seinen Kindern. Das Pfund, mit dem sein Ältester wuchern konnte, war Peukert nicht bekannt.

»Da möchte ich doch eins wissen.« Thomas zog einen Scheitel in sein Haar. »Warum habt ihr beide die Bullen belogen?«

6

Rudolf Kissing war fest davon überzeugt, daß Peukert die Lage falsch einschätzte; wenn die Kripo schon an den richtigen Stellen herumschnüffelte, war es nur noch eine Frage der Zeit, bis sie den ersten Knochen ausgrub. Auf diesen riskanten Augenblick wollte Kissing nicht warten. Kissing hatte sich in Tegel krankgemeldet; weil er sich beim Telefonieren die Nase zugehalten hatte, waren seine Kollegen nunmehr davon überzeugt, er habe sich einen grippalen Infekt eingefangen, und sie hatten ihn sogar mit den üblichen laienhaften Ratschlägen versorgt.

An seinem ersten Krankheitstag hatte Kissing derart fieberhafte Aktivitäten entfaltet, daß er nun, ein wenig zur Ruhe gekommen und Atem schöpfend, tatsächlich erhöhte Temperatur hatte. Aber er war klug und unauffällig vorgegangen; in der Filiale der *Berliner Bank,* in der eines seiner Konten geführt wurde, hatte er für übermorgen die Auszahlung von zwanzigtausend Mark beantragt, obwohl die dreifache Menge dort Zinsen heckte; hätte er sein Konto abgeräumt, wäre womöglich jemand mißtrauisch geworden. Das Sparkonto war ohnehin bloß ein Witz und ein Alibi, denn seine Nebeneinnahmen hatte Kissing besser und so angelegt, daß er auch vom Ausland über sie verfügen konnte. Sein Konto war für die Staatsanwaltschaft erreichbar, das übrige Geld nicht.

Am späten Vormittag hatte Kissing einem Verkaufsbüro der *Swissair* einen Besuch abgestattet und dort einen Flug nach Malaysia gebucht. Malaysia kannte er von einem Urlaub, der erst zwei Jahre zurücklag; das asiatische Land hatte ihm damals auf Anhieb gefallen, weil es einerseits europäischen Standard bot, zum anderen aber auch genug Exotik. Und als Ruhesitz kam für Kissing nur ein Land in Frage, daß außer Palmen, Affen und dem Kreislauf von Regen- und Trockenzeit auch Autobahnen und ein funktionierendes Telefonnetz zu bieten hatte. Ein wenig störte ihn zwar die, wenn auch säkularisierte, islamische Staatsdoktrin, aber die wirtschaftliche Macht besaßen die Chinesen, und während seines Urlaubs hatte Kissing alle seine Vorbehalten gegen die Gelbhäutigen revidieren müssen; denn gelb waren sie eigentlich nicht, und die jungen Frauen waren ausgesprochen schön. Eine Ehe zwischen Kissings Kapital und der ökonomischen Cleverneß der Chinesen mußte einfach gutgehen.

Obwohl auch die *Lufthansa* und *British Airways* ihn nach Malaysia verfrachtet hätten, hatte Kissing die *Swissair* mit Bedacht gewählt. Ihm war klar gewesen, daß er nicht von heute auf morgen einen Flug bekommen würde, aber *Swissair* flog Kuala Lumpur von Zürich aus an; Kissing konnte also mit dem Wagen in die Schweiz fahren, dort irgendwo in den Bergen ausspannen und an dem Tag, für den er hatte buchen können, Europa Lebewohl sagen, bevor noch ein Bulle auf seine Spur gekommen war.

Der Justizvollzugsbeamte Rudolf Kissing, der in einigen Tagen kein Justizvollzugsbeamter mehr sein würde, begab sich in seinen Garten und inspizierte ihn zum letztenmal. Im Grunde genommen war er glücklich; fast alles, was er zurückließ, bedeutete ihm nichts, weder sein Dienst noch seine Frau oder der mißratene Sohn, der auf Gomera verkam wie viele Deutsche, die es zu nichts gebracht hatten. Nur um das Haus und um den Garten tat es Kissing leid. Im Haus und im Garten steckte viel Arbeit, seine Arbeit, aber er würde an der Küste des malaiischen Archipels ein neues Haus besitzen mit einem neuen und um vieles schöneren Garten, mit einer neuen, um vieles schöneren Frau. Der kleine Beamte Rudolf Kissing würde endlich der reiche Mann sein können, der er war.

Kissing lachte ausgelassen. Seine Flucht war vorbereitet. Er würde, von den lebenswichtigen und den geldwerten Papieren einmal abgesehen, nicht einmal viel packen müssen. Er würde keinen Abschiedsbrief hinterlassen. Er würde fort sein, weit weg und unwiederbringlich. Kissing war Christ, und er dankte seinem Gott für die Zukunft, die der Herr ihm durch seine Duldsamkeit ermöglicht hatte.

Nur eines bedurfte noch der Klärung, aber dafür würde Kissing im Fernen Osten ausreichend Zeit haben. Er mußte herausfinden, ob es ein Rechtshilfeabkommen zwischen der Republic of Malaysia und der Bundesrepublik Deutschland gab. Wahrscheinlich gab es das nicht; die Islamisten waren auf das Abendland nicht gut zu sprechen, sie würden sicher niemanden nach Europa ausliefern, der in der Alten Welt Schaden angerichtet hatte.

Noch einen, vielleicht zwei Tage, dann würde Kissing frei sein. Das Vorgefühl dieser Freiheit machte ihn fast betrunken. Er konnte jetzt nicht stillsitzen, er mußte laufen und laufen und laufen. Rudolf Kissing zog seine bequemsten Schuhe an, legte die alte Windjacke über die Schultern, die er auf seinen Spaziergängen zu tragen pflegte, und beschritt den Weg ins ehemalige Grenzgebiet, wo es sich so gut wandern ließ. Daß in seinem Rücken eine Autotür zugeschlagen wurde, hörte er zwar, aber er beachtete es nicht.

7

Dietrich Kölling rieb sich die Hände. Der Gerichtsarzt aus Potsdam hatte die Fundstücke aus dem Fläming sofort untersucht und sein außerordentlich umfangreiches Gutachten in die Keithstraße gefaxt. Offenbar hatte er nach seinem Telefonat mit Dietrich Kölling sofort begriffen, daß es sich um eine brandeilige Angelegenheit handelte, und er hatte es nicht nur begriffen, sondern auch danach gehandelt; da eine derart prompte Bedienung sehr selten vorkam, war Dietrich Kölling drauf und dran, dem Brandenburger ein Geschenk zu machen. Das mußte ein wirklich guter Mann sein, der sogar noch dafür gesorgt hatte, daß die Asservate per Kurier nach Berlin geschickt wurden, damit die hiesigen Rechtsmediziner durch Vergleichsuntersuchungen zweifelsfrei beweisen konnten, von wem Blut, Haar, Knochen und Hirn stammten. Für Dietrich Kölling stand das längst fest.

»Die Blutgruppe jedenfalls«, erklärte er seinen Kollegen, »ist in allen Merkmalen mit der Blutgruppe von Anita Regorius identisch. Und was die Haare betrifft, können wir auch Übereinstimmung annehmen. Die Tatwaffe haben wir also gefunden.«

»Was ist mit dem Reifenprofil?« fragte die Blissow. »Es wäre doch viel zu schön, um wahr zu sein, wenn es von einem Peugeot stammte.«

»Stammt es aber nicht.«

»Sondern?«

»Von einem Opel Astra.«

»Kissing fährt einen BMW«, stellte Tangermann fest.

»Onkel Rudi.« Becker mußte lachen.

»Es muß Kissing sein«, sagte Dietrich Kölling, »einen anderen Rudi Kiss gibt es nicht in Tegel.«

»Was ist mit der Aktentasche?« erkundigte sich die Blissow.

»Alt wie Steinkohle. Ein Modell aus den fünfziger Jahren. Da kriegen wir nicht mehr heraus, wo die mal gekauft wurde. Und selbst, wenn wir es herausbekämen, keine Verkäuferin wird sich nach mehr als dreißig Jahren noch an den Käufer erinnern. Mit der Tasche sitzen wir auf dem Trockenen. Mit dem Beil auch. Dutzendware. Kriegt man in jedem Baumarkt.«

»Obwohl es ziemlich neu ist«, ergänzte Becker. »Kann also sein, daß es nur zu dem Zweck angeschafft wurde, die Regorius aus dem Weg zu schaffen.«

»Man könnte doch mit den Fotos von Kissing und Peukert alle Geschäfte abklappern, wo es solche Äxte gibt«, schlug Hajota vor.

»Könnte man. Aber wer sagt, daß es in Berlin gekauft wurde?«

»Und selbst wenn«, bremste die Blissow Hajotas jugendlichen Ungestüm, »dafür brauchen wir ewig.«

»Wir machen das, wenn wir es machen müssen«, entschied Dietrich Kölling, »im Moment scheint es mir nicht notwendig. Es gibt nämlich Fingerabdrücke auf dem Schaft.«

»Die haben ohne Handschuhe gearbeitet?« fragte Hajota ungläubig.

»Die haben nicht damit gerechnet, daß der Kram gefunden wird. Aber was ihnen von vornherein klar war: Wenn sie mit Handschuhen bei der Regorius aufkreuzen, riecht die Lunte.«

»Wieso sprechen wir jetzt schon von mehreren Personen?« wollte Becker wissen. »Es gab mit Sicherheit nur einen Mörder.«

»Eben.« Die Blissow nickte. »Denn wer sind die?«

Dietrich Kölling winkte ab.

»Paar Tage noch«, behauptete er im Brustton der Überzeugung.

8

Der Auftrag, einige Mitarbeiter seines Kommissariats dafür abzustellen, um einen simplen Knastwächter und einen Gefängnisarzt zu überwachen, hatte Hauptkommissar Wieland mehr behagt als die Observation einer Staatsanwältin. Seit fast vierundzwanzig Stunden taten Rudolf Kissing und Doktor Jonathan Peukert keinen Schritt mehr ohne Schatten. Insgesamt vier Teams wechselten sich ab; zwei für Kissing, zwei für Peukert. Das fraß zwar auch eine Menge Personal, aber Wieland konnte trotzdem alle Aufträge absichern. Nichts war Wieland so heilig wie das Absichern aller Aufträge. Immer ging das auf die Knochen seiner Leute und auf seine eigenen Knochen, doch Wieland teilte die gängige Auffassung nicht, daß die hochgelobten Mordkommissionen die Besten waren. Die Besten waren Wielands Leute. Und die Frustriertesten waren sie auch. Im Winter froren sie sich den Arsch ab, im Sommer schwitzten sie wie die Schweine, sie schlugen sich die Nächte um die Ohren, fraßen fade Pommes frites und potenzschwache Currywürste, soffen durchsichtigen Kaffee aus der Thermoskanne und manchmal auch einen Stimmungsmacher aus dem Flachmann, sie waren auf unbestimmbare Zeit der banalen Prosa des Alltags ausgeliefert, denn selbst Schwerstkriminelle lebten alltäglich und mußten fressen und saufen und scheißen und bumsen, und wenn Wielands Beamte dann endlich das Zipfelchen erhascht hatten, das ausreichte, um ein paar gefährliche Typen für Jahre zu verknacken, dann kniff irgendein stumpfsinniger Staatsanwalt den Schwanz ein und wollte noch mehr Beweise und zögerte, bis die Gangsterbande über alle Berge war. Wieland leitete sein Kommissariat seit sieben Jahren. In diesen sieben Jahren hatte er sich und seinen Mitarbeitern alles aufgerissen, was man sich nur aufreißen konnte; wenn er jedoch darüber nachdachte, was aus dem hieb- und stichfesten Material geworden war, das sie zusammengetragen hatten, konnte einen das heulende Elend ankommen. Vielleicht würde die Knüppelei für die Tonne von der Mordkommission die Punkte bringen, die bewiesen, daß Wieland in der Bundesliga spielte und nicht bei den Amateuren.

Und in den letzten vierundzwanzig Stunden war einiges geschehen, was dieser Hoffnung Anlaß gab. Der Knastwärter Kissing war bei seiner Bank gewesen und bei der Berliner Vertretung der *Swissair.* Er hatte einige Einkäufe erledigt und dabei jenes Trockenfutter erworben, das nach Reiseproviant aussah. Im Moment machte er einen Spaziergang, aber da es bereits dämmerte, würde er wohl bald nach Hause zurückkehren. Wieland war gespannt, was dann passieren würde. Erfahren würde er das erst daheim, denn der Hauptkommissar war fest entschlossen, an diesem Abend Familienleben zu spielen. Bevor er von seiner Schöneberger Dienststelle zu seiner Schöneberger Wohnung fuhr, wollte er sich noch nach der aktuellen Lage erkundigen. Der Auswerter, der vor einer Stunde seinen Dienst angetreten hatte, überfiel ihn sofort mit Neuigkeiten, deren Bewertung allerdings der Mordkommission oblag.

»Also wenn du meine Meinung hören willst«, sagte der Auswerter zu Wieland, »die beiden, Kissing und Peukert, die beiden sind verrückt. Kissing rennt nun schon seit geschlagenen zwei Stunden durch die Gegend. Und Peukert, na, das ist ja noch verrückter. Vor einer Dreiviertelstunde hat dessen ältester Sohn, Thomas heißt der, der hat das Haus verlassen. Ist zur nächsten U-Bahnstation, und weg war er. Nun stell' dir vor, paar Minuten später haut auch der Alte ab. Schnappt sich seine Peugeot und fährt los. Die wohnen ja in Zehlendorf, die Peukerts, und weit fährt der Alte nicht. Auf dem Grat, das sagt uns was.«

»Wo der Verfassungsschutz sitzt?«

»Genau da. Also gleich um die Ecke. Nebenstraße, bißchen weiter weg. Vom Landesamt, meine ich. Hüttenweg. Und da parkt Peukert nu und sitzt in seiner Karre. Sitzt da und sitzt, und wer kommt da wohl?«

»Ein Schlapphut nicht«, meinte Wieland gereizt.

»Nee, der Sohn, der Thomas. Geht in ein Haus, wo die Luft brennt. Tommy und Richard hören die Musik ja bis auf die Straße. Also 'ne Fete is da im Gange. Das hört man, das sieht man und das riecht man sogar. Weil die Kids nämlich grillen.«

»Und was lernt uns das?« Wieland sprach bewußt ein falsches Deutsch.

»Ganz einfach. Wir observieren laut Auftrag Doktor Peukert.«

»Das wird wohl so sein.«

»Und Doktor Peukert observiert seinen Sohn.«

9

Jonathan Peukert fror erbärmlich. Während man am Tage bereits überlegen mußte, ob man überhaupt eine Jacke mitnahm, waren die Nächte noch empfindlich kühl. Zu schaffen machten dem Knastarzt jedoch nicht nur die nächtlichen Temperaturen; daß er wegen eines mißratenen Balgs seinen Schlaf opferte und auf der Straße herumstand wie ein eifersüchtiger Gymnasiast, wog viel schwerer. Der Junge hatte immer all das bekommen, was sein Herz begehrte; er besaß ein eigenes Zimmer und einen eigenen Fernseher, ein superteures Fahrrad und superteure Klamotten, ein Sparkonto, auf dem fast fünfzigtausend Mark auf Thomas' Hochzeit warteten, und eine Lebensversicherung, die in zehn Jahren fällig wurde; wenn etwas auf dieser schwankenden Welt sicher war, so war es die Zukunft dieses Bengels. Aber anstatt endlich zufrieden zu sein, wollte Thomas mehr und immer mehr. Peukert schämte sich. Er hatte während seiner Ehe nur ein Ziel gehabt: die beiden Jungen, die seine Frau mitgebracht hatte, vergessen zu lassen, daß er nicht ihr leiblicher Vater war. Denn Peukert hatte an jenem Tag, als seine Frau ihn ihren Söhnen präsentiert hatte, sofort Thomas' Ablehnung gespürt. Dreieinhalb Jahre war der Junge der Herr im Hause gewesen, dann kam ein neuer. Peukert hatte sich noch so sehr verrenken können, der Junge hatte ihn immer als Eindringling betrachtet und behandelt. Sein jüngerer Bruder liebte Peukert, wie man seinen leiblichen Vater liebte, und heute noch schmuste er mit ihm wie ein Kater. Das hatte Peukert nie interessiert. Er wollte den Widerstand von Thomas knacken, wollte die Kälte des nunmehr Vierzehnjährigen in ein herzliches Verhältnis verwandeln, und das hatte er sich etwas kosten lassen. Es war eine Fehlinvestition gewesen. Peukert hatte einen Erpresser herangezüchtet. Auf diesen Erpresser, der sich gerade auf einer Teenagerparty vergnügte, wartete er nun.

Schon das Warten allein bedeutete eine tiefe Demütigung, aber Peukert würde sich noch weiter erniedrigen, um Thomas umzustimmen. Peukert war zu allem bereit; er würde zahlen, was der Knabe verlangte, er würde sich vor ihm im Staub wälzen, wenn das notwendig war. Der Junge hatte ihn in der Hand, er konnte ihn ans Messer liefern, und das würde er ausnutzen, bis der Knastarzt nicht mehr existierte. Peukert war noch nicht einmal vierzig, und die Männer in seiner Familie pflegten alt zu werden. Vielleicht drei, vielleicht vier Jahrzehnte noch konnte eine absolute Null alles von ihm fordern. Thomas war eine absolute Null. Der Junge konnte nichts, außer Geld auszugeben, das ihm nicht gehörte: Thomas war die Inkarnation der Talentlosigkeit. Von diesem Tag an mußte er auch nichts mehr können.

Jonathan Peukert bekam Magenkrämpfe. Er hatte gut zu Abend gegessen, und nun schickte sich das Abendmahl an, seinen Körper auf unkonventionelle Weise wieder zu verlassen: entweder durch die Speiseröhre und den Mund oder als Dünnschiß. Peukert beherrschte sich nur mühsam. Am liebsten hätte er alles herausgelassen, hätte er sich bekotzt oder eingeschissen.

Auch die radikalste Lösung ging Doktor Jonathan Peukert immer wieder durch den Kopf. Der Wagenheber, den er im Kofferraum verwahrte, würde genügen. Peukert konnte nicht mehr an sich halten. Er stützte sich an einem Straßenbaum ab und erbrach sich in die Gosse.

Als er den dicken Mann von der Mordkommission auf sich zutreten sah, begann Peukert zu lachen. Der Auftritt von Hauptkommissar Kölling paßte zwar zu seiner Situation, aber daß sie ausweglos war, hatte er längst in den halbverdauten Resten der Lammkoteletts gelesen. Seine Frau hatte nämlich versucht, griechisch zu kochen. Daß es ihr dabei gelungen war, aus einer edlen Speise wie

Lammkoteletts etwas so Proletarisches wie Wiener Schnitzel zu machen, war das sicherste Indiz für den Untergang gewesen.

»Hoffentlich erkälten Sie sich nicht«, meinte der fette Kripomann gefühlvoll.

»Man wird doch noch spazierengehen dürfen«, versuchte Peukert eine letzte Gegenwehr.

»Spazierengehen ist etwas Natürliches.« Der Kommissar zückte die Zigarettenschachtel. »Aber Spazierenstehen macht verdächtig.«

Peukert hielt sich aufrecht. Es gab noch eine letzte, eine allerletzte Chance. Kissing mußte das tun, was er selbst nie übers Herz bringen würde. Nur Kissing konnte den Menschen auslöschen, um dessen Liebe Peukert ein paar Jahre lang vergeblich gekämpft hatte.

»Wissen Sie, wie das ist, wenn die Kinder flügge werden?« fragte er den Hauptkommissar von der Mordkommision.

»Eine schwierige Phase«, meinte Dietrich Kölling. Sein Verständnis für innerfamiliäre Probleme stand im Zenit.

»Ja, und der Thomas, das ist mein Ältester, der rennt einfach von zu Hause weg. Zu irgendeiner Fete. Ich gehe ja gar nicht spazieren. Ich wollte doch nur mal gucken. Sie verstehen das doch. Mensch, das ist mein Sohn. Weiß ich denn, ob die da drinnen nicht saufen? Kiffen? Oder Schlimmeres?«

»Unter diesen Umständen«, bot Dietrich Kölling dem Knastarzt an, »sollten doch Sie beide mitkommen.«

»Wir beide?« Peukert hatte begriffen. Aber um seinen Kopf aus der Schlinge zu ziehen, mußte er den Naiven spielen.

»Lassen wir mal das Drumherumreden.« Dietrich Kölling setzte seine Zigarette in Brand. »Lieber Doktor Peukert, Sie werden jetzt Zeuge einer Festnahme. Der Festgenommene sind Sie.«

»Eine Festnahme ist keine Verhaftung.« Peukert wußte selbst, daß dieser Satz schon aus dem Grund albern war, weil er jemanden zu belehren trachtete, der seit vielen Jahren belehrt war.

»Machen Sie sich keine Sorgen.« Dietrich Kölling inhalierte tief den Rauch seiner als lebensgefährlich etikettierten Zigarette. »Der Haftbefehl ist in Arbeit. Nach der Plauderei, zu der ich Sie hiermit förmlich einlade, wird er sicher eintreffen.«

»Mein Sohn muß aber nach Hause gefahren werden.« Peukert gab noch immer nicht auf. »Ich würde deswegen gern mit meiner Frau telefonieren.«

»Tut mir leid«, sagte Dietrich Kölling und hob die Hand, um jemandem ein Zeichen zu geben, den Peukert noch nicht ausgemacht hatte, »Sie dürfen jetzt nur noch mit den Leuten telefonieren, die der Gesetzgeber für eine solche Situation vorgesehen hat.«

Dietrich Kölling hatte mit seinem Handzeichen, jedenfalls erschien es dem Knastarzt so, die halbe Berliner Kriminalpolizei auf den Plan gerufen. Plötzlich standen fünf Beamte um ihn herum. Die Frau, die ihm vor ein paar Tagen ins Lenkrad gegriffen hatte, fesselte seine Hände mit der Acht.

»Aber mein Sohn«, schrie Peukert der Frau ins Gesicht.

»Den holen wir da raus.« Dietrich Kölling wies auf das Haus, in dem die Party stattfand, und schmunzelte.

»Der kann doch nichts dafür.« Peukert brüllte immer noch.

Weil der Auftrag nach einem Erfolg aussah, war vollkommen unerwartet auch Hauptkommissar Wieland zur Stelle.

»Alles in Ordnung?« erkundigte er sich.

»In bester Ordnung«, sagte die Blissow.

Neuntes Kapitel

1

Doktor Peukert und dessen Sohn Thomas wurden in der Keithstraße verhört, gleichzeitig zwar, aber natürlich in separaten Räumen. Da der Sohn als Vierzehnjähriger für Dietrich Kölling nur noch ein halbes Kind war und er außerdem damit rechnete, daß man sich an dem Bengel die Zähne würde ausbeißen können, hatte er Thomas' Vernehmung selbst übernommen. Hajota assistierte ihm, während Becker und die Blissow Doktor Peukert in die Mangel nahmen. Dietrich Kölling hatte die Welt seines Kommissariats eingerichtet und sah, daß es gut war.

Thomas Peukert hatte auf der Party ziemlich viel Alkoholisches getrunken und war im Wagen eingeschlafen, aber mittlerweile schien es ihm wieder einigermaßen gut zu gehen. Als er die heiligen Hallen des Referats Delikte am Menschen betreten hatte, war er aufgeregt, aber zugleich auch fasziniert gewesen; immerhin gehörte es nicht zu den alltäglichen Verrichtungen eines Schülers, der Mordkommission einen Besuch abzustatten, und wahrscheinlich sah er in Dietrich Kölling einen jener Kommissare, die er aus den Fernsehreihen kannte, eine lichte Gestalt, die viel mit den Fäusten und wenig mit dem Hirn erledigte. Denn die faden deutschen Bildschirmbullen, die Mehrheit also, würde ihn kaum derart begeistern. Von Dietrich Kölling war er begeistert. Dietrich Kölling war hier der Chef, und der Chef höchstselbst würde mit dem Schüler Thomas Peukert sprechen. Für den Jungen war das offenbar eine Ehre. Dietrich Kölling fand auch, daß das eine Ehre war.

»Tut mir leid«, eröffnete er das Gespräch, »Sie haben sicher schön gefeiert, und nun mute ich Ihnen zu, in diesem nüchternen Büro zu sitzen. Obendrein verbietet mir der Gesetzgeber, Ihnen einen Schnaps anzubieten. Wenn der Gesetzgeber nicht so streng wäre, hätten Sie einen bekommen.«

»Macht nichts.« Thomas Peukert winkte ab und lächelte spitzbübisch. »Wenn ich sechzehn bin, können Sie es nachholen.«

»Kaffee ist nicht verboten«, meinte Tangermann.

»Gute Idee. Kümmern Sie sich darum?«

Hajota nickte und verließ den Raum, um im Sekretariat einen Kaffee anzusetzen. Dietrich Kölling brannte sich eine Zigarette an und ließ die Schachtel auf dem Tisch liegen, als er Thomas Peukerts sehnsüchtigen Blick bemerkte.

»Zuerst nehme ich mal Ihre Personalien auf.«

»Darf ich eine?« Thomas Peukert deutete auf die Schachtel.

»Aber gern. Bedienen Sie sich nur.«

»Danke, das ist nett.« Der Junge angelte nach den Zigaretten. Nur Dietrich Kölling wußte, daß seine generöse Geste alles andere war als nett.

»So, Herr Peukert. Thomas Peukert, das ist richtig?«

Der Junge nickte.

»Wohnhaft in Berlin-Zehlendorf? Berliner Straße siebenundzwanzig?«

»Stimmt.«

»Da können wir in zwei Jahren den Schnaps bei mir zu Hause trinken. Sind nur ein paar Minuten Fußweg.«

»Ich fahre Rad«, erklärte Thomas Peukert voller Überzeugung.

»Geboren?«

»Dritter Januar neunzehnhundertachtzig.«

Dietrich Kölling notierte.

»Soweit die Formalien«, sagte er dann. »Muß sein. Sagen Sie mal, Herr Peukert, warum haben Sie sich heute mit Ihrem Vater gestritten?«

»Wir haben uns nicht gestritten.«

»Aber Ihr Vater hat Ihnen nachspioniert. Dafür muß er doch einen Grund gehabt haben.«

»Der Alte ist eben weich in der Rübe. Und es ist nicht mein Vater. Ich sag' Jonathan zu ihm. Ich soll natürlich Vati zu ihm sagen, aber das kann ich nicht. Außerdem ist Jonathan ein so blöder Name, macht richtig Spaß, ihn so zu nennen.«

»Verstehe.« Jetzt griff wieder Dietrich Kölling nach den Zigaretten. »Hängt sich Jonathan immer an Ihre Fersen, wenn Sie mal ausgehen?«

Thomas Peukert zuckte die Schultern. Seine Zigarette glimmte noch. Er nahm nur selten einen Zug und inhalierte den Rauch nicht.

»Trauen Sie's ihm zu?«

»Wenn er zum Beispiel Dienst hat, kann er ja nicht. Und ansonsten ... ich weiß es wirklich nicht. Hab' nie was bemerkt.«

»Sie haben Ihrem Vater, nein, Sie haben Jonathan ein falsches Alibi verschafft«, stellte Dietrich Kölling fest. Kaum hatte er den Satz ausgesprochen, ging die Tür auf, und Hajota brachte den Kaffee. Thomas Peukert ließ sich jedoch zum Glück für Dietrich Kölling nicht ablenken.

»Was habe ich?«

»Sie haben Jonathan ein falsches Alibi verschafft.«

»Kommt der Alte in den Knast?«

»Das hängt von Ihnen ab.«

Thomas Peukert dachte nach. Dietrich Kölling störte ihn dabei nicht und gab Hajota die Gelegenheit, den Kaffee einzuschenken und die Tassen zu verteilen. Der Junge schien die Vorteile gegeneinander abzuwiegen, die ihm die Wahrheit oder die Lüge boten. Dietrich Kölling nahm einen Schluck von dem Kaffee. Er war so dünn, daß es eine Beleidigung war. Wieder hatte Tangermann eine Chance verpatzt.

»Krieg ich eine Belohnung?« wollte Thomas Peukert wissen.

Für Dietrich Kölling war seine wichtigste Frage damit beantwortet. Im Protokoll machte sich eine klare Aussage besser aus.

»Ja«, sagte Dietrich Kölling schnell, »fünftausend, glaube ich.«

»Was?« Tangermann mußte aufpassen, daß ihm seine Augen nicht aus ihren Höhlen fielen; er wußte schließlich, daß keine Belohnung ausgesetzt war und daß Dietrich Kölling mit einem falschen Blatt spielte. Wenn der Junge sich gelackmeiert fühlte, vor Gericht widerrief und behauptete, die Bezichtigung seines Vaters sei ihm durch eine Geldzusage schmackhaft gemacht worden, würde die Anklage zusammenbrechen. Dem schob Dietrich Kölling einen Riegel vor.

»Ich kann aber nichts versprechen.«

»Fünftausend.« In Thomas Peukerts Gehirn arbeitete ein Taschenrechner.

»Die ich nicht versprechen kann«, wiederholte Dietrich Kölling.

Der Taschenrechner hatte ein Ergebnis ausgespuckt.

»Es geht doch um diesen Abend? Na, da ist wohl eine Frau umgebracht worden?« erkundigte sich Thomas Peukert. Dietrich Kölling glaubte, etwas Hinterhältiges aus dieser Frage herauszuhören.

»Um diesen Abend geht es«, bestätigte er.

»Da war mein Vater zu Hause und hat Canasta gespielt.«

Dietrich Kölling war davon überzeugt, daß der Junge log, andernfalls hätte er nicht Vater gesagt. Aber für die Lüge würde er wohl mehr kassieren können als fünftausend Mark, die obendrein nur eine Finte waren. Dietrich Kölling mußte noch eine rauchen.

»Wir haben andere Informationen«, sagte er. »Beweisbare. Und Sie sind strafmündig, Herr Peukert. Eine Falschaussage kann Sie teuer zu stehen kommen.«

Thomas Peukert lachte ihn bloß aus.

2

Dietrich Kölling hatte eine Unterbrechung der Verhöre angeordnet und seine Leute zusammengetrommelt, und da der Teufel in der Not auch Fliegen fraß, bediente er sich aus der Kanne mit Hajotas schwächlichem Gebräu. Auch Becker und die Blissow sahen nicht so aus, als ob sie Erfolg gehabt hätten. Da Becker der einzige war, der eine Familie hatte, schaute ihn Dietrich Kölling streng an. Familien waren etwas Widerwärtiges; selbst wenn sich das Pack schlug, vertrug es sich doch wegen irgendwelcher Vorteile immer wieder. Thomas Peukert haßte seinen Vater, aber er war nicht bereit, den Alten ans Messer zu liefern. Genau darauf hatte Dietrich Kölling spekuliert.

»Peukert hat seinen Sohn gekauft«, behauptete er.

»Ich hätte ihn noch mehr eingeschüchtert«, erlaubte sich der Polizeimeister Tangermann einen Einwand. Dietrich Kölling platzte der Kragen.

»Womit denn, Sie Klugscheißer? Womit? Diese Bälger wissen doch, daß ihnen nichts passiert. Der Richter droht mit dem Zeigefinger, sagt: Du du du, und dann ist Ruhe im Karton.«

»Warten wir doch erst einmal ab.« Die Blissow bemühte sich, die Gemüter wieder zu beruhigen. »Wir haben jetzt Peukerts Fingerabdrücke. In ein paar Stunden wissen wir, ob er das Beil in der Hand gehabt hat.«

Dietrich Kölling schlug sich vor die Stirn.

»Ich Trottel«, rief er in die Runde der verwunderten Mitarbeiter.

»Was wahr ist, muß wahr bleiben«, sagte die Blissow kühl.

»Rufen Sie sofort Wieland an. Ich will wissen, ob's was bei Kissing gibt.«

3

Rudolf Kissing fuhr gern in der Nacht. Die Autobahnen waren frei, und wenn er endlich Ostdeutschlands marode Pisten hinter sich hatte, würde er in seinem Wagen sitzen wie in einer Wiege. Kissing fühlte sich wohl. Im Kofferraum war als Handgepäck all das verstaut, auf das er nicht verzichtet konnte, er war ohne Abschied aufgebrochen und ohne das Bedürfnis nach Wiederkehr. Kissing hörte laut Musik. Einen Brief hatte er seiner Frau doch geschrieben; er wollte nicht riskieren, daß sie eine Vermißtenmeldung aufgab. Wenn sie morgen erwachte, würde sie den Brief vorfinden, sich ein paar Tränen abquetschen und danach zum Anwalt rennen, um die finanziellen Konsequenzen von Kissings Flucht zu besprechen. Der Anwalt würde ihr mitteilen, daß sie nur profitierte, und damit war die Sache dann für alle erledigt.

Kissing drehte den Lautstärkeregler bis zum Anschlag. Er hatte so perfekt vorgesorgt, daß allein die Polizei ein Interesse daran hatte, ihn aufzuspüren.

An Jonathan Peukert verschwendete Kissing kaum einen Gedanken; solange die Sache lief, waren sie ein Team gewesen, aber nun mußte jeder an sich selbst denken. Peukert war viel zu selbstherrlich, und er unterschätzte seine Gegner, während sich Kissing für einen Realisten hielt. Eine Flucht mit Peukert zusammen wäre niemals gutgegangen. Peukert hätte schon auf der Reise angefangen, mit seiner Penunse zu protzen wie der dämlichste kleine Ganove, und damit hätte er alles verdorben. Der Knastarzt war ein schwankender Charakter, der genialische mit kindlichen Zügen vereinte. Denn was sie gemeinsam eingefädelt hatten, das war schon ein Geniestreich gewesen.

Kissing schaute in den Rückspiegel. Er hatte vor einiger Zeit am Autobahnkreuz Nürnberg-Ost die A 9 zugunsten der A 6 verlassen und glaubte seitdem, einen Wagen hinter sich zu haben, der ihm mit unverändertem Abstand folgte. Die Lichter des Wagens machten ihn nervös. Da er selbst zwar zügig fuhr, aber nicht mit übertrieben hoher Geschwindigkeit, erwartete er einfach auf einer nahezu leeren Autobahn, daß er von allen Fahrzeugen überholt wurde, die er hinter sich hatte; es war doch üblich, nachts über die Piste zu jagen bei einem Flugzeugstart. Natürlich war denkbar, daß der Fahrer hinter ihm keiner von den Irren war, oder es handelte sich um eine Frau. Aber ebenso konnten es auch die Bullen sein, die sich an ihn gehängt hatten.

Kissing durfte sich nicht aus der Ruhe bringen lassen. Er beschleunigte etwas, der Abstand zum folgenden Wagen wurde größer, aber nur für kurze Zeit, dann sah Kissing das Spiegelbild der Scheinwerfer wieder in ursprünglicher Position. Der ehemalige Justizvollzugsbeamte bekam es mit der Angst zu tun. Er öffnete das Handschuhfach und zog seine Heckler & Koch heraus.

So kurz vor dem Ziel würde er sich nicht mehr fangen lassen. Er kannte den Knast, und ein Wechsel der Position vom Bewacher zum Bewachten wäre unerträglich; riskiert hatte er ihn von Anfang an, aber doch nie ernsthaft damit gerechnet. Zu viele Sicherungen hatten Peukert und er in ihr Spiel eingebaut, als daß etwas hätte schiefgehen können; bis zu dem Fehler, den Peukert zu verantworten und der die Schnüffler von der Mordkommission auf den Plan gerufen hatte. Kissing hatte immer dafür plädiert, die Hure Regorius mit Geld mundtot zu machen; die blöde Kuh wäre doch mit fünfzigtausend zufrieden gewesen als Startkapital für den Maniküresalon, von dem sie immer geträumt hatte. Nur Peukert hatte darauf bestanden, sie aus dem Weg zu räumen, Peukert, vielleicht aber auch Frankovic. Das aber war der Anfang vom Ende gewesen.

Die Tafel am Straßenrand kündigte das Kreuz Feuchtwangen/Crailsheim an; dort würde Kissing abermals die Autobahn wechseln. Wenn danach noch immer dieser Wagen hinter ihm war, wußte er, daß sein letztes Stündlein geschlagen hatte.

Den Entschluß, Anita Regorius zu töten, hatte Rudolf Kissing nie verstanden, obwohl er sich gefügt hatte, denn einer mußte die Entscheidungen fällen, und das waren Peukert und Frankovic. Die beiden Männer, die immer auf die Macht des Geldes vertraut hatten, mußten aus irgendeinem Grund in Panik geraten sein. Angst war ein schlechter Ratgeber, und Angst war doch unbegründet bei Leuten, die sich einen Justizstaatssekretär leisten konnten. Festersen war zweifellos eine ihrer größten Investitionen gewesen; ein bißchen Taschengeld für die Regorius hätte sich neben den Summen, die der Staatssekretär einsteckte, wie ein Witz ausgenommen. Kissing blinkte nach rechts. Obwohl er hätte bremsen müssen, gab er plötzlich Gas, fing sich aber sofort wieder und nahm den Fuß vom Pedal. Der Einfall, der ihm so plötzlich gekommen war, schien allerdings eine Erklärung zu sein für das, was sich Kissing bislang nicht zusammenreimen konnte. Zwei Tage, bevor die Axt Anitas Schädel spaltete, war Peukert bei Festersen gewesen. Der Staatssekretär war in die Finessen ihres Geschäfts nicht eingeweiht gewesen und wollte es auch nicht. Peukert würde ihm also nie erzählt haben, daß die Regorius gedroht hatte, die Polizei einzuweihen, schon weil Festersen mit dem Namen Regorius gar nichts anzufangen wußte. Der Doktor würde von Schwierigkeiten gesprochen haben, so wie er auch von Schwierigkeiten sprach, als Teske zu zicken begann. Und wie in diesem Fall würde Festersen entgegnet haben, daß er sich Schwierigkeiten nicht leisten könne. Peukert hatte das dann entsprechend interpretiert.

Kissing fuhr bereits seit zehn Minuten auf der A 7. Bisher war es hinter ihm dunkel geblieben.

4

Dietrich Kölling fühlte sich nicht gut. Er war übermüdet und erschöpft, aber der Schmerz, der ihn beschäftigte, war anderer Natur; es war ein Stechen im linken Arm, das in der Schulter begann und sich bis in die Fingerspitzen ausbreitete. Dietrich Kölling bemühte sich vergeblich, ihn zu ignorieren und durch Arbeit zu betäuben.

»Seid ihr noch an Kissing dran?« fragte er den Hauptkommissar Wieland.

»Ist nicht mehr nötig«, entgegnete Wieland in einem Ton, der keine Zweifel zuließ. »Wir kennen sein Ziel.«

»Was macht euch so sicher?«

»Ein Mann, der bei der Swissair einen Flug von Zürich nach Kuala Lumpur gebucht hat . . .«

»Wohin?«

»Kuala Lumpur. Malaysia. Kuala Lumpur ist . . .«

»Die Hauptstadt. Ich hab auch ein bißchen Bildung geduscht.«

»Jemand, der einen solchen Flug bucht und gerade mit dem Auto nach Süden unterwegs ist, wohin will der wohl?«

»Via Österreich in die Schweiz.« Dietrich Kölling schüttelte seinen Arm aus. Der Schmerz blieb.

»Eben. Entweder fährt er schon von Bregenz rüber, oder von Feldkirch.«

Dietrich Kölling warf einen Blick auf die Karte. »Aber wenn er nach Zürich will, wäre es nicht einfacher gewesen, er hätte die Route über Stuttgart genommen? Dann hätte er sich bei Schaffhausen den Rheinfall angucken können. Das ist doch was Sehenswertes.«

»Macht der Gewohnheit«, meinte Wieland. »Oder er fürchtet sich vor Reinfällen.«

»Sie haben einen beeindruckenden Wortwitz«, stellte Dietrich Kölling fest, und das war keineswegs ironisch gemeint, denn für Ironie hatte er momentan keinen Sinn. »Wo werdet ihr ihn hoppnehmen?«

»Wir gar nicht. Das macht die bayrische Grenzpolizei.«

»Weiß die schon von ihrem Glück?«

»Ich habe gerade mit dem Grenzschutzkommando telefoniert. Die Jungs sind ganz geil darauf, mal wieder zuschlagen zu können.«

Dietrich Kölling beendete das Gespräch. Rudolf Kissing war für ihn so etwas wie eine letzte Hoffnung, denn auch die Untersuchung von Peukerts Peugeot, die er zu dieser Stunde von der Polizeitechnischen Untersuchungsabteilung geradezu erbetteln mußte, hatte wenig gebracht. Peukert hatte vor einigen Tagen neue Fußmatten in seinem Wagen ausgelegt. Vielleicht hatte er damit die Blutspuren beseitigen wollen, die von den Schuhen des Regoriusmörders stammten; die Blissow hatte ja immerhin erklärt, daß die alten Matten noch gar nicht verschlissen ausgesehen hatten. Vielleicht hatte er aber nur einen Tick und wechselte die Fußmatten alle Monate aus. Dazu jedenfalls brauchte Dietrich Kölling den Knastarzt nicht zu befragen; der hatte sich gewiß längst eine Ausrede bereitgelegt.

Dietrich Kölling neigte sich in seinem Sessel ein wenig nach links und ließ den Arm baumeln. Für einige Sekunden war der Schmerz überlistet. Aber er entstand neu in der Brust. Dietrich Kölling atmete tief durch. Dann verlor er das Bewußtsein.

5

Bald würde die Sonne aufgehen. Rudolf Kissing hatte sein Türfenster zur Hälfte heruntergekurbelt und hörte das Gebrüll der Vögel in den Wäldern jenseits der Autobahn. Die Piepmätze begrüßten mit anhaltendem Beifall den neuen Tag, die Dunkelheit löste sich auf wie ein Nebel, und die Hinweistafeln kündigten schon seit längerem auch Bregenz an. Kissing schaute auf seine Uhr. Es war kurz vor sechs. Wenn er durchgewinkt werden würde, wäre er wahrscheinlich in einer Viertelstunde in Österreich.

Kissing beugte sich über den Beifahrersitz zur Kurbel für das rechte Türfenster und beschrieb mit ihr fünfmal einen Vollkreis. Er ließ das Gaspedal los und kuppelte aus. Der Wagen rollte jetzt und wurde immer langsamer. Bei fünfzig Stundenkilometern hob Kissing seine Pistole auf, die er im Fußraum des Beifahrers verstaut hatte. Noch eine Zeitlang zögerte er. Er glaubte nicht, daß man ihn an der Grenze filzen würde, und eine Waffe konnte ihm gute Dienste leisten, falls es hart auf hart käme; andererseits würde es das Ende seiner Reise bedeuten, erwischten ihn Zoll oder Bundesgrenzschutz mit einer Pistole im Handgepäck. Die Abfahrt Lindau kam in Sicht. Kissing schleuderte die Heckler & Koch mit viel Schwung aus dem Wagen. Dann legte er den vierten Gang ein und gab wieder Gas.

Um diese frühe Stunde war an der Grenzübergangsstelle wenig Betrieb; nur eine Reihe von nimmermüden Lastwagenfahrern begehrte Einlaß nach Österreich, aber für die Laster gab es eine separate Spur. Peukert fuhr im Schrittempo zur Abfertigung für Personenwagen. Die Beamten vom deutschen Grenzschutz sahen schläfrig und träge aus, wahrscheinlich war gerade Schichtwechsel gewesen, oder er stand unmittelbar bevor. Peukert klaubte seinen Paß von der Ablage, wo er ihn bereits vor Stunden zurechtgelegt hatte. Er reichte ihn einer jungen Obermeisterin, die ihm derart freundlich zulächelte, daß Kissing schon befürchtete, sie wolle mit ihm hinter dem Aufenthaltsgebäude bumsen gehen. Seinen Paß ignorierte sie.

»Bitte fahren Sie dorthin.« Die Obermeisterin wies auf einen Stellplatz, von dem eine Flucht nur möglich war, wenn man einen Schuß in den Nacken riskieren wollte. So zielgenau würde hier jedoch höchstwahrscheinlich niemand schießen können. Kissing gehorchte.

»Steigen Sie bitte aus.«

Kissing spürte sofort, daß etwas im Busch war; das erkannte er nicht an der Aufforderung der Grenzpolizistin, sondern an den neugierigen Blicken, die ihm ein Rudel deutscher und österreichischer Zollbeamter zuwarfen, deren Aufmerksamkeit eigentlich der Deklaration eines dänischen Spediteurs zu gelten hatte. Kissing, der in seiner Zeit als Vollzugsbeamter in der Untersuchungshaftanstalt ab und zu mit schizophrenen Häftlingen zu tun gehabt hatte, fühlte sich in deren spinnerte Gedankenwelt versetzt, denn ihre Wahninhalte waren stets dieselben gewesen: Alle schauen mich an, weil alle etwas von mir wissen oder wollen oder mit mir vorhaben.

Kissing öffnete den Schlag. Als er die beiden Zivilisten aus dem Aufenthaltsgebäude treten sah, war ihm klar, daß er sich nicht in einer Phantasiewelt befand. Denn die zwei jungen, entschlossen wirkenden, nach einem Haftbefehl riechenden Männer schauten ihn nicht nur siegesgewiß an, sie wußten auch alles von ihm und hatten etwas mit ihm vor. Kissing schlug der Obermeisterin in die Fresse.

Die Berliner Polizei hätte keine Grünschnäbel auf ihn ansetzen sollen; Kissing hatte die Pistole der Grenzpolizistin schon in der Hand, als die Kripoleute gerade an ihren Holstern fingerten. Aber es gab jemanden, der dennoch schneller war als er. Kissing betätigte den Sicherungshebel, da verbrannte sein Arm.

Der Mann vom österreichischen Zoll sah nicht sehr glücklich aus. Er beugte sich über den am Boden liegenden Kissing und dachte offenbar an den Bericht, den er nun schreiben müssen würde. Kissing war nur noch ein halber Mensch. Der Schuß des Zöllners hatte ihm eine Körperhälfte abgerissen.

»Ist nicht so wild«, sagte jemand aus dem Off. Wahrscheinlich war es derjenige, der gerade an Kissings Arm hantierte.

»Wohin mit ihm?« fragte ein Mann. Auch ihn konnte Kissing nicht sehen.

»Bundeswehrkrankenhaus Koblenz«, war die Antwort. »Da kommt er jedenfalls nicht weg. Und die sind gut. Die machen ihn in Nullkommanichts vernehmungsfähig.«

»Geht denn das?« Diese Frage stellte eine Frau. Sie mußte irgendwo links von Kissing stehen.

»Er ist doch Vollzugsbeamter. Das wird man schon drehen können. Der Hubschrauber ist sowieso unterwegs.«

6

Dietrich Kölling hatte Glück: Hajota fand ihn in der peinlichen Lage, zwar wieder zu Bewußtsein gekommen zu sein, aber mit dem Oberkörper auf dem Schreibtisch zu liegen und zu hecheln wie ein Hund. Jeder andere Kollege hätte sofort den Notdienst verständigt, aber Dietrich Köllling hatte Tangermann davon abhalten können, indem er hoch und heilig gelobte, nach Abschluß der Ermittlungen seinen Arzt aufzusuchen und sich gesundpflegen zu lassen. Um sein Versprechen zu bekräftigen, schluckte er sogar zwei von den Pillen, denen bisher immer sein Mißtrauen gegolten hatte. Ganz gesund würde sein Herz wohl nie mehr werden; es war ein altes Ding, ein abgelaufener Motor mit verstopften Koronargefäßen, und schreckliche Dinge wie Infarkt oder Bypass sah der Hauptkommissar auf sich zukommen. Irgendein Professor würde ihm ein Stück Arterie aus dem Oberschenkel schneiden und sie an der Pumpe wieder festmachen. Dieses blödsinnige Herz versorgte nicht nur den gesamten Körper mit Blut, zu allem Überfluß wollte es auch selbst durchblutet werden; manchmal haute das nicht hin. Dietrich Kölling seufzte.

»Sie sollten sich wirklich schonen«, meinte Hajota betrübt.

»An Ihnen ist eine Mutter verlorengegangen. Kümmern Sie sich lieber um die gebrochenen Herzen Ihrer Jungs, nicht um meines. Besser einen Knacks im Herzen als einen Riß in der Schüssel. Sind mir sensationelle Entwicklungen entgangen?«

»Kissing ist an der Grenze angeschossen worden. Er hat eine Grenzschützerin entwaffnet und wollte in der Gegend rumballern. Ein österreichischer Zöllner war schneller.«

Dietrich Kölling warf seiner Zigarettenschachtel einen scheelen Blick zu; in ihrer Verpackung sahen die Verbrecher höchst unschuldig aus, die daran schuld waren, daß sich Dietrich Köllings Herz zusammengekrampft hatte. Mit dem Zeigefinger schnippte er die Schachtel außer Reichweite.

»Wo ist Kissing jetzt?«

»Koblenz.«

»Koblenz, aha. Koblenz sagt mir was. Da mußte sich Jan Hus mal vor irgendeiner geistlichen Versammlung verantworten.«

»Nein, das war in Konstanz.« Hajota hatte in der Schule manchmal aufgepaßt.

»Konstanz? Konstanz am Bodensee?«

»Ich glaub, es gibt nur das eine.«

»So, nur ein Konstanz. Sagen Sie, Tangermann, der Grenzübergang zwischen Lindau und Bregenz, das ist doch auch am Bodensee?«

»Direkt dran, ja.« Hajota nickte heftig. In Geographie hatte er die Sternstunden seines Schülerlebens gehabt. »Am östlichen Ufer.«

»Und in diesem See gibt es diese komische Insel?«

»Mainau. Mit Mittelmeervegetation.«

Dietrich Kölling kratzte sich am Kopf.

»Stellen Sie sich vor, Tangermann, ich war da noch nie. Ich meine, das gehört doch zum Leben, daß man mal am Bodensee war. Wegen Mittelmeervegetation und diesen Dingen. Hat's da wirklich keine Krankenhäuser? Müssen die armen Menschen erst nach Koblenz? Das sind doch ein paar Meter Weg.«

»Kissing ist im Bundeswehrkrankenhaus. Irgendwer meinte wohl, daß er dorthin gehört.«

»Wird er vernommen?«

»Ja. Vom Landeskriminalamt Rheinland-Pfalz.«

»LKA Rheinland-Pfalz? Um Gottes willen, kann das gutgehen? Wir haben es wohl mit einem großstädtischen Verbrechen zu tun. Hoffentlich sind Kriminalbeamte aus dem Pfälzer Bergland . . .«

»Die werden ihr Handwerk schon verstehen«, unterbrach Hajota seinen Chef.

»Mit wäre wohler, wenn sich Becker auch auf die Socken machte. Nach Koblenz, da haben die Pfälzer was zu staunen.« Dietrich Kölling fühlte sich wieder besser, und ein Gradmesser für sein Befinden war die Spottlust. »Ein Sachse aus Berlin, das muß für die doch noch exotischer sein, als wenn ein Kamel durch Ludwigshafen spaziert. Das kennen sie ja schon.«

»Sie sprechen in Rätseln.«

»Tangermann, unser aller Kanzler hat in Ludwigshafen das Licht der Welt erblickt. Also so viel Licht, wie Ludwigshafen bieten kann. Viel ist das nicht.«

»Wollen Sie mit mir nur Geschichte und Landeskunde durchnehmen? Oder gibt es noch was anderes, was Sie wissen wollen?«

»Sí«, Dietrich Kölling nickte bedeutungsvoll, »was machen Peukert und Sohn?«

»Nichts Besonderes. Der Alte hat sich aufs Ohr gelegt, und der Junge wird gerade seinen Mitschülern erzählen, wie er einen Hauptkommissar von der Mordkommission um den Finger gewickelt hat.«

»Er wird mich auch wieder von seinen Wichsgriffeln abwickeln«, meinte Dietrich Kölling und stand auf. »Am liebsten würde ich selbst nach Koblenz fliegen, wenn man dahin überhaupt fliegen kann. Ich hab bloß Angst, weil . . . Tangermann, sagen Sie mal, Sie kennen doch die Welt. Was passiert eigentlich, wenn man an Bord eines Flugzeuges einen Herzinfarkt bekommt.«

»Man wird über dem nächsten Krankenhaus abgeworfen. Mit einem Fallschirm natürlich.«

»Mensch, Tangermann, Sie haben ja Humor.« Dietrich Kölling öffnete die Tür zum Flur. Sein linker Arm begann schon wieder, ein Eigenleben zu führen. »Allerdings Humor von der plumpen Sorte«, setzte er hinzu.

7

Rudolf Kissing, ein wächsernes Gesicht inmitten der Schneelandschaft auf einem Krankenhausbett, der zerschmetterte Arm an irgendwelche Züge gehängt wie bei einer Marionettte, Rudolf Kissing, gerade aus dem Schlaf des Frischoperierten erwacht, ein Schlaf mit Alpträumen, in denen wackere Krieger Frauen mit Äxten vergewaltigt hatten, Rudolf Kissing nutzte die Minuten, da man ihn noch in Frieden ließ, um über seine Lage nachzudenken. Da er von der Narkose noch viel zu benommen war, kam er zu keinem klaren Entschluß. Es hatte einen Schußwechsel an der Grenze gegeben, das stand fest, aber ob er selbst gefeuert hatte, wußte Kissing nicht mehr; er hoffte, daß es nicht der Fall war, denn eine angeschossene oder gar erlegte Grenzbeamtin stünde ihm nicht gut zu Gesicht, falls er seine Unschuld in der Angelegenheit Regorius zu beteuern gedachte, aber dazu war es sowieso zu spät. Daß er sich das Schießeisen dieser Frau geangelt hatte, war ein halbes Geständnis; wer nichts zu verbergen hat, ballert nicht auf Polizeiobermeisterinnen. Vielleicht war es das Klügste, wenn er sein Herz erleichterte und alles auf Peukert und Frankovic abwälzte; die hatten ihn eben unter Druck gesetzt, hatten ihn gezwungen, sich an der Drogengeschichte zu beteiligen. Kissings Phantasie mühte sich redlich, eine überzeugende Ausrede zu erfinden. Leider war es um den Einfallsreichtum des Vollzugsbeamten nicht zum besten bestellt; möglicherweise fiel aber selbst einem kriminellen Genie nichts ein, dem man vor dreieinhalb Stunden eine künstliche Ohnmacht verpaßt hatte.

Kissing spürte plötzlich, daß er nicht allein im Raum war, und er hob behutsam den Kopf. Am Fußende seines Bettes hatte es sich eine Bulldogge bequem gemacht. Daß der massige Mann, der in einem bunten Analphabetenmagazin blätterte, einen Anzug und Krawatte trug, nahm ihm nichts von seiner Tierhaftigkeit; er sah aus wie der Türsteher einer Diskothek, der Nutten und Zuhälter vor der Konkurrenz zu schützen hatte. Als die Bulldogge bemerkte, daß sie von Kissing beobachtet wurde, verzog sie die Lefzen zu einem Grinsen.

»Oberkommissar Steinhöfel«, knurrte sie, »Landeskriminalamt Rheinland-Pfalz.«

Kissing verstand die Welt nicht mehr. Daß Landeskriminalämter eine Art Tierheim für ausgesetzte Bullen waren, mochte angehen, aber was ihn in diese zwar katholische, aber doch gottverlassene Gegend Deutschlands verschlagen hatte, blieb ihm ein Rätsel.

»Ich hab Durst«, sagte Kissing schwach.

»Klar«, Steinhöfel setzte eine Verschwörermiene auf, »ein Bierchen, das wär's jetzt, was? In Ihrer Situation.« Der Landeskripomann zeigte ihm sogar eine Weißblechdose, die man für gewöhnlich in Dortmund mit Bier füllte, deren Inhalt sich aber mittlerweile zu einem Medikament für Nierenkranke erwärmt haben durfte. So etwas wollte Kissing nicht.

»Die Schwester«, befahl Kissing. Er war ein armer Kranker, da konnte er sich einen solchen Ton leisten.

»Na, na«, meinte der Oberkommissar und zwinkerte, »gerade aus der Vollnarkose erwacht, und schon ficken? Da bleibt einem ja das Herz stehen.«

Kissing ließ seinen Kopf in die Kissen fallen und sagte nichts. Das LKA hatte zu seiner Bewachung offenbar das dümmste Exemplar von Bullen abgestellt, das es beschäftigte; um Kissing an einer Flucht zu hindern, brauchte Steinhöfel allerdings keinen Grips, sein Körper genügte. Wenn er den in die Tür quetschte, konnte niemand mehr fliehen.

Oberkommissar Steinhöfel hatte ein Funktelefon bei sich, dessen Tasten wie erregte Ratten fiepten, als er sie drückte.

»Täter ist vernehmungsfähig«, meldete er seinem Vorgesetzten. Bei dem Wort Täter zuckte Kissing leicht. Und er beschloß auszupacken. Mit ein paar Jahren gesiebter Luft mußte er rechnen, aber der Mörder war schließlich Peukert gewesen, und vielleicht bekam er ja vor Gericht einen Bonus, wenn er den Mörder ans Messer lieferte.

Die Chefs der Bulldogge schienen in der Nähe gewartet zu haben, denn nicht mehr als eine Viertelstunde durfte vergangen sein, bis sie das Krankenzimmer stürmten. Kissing schaute sie gar nicht erst an. Irgendwelche Geräusche würdem sie auch dann von sich geben, wenn er sie nicht beachtete.

»Oberrat Pietzsch«, erklärte die Bulldogge, »Hauptkommissar Reinicker. Und das ist ein Kollege aus Berlin. Wie war Ihr Name?«

»Herr Kissing, mich kennen Sie ja«, sagte Becker.

»Mich kennt er auch«, sagte die Bulldogge. Dieser Steinhöfel war wirklich blöder, als die Polizei erlaubte; wahrscheinlich war er deswegen Polizist geworden.

8

Der Zusammenkunft, die ihm und seinen Mitarbeitern bevorstand, hatte Dietrich Kölling die Bezeichnung *Thing* gegeben, obwohl er nicht mehr genau wußte, was die Stammestreffen der Germanen für einen Sinn und für einen Zweck gehabt hatten; die Ermittlungen im Mordfall Teske und Regorius, denn plötzlich war es ein Fall geworden, diese Ermittlungen lagen jetzt dort, wo sie von Anfang an hingehört hatten: so weit oben, daß es höher fast nicht mehr ging. Die Untersuchung leitete seit dreizehn Stunden der Generalstaatsanwalt beim Kammergericht Berlin. Dietrich Kölling hatte sich schon vor zehn Stunden mit ihm treffen wollen, aber der Generalstaatsanwalt mußte sich erst einmal mit der Sachlage vertraut machen, und für Dinge, die ein Kriminalhauptkommissar in zehn Sekunden begriff, brauchte ein Staatsanwalt eben zehn Stunden.

Die Beratung war derart hochkarätig besetzt, daß Tangermann nicht hatte mitkommen dürfen; man wollte dem Polizeimeister nicht die Ideale rauben und ihm die Einsicht in die Korruptheit der Justiz ersparen, die er längst hatte; dafür hatte der große Pädagoge Dietrich Kölling bereits gesorgt. Selbst die Justizsenatorin, die eigentlich im Abgeordnetenhaus eine Kleine Anfrage zu beantworten hatte, war gekommen; sicher war es auch nicht wichtig, ein bißchen Demokratie zu spielen, die Politik machten schließlich die Festersens, und man sah ja, was dabei herauskam: vermutlich die nächste Kleine Anfrage. Die Senatorin konnte behaupten, ihren Saustall gereinigt zu haben. Dazu mußte sie nicht einmal den kleinen Finger bewegen, denn der Saustall hatte sich selbst gesäubert. Festersen war tot.

Daß ein Generalstaatsanwalt mitunter Dinge erfuhr, die einem Hauptkommissar erst ein paar Stunden später zu Ohren kamen, war eine Tatsache, die Dietrich Kölling gelassen wegsteckte; dennoch hatte er Anlaß, sich zu ärgern. Als der Generalstaatsanwalt, der aussah, als dürfe er regelmäßig zur Kur fahren, ihm eröffnete, der Staatssekretär Festersen habe Selbstmord begangen, warf Dietrich Kölling dem Oberrat einen wütenden Blick zu. Der Oberrat hatte natürlich das Privileg, zu dieser illustren Runde geladen zu werden. Als er Dietrich Köllings Blick wahrnahm, zuckte er bloß die Schultern. Die Staatsanwaltschaft war eben eine Behörde; die Allgemeinheit mochte zwar glauben, daß diese Behörde Straftaten verfolgte, aber die vornehmste Aufgabe einer Behörde bestand nun einmal darin, sich selbst zu schützen. Festersen hätte eigentlich noch gar nicht wissen können, daß gegen ihn ermittelt wurde. Es war etwas durchgesickert; in Behörden sickerte immer etwas durch. Im Grunde war Dietrich Kölling ganz zufrieden. Justizstaatssekretär Doktor Festersen hatte die abgeschaffte Todesstrafe an sich exekutiert. Und obwohl Dietrich Kölling ein Gegner der Todesstrafe war, empfand er einen hingerichteten Staatssekretär als eine sympathische Angelegenheit.

Die Justizsenatorin wünschte, über den Fall allgemein orientiert zu werden. Dietrich Kölling hatte eine Vorstellung davon, was das bedeutete; in seinen mehr als dreißig Jahren Polizeikarriere hatte er schon oft Würdenträger allgemein orientieren müssen. Die Akte über die Tötungsverbrechen zum Nachteil von Martin Teske und Anita Regorius umfaßte sechs Bände; die Senatorin war natürlich durch ihre Satrapen grob unterrichtet, aber durch die Akte mochte sie sich nicht fressen; es gehörte zu ihren Aufgaben, Reden im Parlament, in ihrer Partei, vor der Justizverwaltung und manchmal auch vor den Wählern zu halten; sie mußte auch gelegentlich eine Beschlußvorlage unterzeichnen, die ihre Referenten vorlegten, aber über die Lesefähigkeit von Senatoren war wenig bekannt. Senatoren waren eher eine Art von Papageien; Papageien konnte zwar nicht lesen, aber sprechen. Dietrich Kölling also orientierte allgemein.

Eingefädelt worden war die Chose von Frankovic und Peukert; der Exjugoslawe war nicht umsonst einer der Drogenkönige von Berlin, er hatte genug Quellen, um sich über das Knastpersonal und dessen Angriffspunkte einen Überblick zu verschaffen. Eine Arzt zum Komplizen zu machen, lag ohnehin auf der Hand, schließlich hatten Ärzte mit Medikamenten zu tun, mit allerlei Pillen und Pülverchen. Natürlich hatte Frankovic seine Perlen nicht vor die Säue geworfen; er war ein Fachmann, und als Spezialist hatte er sich mit dem Wesen des Volkes beschäftigt, das er seit Jahren mit Rauschgiften belieferte. Er hatte dieses Wesen analysiert, ohne es schlüssig zu begreifen, aber zumindest wußte er, womit er zu rechnen hatte. Obwohl die Schließer und alle sonstigen Knastangestellten ständig über ihre miserable Bezahlung klagten, hielten sie sich etwas so Dämliches wie ihre Beamtenehre zugute; sie ließen sich nur unter größtem Wehklagen bestechen und waren dementsprechend teuer. Einem Mann vom Balkan erschien dieser Ehrbegriff als völlig absurd, aber er wollte in Deutschland sein Geschäft machen und mußte sich darauf einstellen. Das Seltsamste an diesem Deutschland war, daß die schwulen Beamten weniger erpreßbar waren als die Familienväter. In Staaten wie den skandinavischen oder Holland mit ihrem Scheißliberalismus hätte er das erwartet; die Deutschen hingegen waren zwar schwulenfeindlich hoch drei, aber aus Angst vor ihrer Nazivergangenheit versteckten sie das. Mit Familienvätern hingegen konnte man gut disponieren. Die Deutschen waren tatsächlich schizophren; auf der einen Seite gaben sie sich überzeugt, daß nur ein Lump Schulden habe, auf der anderen Seite lebte jede anständige deutsche Familie von Krediten. Der Knastarzt Doktor Peukert war das Oberhaupt einer anständigen deutschen Familie. Er hatte horrende Schulden. Frankovic schnitt sich in den Finger, als er davon erfuhr. Peukert behandelte die Bagatellverletzung. Frankovic erläuterte ihm die Perspektiven.

Ein halbes Jahr lief alles gut. Peukert kannte die Treffpunkte, an denen er den Stoff für den Knast im Empfang nehmen konnte, er kannte die Übergabemodalitäten und schleppte das Zeug in seinem Stullenpaket nach Tegel. Für all den Quatsch, den ein Peukert zum Leben brauchte, konnte er den monatlichen Abzahlungsbetrag vervielfachen, und obendrein konnte er sich ein schönes Sümmchen auf die hohe Kante legen. Dennoch kam, was Frankovic von einem deutschen Beamten erwartet hatte: Peukert bekam kalte Füße. Er hatte Kinder. Am entscheidenden Punkt schoben diese Typen immer ihre Kinder vor. Einer von Peukerts Bälgern sollte aufs Gymnasium; plötzlich wollte der Arsch nichts mehr riskieren. Diese Deutschen hatte überhaupt keine Skrupel, ihre Kinder für einen Scheiß aufs Schlachtfeld zu schicken, aber wenn es ums Gymnasium ging, da wurden sie weich.

Frankovic hatte mehrere Notvarianten vorbereitet, aber sie alle behagten ihm nicht. Er konnte Freigänger einspannen; wurde einer gefilzt, verlängerte sich sein Aufenthalt in Tegel um einige Jahre, und besonders gut gefiel es Frankovic in Tegel nicht. Schließlich spielte ihm der Zufall in die Hände. Der Zufall hieß Teske.

Teske war auf seine Art ein Profi, aber nur in seinem Job und nicht rundum. Der Junge konnte Villen knacken, daß es einem das Herz erwärmte, aber ansonsten war er überhaupt nicht clever. Teske war einer von den Typen, die sich zeit ihres Lebens nur nach einem gesehnt hatten: akzeptiert, geliebt, gestreichelt zu werden. Solche Typen brauchen nur jemanden, zu dem sie Vertrauen haben, und schon hat man sie in der Hand. Schon als Frankovic den Buben zum erstenmal sah, wußte er, mit wem er es zu tun hatte, und da er auf seiner Station über jeden orientiert sein wollte, setzte er den Dicken auf Teske an. Der Dicke war schwer asthmatisch, konnte Zigaretten in einer Rekordzeit drehen und war als Kinderficker der letzte Arsch; deswegen hatte Frankovic ihn zu sich geholt. Der Dicke war der einzige Kinderficker, der Frankovic' Schutz genoß, deswegen tat er auch alles für seinen Chef. Sensibelchen wie Teske, bei denen der Dicke atemlos und Zigaretten drehend von seiner Leidenschaft für zehnjährige Mädchen erzählte, packten ausnahmslos aus. Bei einer solch traurigen Gestalt schütteten sie ihr Herz aus. Der Dicke war eines der besten Pferde in Frankovic' Stall.

Seinen Fehler hatte Teske zu spät begriffen. Er hatte sich wichtig machen und sich anbiedern wollen, als er dem Dicken erzählte, er habe in das Haus von Kissing eingebrochen, also in das Haus eines Schließers der Station. Und als Teske auch noch bekannte, seine Freundin arbeite als Hure in einem Stundenhotel, hatte Frankovic wieder ein Full House auf der Kralle.

»Was ist ein Full House?« erkundigten sich die Senatorin und der Generalstaatsanwalt unisono.

»Ein Pokerbegriff«, erläuterte die Blissow. Dietrich Kölling musterte die Gesichter der Berliner Justizspitze. Der Generalstaatsanwalt schien zumindest eine Ahnung zu haben. Die Senatorin blickte so, als wären Spielkarten Teufelswerk. Diese Frau war eine absolut freudlose Natur; man mußte direkt Doktor Festersen beneiden, der neben seinem Aktenstaub regelmäßig die Luft von teuren Kneipen geatmet hatte, bei seinen Segelregatten die gute Luft über den Meer und ab und zu auch die Luft, die zwischen den Beinen einer hochdotierten Frau aufstieg.

Die Senatorin, der Generalstaatsanwalt, der Polizeipräsident und der Oberrat waren sämtlichst Menschen, die über ein Informationsmonopol verfügten. Weil Dietrich Kölling Teil einer Behörde war, sickerte manches von ihrem Wissen auch zu ihm durch; keiner jedoch von ihnen allen war so umfassend informiert wie Frankovic. Die Frage, wie er zu all seinen Kenntnisse gelangt war, würde ein Schock neuer Ermittlungsverfahren rechtfertigen, aber niemand würde sie einleiten.

Frankovic sortierte seine Trümpfe. Zwei Karten hatte er ausgespielt: Kissing wußte, daß Teske derjenige war, der sein mühsam zusammengespartes Haus heimgesucht hatte, Peukert wußte, daß der Jugo etwas für seinen unbefriedigten Schwanz hatte, das nichts kosten würde. Frankovic ließ Teske und den Dicken zusammenschlagen. Er wollte sich die Hände nicht mehr schmutzig machen.

»Ich verstehe einfach nicht, was Sie mir erklären wollen«, sagte die Justizsenatorin verzweifelt.

»Alle hingen an der Angel von Frankovic«, sagte Dietrich Kölling. »Jetzt brauchte er nur noch die Justizverwaltung.«

»Was?« Die Senatorin versuchte es mit Kuhaugen, um unwissend zu wirken. Kuhaugen gelangen ihr nicht. Sie sah aus wie eine Kröte.

»Die Sache ist einfach wie alles Geniale«, meinte Dietrich Kölling.

»Vulgäres Philosophieren hilft uns auch nicht weiter«, warf der

Generalstaatsanwalt ein. Nach diesem Kommentar wirkte selbst der moderate Oberrat pikiert.

»Lange Rede, kurzer Sinn«, sagte Dietrich Kölling. Das war eindeutig auf die Senatorin gemünzt, alle begriffen das so, nur die Senatorin nicht. »Frankovic ließ Teske nicht bloß vermöbeln, was er ihm antat, würde amnesty interational als Folter bezeichnet. Wissen Sie, es ist ein unangenehmes Gefühl, wenn einem das Achselhaar verbrannt wird. Der Schmerz führt gelegentlich zum Wahnsinn. Teske war stark genug, die Tortur mit einem Brüllen zu überstehen. Kissing hat zugeschaut. Es war seine Rache, die Frankovic für ihn inszenierte.«

»Unsere Vollzugsbeamten«, begann die Senatorin ein Statement. Selbst der Genralstaatsanwalt winkte ab.

»Dummerweise war Kissing damit erpreßbar geworden«, ergänzte die Blissow.

»Wieso dummerweise? Das ist eine Frage des Standpunkts; aus Frankovic' Sicht war das gar nicht dumm. Teske suchte das Gespräch mit dem Arzt, aber da war er bekanntlich auch an der falschen Adresse. Der Ärmste muß ganz schön Spießruten gelaufen sein, bevor er klein beigab.«

»Was ich fragen wollte«, meldete sich der Generalstaatsanwalt zu Wort, »inwiefern hatte denn dieser Jugoslawe was für Peukerts, nun, wie drückten Sie es aus? Für seinen unbefriedigten Schwanz?«

Dietrich Kölling wies auf Becker. Jetzt war die Reihe an dem Kommissar.

»Nun, Doktor Peukert führte eine eher glanzlose Ehe, die nur von den Kindern und den Schulden zusammengehalten wurde.«

»Wie so viele Ehen«, meinte die Blissow.

Becker sprang sofort auf die Bemerkung der Oberkommissarin an.

»Meine nicht«, behauptete er. »Eine Scheidung kam für Peukert natürlich nicht in Frage, da hätte er sich gleich unter eine Brücke schlafen legen können. Aber einen Seitensprung konnte der Doktor nicht abschlagen. Frankovic bezahlte ihm die Hure. Unter einer Bedingung: es mußte die Regorius sein. Die war hinlänglich attraktiv, Peukert mußte sich nicht überwinden. Er wurde Stammfreier bei ihr. Als die Regorius mitbekam, daß er im Knast arbeitete, bat sie ihn, etwas für Teske zu tun. Also zu verhindern, daß Teske weiterhin drangsaliert wurde. Peukert sagte zu. Aber auch er stellte seine Bedingungen. Wenn er sich für Teske ins Zeug legte, mußte die Regorius eine Gegenleistung erbringen. Damit begann ihre Karriere als Drogenkurier.«

»Die Sache lief so«, referierte nun wieder Dietrich Kölling, »Anita Regorius brachte den Stoff in kleinen Portionen bei ihren Besuchen in Tegel mit. Sie hatte ein paar Gramm in Stanniolpapier eingewickelt und daraus Kügelchen geformt, die sie Teske nach und nach zuschob. Teske mußte das Zeug bei Frankovic abliefern. Der Deal lief immer dann, wenn Kissing Dienst hatte; Kissing brauchte nichts weiter zu tun als nichts. Ich meine, für das Nichtstun hat er ein geradezu fürstliches Honorar eingestrichen.«

»Perfekt eingefädelt.« Der Generalstaatsanwalt konnte seine Anerkennung nicht verbergen.

»Tja, nur mit der schwankenden menschlichen Natur haben unsere Freunde nicht gerechnet«, sagte die Blissow. »Denn Teske hatte tatsächlich vor, nach der Haftentlassung ein bürgerliches Leben zu führen. Er machte einen Entzug, und eigentlich wollte er nie wieder etwas mit kriminellen Machenschaften zu tun haben, aber plötzlich steckte er wieder drin. Aus Not zwar, um seine Gesundheit zu retten, trotzdem galt: Mitgegangen, mitgefangen, mitgehangen. Teske war ein unsicherer Kandidat, und das wußte auch Frankovic. Nur bei allerhöchster Protektion würde eine etwaige Meldung oder Anzeige von Teske abgeschmettert werden; daß er als schizoid geführt wurde, hatte Peukert längst arrangiert. Frankovic organisierte die Protektion.« Die Blissow schaute zuerst den Generalstaatsanwalt, dann die Senatorin an. »Frankovic wußte in der Staatsanwaltschaft und der Justizverwaltung besser Bescheid als Ihre Personalabteilungen. Ihre Personalchefs kennen womöglich die Universitätszeugnisse und die Referenzen der Mitarbeiter, Frankovic hatte es mehr mit den menschlichen Schwächen. Da war also ein Herr Doktor Festersen, allgemein als korrekter Bürokrat geltend, aber im Urlaub ließ er gern die Sau raus. Ein leidenschaftlicher Segler, der bei Kiel eine Yacht unterhält und im Sommer nach Skandinavien schippert. Dann Wein, Weib und Gesang. Die nordischen Schönheiten kamen zwar gern an Bord, aber ein Landhaus in den Schären oder gar ein Haus mit Blick auf einen Fjord, das war doch auch nicht zu verachten. Und von einem Alterssitz in Schweden oder Norwegen träumte Festersen sowieso. Sind aber teure Länder, man braucht etwas Kleingeld. Frankovic hatte Kleingeld. Und Einfluß. Seine Macht schien sich fast bis hinter den Polarkreis zu erstrecken.«

»Jetzt übertreiben Sie«, fiel die Senatorin der Blissow ins Wort.

»Keineswegs. Frankovic ist ein Weltmann, der kennt sogar die Nutten von Stockholm, Oslo oder Bergen. Internationale Kenntnisse gehören einfach zu seinem Beruf. Der Mann ist nicht so provinziell wie die deutsche Polizei.«

»Sie bewundern ihn wohl gar?« Die Senatorin legte eine gewisse Schärfe in ihre Stimme, aber sehr überzeugend klang ihre Entrüstung trotzdem nicht.

»Bewundern? Nein. Aber sehen Sie mal, solche Leute machen das große Geld und zahlen nicht mal Steuern auf ihre Gewinne. Andere arbeiten sich die Seele aus dem Leib, aber je mehr sie schuften, umso höher werden die Abgaben. Fleiß wird bestraft; da ist es nur natürlich, daß man sich über einen Nebenjob freut, der darin besteht, gelegentlich ein Auge zuzudrücken. Sie können das selbst ausprobieren, das Zudrücken eines Auges ist nicht sehr anstrengend, wird aber gut bezahlt.«

»Ich habe eine Schlange an meinem Busen genährt«, meinte die Senatorin mit einer theatralischen Geste.

»Wenn es nur eine ist«, ließ sich Dietrich Kölling vernehmen. »Festersen mußte doch etwas mehr tun als eine bloße Augenschule betreiben. Zuerst einmal setzte er seine Kreatur auf den Stuhl eines Staatsanwalts in der Abteilung Kapitalverbrechen, Frau Kriegel nämlich. Die ahnte gar nicht, was da so alles läuft. Mußte sie auch nicht, denn Festersen motivierte sie politisch. Er konnte darauf bauen, daß für die Kriegel das Ansehen der Behörden allemal wichtiger ist als etwas Vages wie die Rechtsstaatlichkeit. Die Frau liebt den Staat so sehr, da kann sie es überhaupt nicht leiden, wenn der Staat in einen Skandal verwickelt wird. Kehrt also lieber was unter den Teppich, wenn es nicht allzu offensichtlich ist.«

9

Dietrich Kölling hatte ihn zwar zum Ausschlafen nach Hause geschickt, aber Hans-Joachim Tangermann war nicht sofort heimgefahren. Er war beteiligt gewesen an der Aufklärung eines komplizierten Tötungsdeliktes, er hatte, nicht allein zwar, aber in Gemeinschaft mit ein paar abgebrühten Kripoleuten, einen gigantischen Justizskandal ausgelöst, nun hatte er auch das Recht, ein paar Schnäpse in sich zu kippen. Tangermann nutzte dieses Recht weidlich aus. Als ihm die Rechnung gebracht wurde, konnte Tangermann die Zahlen nicht mehr erkennen. Er wußte zwar, daß ihn der Wirt übers Ohr hauen würde, aber er konnte es nicht mehr beweisen. Anstandslos zahlte er die hundertzwanzig Mark.

Der Alkohol spülte auch seine Wut hoch, denn Tangermann fühlte sich abgeschoben; für sein Leben gern wäre er bei den Großkopfeten dabeigewesen und hätte ihre dummen Gesichter gesehen, wenn sie von dem Sumpf in ihren Ämtern erfuhren. Natürlich wurde ein Azubi zu solch sensiblen Unterredungen nicht zugelassen; ein Polizeimeister war eben, wenn es darauf ankam, doch der letzte Dreck. Eine Art Hilfssheriff höchstens, und vor einem schwulen Hilfssheriff gab sich doch eine Senatorin keine Blöße. Tangermann hielt ein Taxi an.

Dem Chauffeur war es egal, ob er einen Kriminaloberrat in seine Eigentumswohnung oder einen Polizeimeister in seinen Verschlag transportierte; ihm war es nur darum getan, das Fahrziel präzise beschrieben zu bekommen. Tangermann brauchte drei Anläufe, um seinen Wunsch zu artikulieren.

»Kotzen Sie mir bloß nicht das Polster voll«, sagte der Fahrer.

Tangermann zuckte die Schultern. Es war doch ein Lederpolster, das man abwischen konnte. Der Mann vor ihm war durch und durch unattraktiv, ein fettes Wesen, das zu allem Überfluß auch noch Halbschuhe und weiße Tennissocken trug. Tangermanns Kopf fiel auf die Rückbank.

»Wenn du kotzen mußt, steig lieber aus.«

»Ich muß nicht kotzen«, log Tangermann. »Nu fahr endlich.«

Ob der Taxichauffeur den kürzesten Weg benutzte, konnte Tangermann nicht mehr einschätzen; ihm kam es wie eine halbe Ewigkeit vor, bis der Bierbauch endlich anhielt. Tangermann schleppte sich zu seinem Haus und setzte sich auf die Stufen; der Gedanke an den Aufstieg verstärkte seine Übelkeit. Ob Sunny auf ihn wartete, wußte er nicht. Tangermann bekam eine schmerzhafte Erektion. Er war geil wie ein Deckhengst, aber daß er in seinem Zustand eine gute Nummer zustandebrachte, das bezweifelte er.

Die Frau, die seine Straße entlangstöckelte, kam Tangermann bekannt vor. Als sie auf ihn zutrat, wußte er, um wen es sich handelte; es war die Mieterin aus dem ersten Stock, eine alleinstehende Ziege jenseits des Klimakteriums, die rund um die Uhr das Haus bewachte. Tangermann versuchte, auf die Beine zu kommen. Der Versuch mißlang.

»Aber Herr Tangermann«, sagte die Frau, »Sie sind ja betrunken.«

»Wir hatten einen Erfolg zu feiern.«

»Einen Erfolg, soso.« Die Frau blieb stehen. Wie alle ihrer Sorte war sie extrem neugierig. »Erfolge sind ja heutzutage rar bei der Polizei«, meinte sie.

»Nicht bei Mord.«

»Mord?« Die Frau kniff die Augen zusammen. »Ja sind Sie denn jetzt bei Mord?«

Tangermann nickte schwach. Er hatte ein bißchen angeben wollen, ein langes Gespräch mit der alten Schnepfe war ihm aber zu anstrengend. Sie würde ihn ausquetschen wollen wie eine Zitrone, damit sie Stoff für ihr Kaffeekränzchen hatte. Tangermann wollte nur ins Bett.

»Und bei einem Mord sind Sie erfolgreich gewesen?«

Tangermann hätte gern eine Anspielung auf den berühmten Kniefick gemacht, unterließ es aber. Verprellen wollte er die Nachbarin nicht, die ohnehin nicht gut auf ihn zu sprechen war, weil er vor einigen Tagen einen Jungen mitgebracht hatte, der bei ihm zu wohnen schien. Tangermann hatte ihn zwar als seinen jüngeren Bruder ausgegeben, aber die Alte hatte schließlich Adleraugen im Kopf und konnte nicht die geringste Ähnlichkeit feststellen; der Bengel sah schließlich wie ein Ausländer aus, der Polizist hingegen so deutsch, wie es nur irgend ging.

»Sie haben noch immer Besuch, Herr Tangermann?« erkundigte sich die Alte mit einem gehässigen Unterton in der Stimme.

»Ja, meinen Bruder, wie gesagt.«

»Und der zweite? Ist das auch ein Bruder von Ihnen?«

»Der zweite? Welcher zweite?« Tangermann starrte die Nachbarin erschrocken an. Die Frau kostete den Triumph aus, mehr über die Vorgänge in Tangermanns Wohnung zu wissen als dieser selbst.

»Da ist noch ein Junge oben bei Ihnen«, sagte sie betont langsam. »Müssen beide auch betrunken sein. Umarmt haben die sich auch. Im Treppenhaus. Na, Brüder eben.«

»Umarmt?« Tangermann gelangte ohne Schwierigkeiten in die Senkrechte und stürmte die Treppe hinauf, so schnell er konnte. Zweimal strauchelte er dabei, einmal schlug er der Länge nach hin. Und auch der Schlüssel wollte nicht auf Anhieb ins Schloß finden.

10

Im Arbeitszimmer des Generalstaatsanwalts herrschte betretene Stille, obwohl man über die Morde noch gar nicht gesprochen hatte. Der Senatorin schien es aber jetzt schon zu reichen, denn sie erhob sich und machte ein paar unschlüssige Schritte in Richtung Tür. Dietrich Kölling feixte. Er hatte mit dieser Frau im allgemeinen nichts zu schaffen, aber er hatte das Gefühl, ihr mächtig eins ausgewischt zu haben, und darauf war er stolz. Eine Senatorin zum Schwanken zu bringen, gelang nicht alle Tage.

Frankovic hatte sich nach allen Seiten abgesichert, aber Teske tanzte trotz wiederaufgenommener Prügel nicht mehr nach seiner Pfeife. Schließlich fing auch die Regorius an, Widerstand zu leisten, wahrscheinlich aufgehetzt von ihrem Gespielen. Das konnte sich Frankovic nicht bieten lassen. Teske wurde halbtot geschlagen. Aber die Schläge bewirkten nicht, was sie bewirken sollten; Teske wurde nur immer aufsässiger, und als er beschloß, die Anstaltsleitung von den Vorgängen auf der Station in Kenntnis zu setzen, drohte Frankovic' Sache zu kippen. Teske mußte aus dem Weg geräumt werden.

Für den Vollzug der Todesstrafe hatte Frankovic Kissing und zwei seiner Bandenmitglieder ausersehen; Kissing sollte zumindest die Lampe halten, aber die feige Sau wollte anfangs nicht. Frankovic mußte mit Engelszungen reden und dem Bediensteten lang und breit ausmalen, was Teskes Überleben für ihn bedeutete, den Verlust von Job, Ehre und Freiheit nämlich. Job und Ehre waren Kissing egal, aber seine Freiheit bedeutete ihm viel. Damit war er zu überzeugen.

Drei Tage, bevor Teske dran glauben sollte, bekam die Kriegel einen Anruf von Festersen. Der Justizstaatssekretär stauchte die Staatsanwältin gewaltig zusammen; es gäbe zu viele Tötungsverbrechen im Tegeler Knast, die neue Justizsenatorin sei äußerst ungehalten über die miserable Vorbeugearbeit der Staatsanwaltschaft, und ob die Kriegel gern zu den Eigentumsdelikten wolle? Zu den Eigentumsdelikten wollte die Kriegel nicht. Dann hätte sie sich gefälligst anzustrengen.

Eine Stunde nach Einschluß wurde Teskes Selbstmord inszeniert. Unter dem Vorwand, seinem unter Depressionen leidenden Patienten einen Krankenbesuch abzustatten, war Peukert auf der Station erschienen und hatte Teske mit einer Beruhigungsspritze auf die Reise geschickt; Peukert injizierte keinen Tranquilizer, sondern Heroin und Traubenzucker. Traubenzucker wäre nicht nötig gewesen, aber Spaß mußte sein. Dann trat Kissing auf den Plan. Er öffnete den Verwahrraum, in dem sich die beiden Spießgesellen von Frankovic in Stimmung getrunken hatten, er schloß auch Teskes Zelle auf und trat zur Seite, um wegzuschauen. Teske war ohnehin schon ziemlich abgehoben. Nach einigen Minuten der Hilfestellung hatte er sogar ein paar Zentimeter Luft zwischen seine Fußsohlen und den Boden gebracht. Kissing schloß die Killer zurück und schlug Alarm.

Frankovic besaß ein vorzügliches Talent fürs Timing. Die Theorie war sowieso klar: ein depressiver Häftling hatte sich das Leben genommen. Für alle war diese Entwicklung abzusehen gewesen, für den Arzt, den Schließer und die Mitgefangenen. Und auch die Staatsanwältin spielte wacker mit. Nach der Einäscherung von Teskes Leichnam konnte obendrein die Legende vom rückfälligen Drogensüchtigen verbreitet werden, der sich im Wahn umgebracht hatte; während der polizeilichen Untersuchung wäre das nicht möglich gewesen, ohne eine Obduktion zu riskieren. Die Sache war rund. Und trotzdem drohte der Wagen abermals, aus der Spur zu geraten. Die Regorius drehte durch.

Sie rannte zu den Bullen, sie stellte Peukert zur Rede. Offenbar hatte sich Frankovic verkalkuliert; daß eine Hure zu solcher Liebe fähig war, hatte er nicht erwartet. Ursprünglich hatte er sie mit ein paar Scheinen ruhigstellen wollen, aber das dumme Weib wollte kein Geld, es wollte Rache für ihren Geliebten. Die dämliche Kuh hatte einen Knoten im Gehirn. Dieser Knoten mußte mit einem Schlag durchgetrennt werden.

Peukert erledigte den Job. Er hatte tierische Skrupel, aber er hatte auch Angst vor dem Ende seiner normalen Existenz. Frankovic stärkte ihm den Rücken, Kissing mimte den Assistenten. Mehr war dem Knastwächter nicht zuzumuten.

»Eine schöne Geschichte«, resümierte der Generalstaatsanwalt, dem bessere Worte fehlten.

»Schön?« Die Senatorin schüttelte pikiert den Kopf. »Was daran schön ist, möchte ich wissen.«

Dietrich Kölling hörte nicht mehr zu. Was jetzt kommen würde, war nicht mehr seine Angelegenheit. Sorgenvoll massierte er seinen linken Arm. Der Arm war wie abgestorben.

11

In Tangermanns Räumen mußte sich tatsächlich ein Fremder aufhalten oder aufgehalten haben, denn im Flur hing noch der narkotisierende Duft eines schweren, sinnlichen Parfüms, allerdings vermischt mit weniger appetitlichen Gerüchen. Tangermann fand, daß es ein wenig nach Moder und Schimmel roch, aber nicht eindringlich wie in einer Gruft, sondern wie aus einem Kühlschrank, den man abgetaut, dann aber wieder anzustellen vergessen hat. Ein bißchen Kotze war dazwischen und Schweiß und die Dünste, die ein Geschlechtsakt erzeugt. Die Räume rochen nicht mehr nach Tangermanns Wohnung, und auch von Sunny nahm seine Nase nichts wahr.

Der fremde Junge saß am Küchentisch und war vollkommen: vollkommen nackt und vollkommen weggetreten. Er mochte so alt wie Sunny sein, vielleicht ein wenig älter, und aus erweiterten Pupillen starrte er eine Weinflasche an, ohne sie zu sehen. Die Weinflasche war leer; Tangermanns eiserne Reserve hatten die Brüder ausgepichelt, bevor sie ficken gegangen waren. Und davon, daß sie es getan hatten, war Tangermann überzeugt.

Der fremde Junge hatte sich ins Reich der Halluzinationen begeben, soviel stand fest.

Tangermann fühlte sich der Anwesenheit dieses nackten und vollgedröhnten Geschöpfes nicht gewachsen, und ratlos ließ er die Arme baumeln. Dann meldete sich die Eifersucht.

Sunny war also ein verdammter, ungetreuer Geselle. Die anderen Männer, die Freier, waren seine Arbeit, und Tangermann hatte sie zähneknirschend akzeptiert, aber das der Bengel einen Gleichaltrigen anschleppte, und das wahrscheinlich aus purer Lust, nicht um des Gewinnes wegen, das schlug dem Faß den Boden aus. Natürlich, Sunny war davon ausgegangen, eine sturmfreie Bude zu haben, denn Tangermann hatte sein Heimkommen erst für den Abend angekündigt und fragte sich nun, ob der Knabe nicht öfter den Tag für Dinge genutzt hatte, die er vor Tangermann geheimhielt. Es war wohl doch nur, daß Tangermann ihn beköstigte, was ihn bei dem Älteren gehalten hatte. Tangermann war zutiefst enttäuscht und verletzt. Das Biest am Küchentisch regte sich.

Es waren eben Stricher. Sunny war ein Stricher, der Nackte am Küchentisch war es auch. Und Stricher blieb Stricher, ein unsauberes, verlogenes Insekt, das in der Hackordnung noch unter einem Polizeimeister stand, und viel tiefer konnte man nicht stehen. Die Welt begann vor Tangermanns Augen zu kreisen. Der Polizeimeister hielt sich am Spültisch fest und beugte sich über das Becken.

Die beiden Jungen hatte nicht nur getrunken und nicht nur gefickt. Im Spülbecken lag eine Spritze. Tangermann bekotzte sie. Dann rannte er auf wackligen Beinen in sein Schlafgemach.

Sunny hatte sich ins Bettzeug gewühlt, und auch er schien von oben bis unten unbekleidet zu sein. Tangermann stöhnte. Er riß das Fenster auf, damit der bestialische Gestank entweichen konnte, und ließ sich auf den Stuhl neben dem Spiegel fallen, vor dem er sich frisierte. Tangermann brauchte eine Atempause, bevor er den Typen in der Küche aus seiner Wohnung hinauswarf. Sunny würde er schlafen lassen. Vielleicht hatte der Junge im Rausch etwas getan, das ihm im nüchternen Zustand leidtun würde. Tangermann war einigermaßen besänftigt, als er den Schläfer betrachtete, und er war bereit zu verzeihen.

Sunnys Haut war sehr weiß. Eine so weiße Haut hatte Tangermann noch nie gesehen. Doch, gesehen hatte er sie schon. Aber nie bei einem Lebenden. Tangermann stürzte los. Vielleicht hatte der Junge wieder einen Zuckerschock.

Nach dem ersten Schritt hielt Tangermann inne. Es war nicht bloß die Hautfarbe, die an Sunny unnatürlich wirkte. Da war noch etwas anderes. Sunny atmete nicht mehr.

Tangermann brauchte mehrere Ewigkeiten, um an das Bett zu gelangen. Er stand vor dem weißen, leblosen Körper und wagte nicht, ihn zu berühren. Der Nackte in der Küche brach plötzlich in ein aberwitziges Gelächter aus. Tangermann fror.

Schließlich überwand er sich. Mit den Fingerspitzen tippte er gegen Sunnys bloße Schulter. Sunny war schon kalt.

Tangermann setzte sich auf die Bettkante. Er nahm Sunnys rechte Hand und barg sie in seinen eigenen Händen, als könne er sie auf diese Weise erwärmen. Daß sein Gesicht naß war wie nach einem heftigen Regenguß, bemerkte er nicht, und daß Stunden später die Wohnungstür zufiel, drang kaum in sein Bewußtsein. Irgendwann hörte er Stimmen, und ein sehr freundlicher, sehr behutsamer Streifenpolizist brachte ihn hinaus.

Zehntes Kapitel

»In Berlin ist ja wirklich viel los«, sagte Renate Kölling und schenkte ihrem Sohn noch eine Tasse vom koffeinfreien Kaffee ein. »Warum machen die Berliner bloß ständig Skandale? Haben die nichts anderes zu tun? Na, ist eben ein anderer Menschenschlag, aufgeregte und hektische Menschen. Da sind wir Niedersachsen doch aus anderem Holz geschnitzt.«

»Welche Skandale denn, Mama?« Der Kaffee war gräßlich, und Dietrich Kölling schob die Tasse weit von sich.

»Na, du weißt schon.« Renate Kölling lächelte anerkennend. Ihr Sohn war jetzt ein Held, der sogar die Schwester in den Schatten stellte, und bestimmt würde er für seine Heldentaten zum Kriminalrat befördert werden. Sogar in der *Hannoverschen Allgemeinen* hatte etwas über ihn gestanden; die Zeitung hatte einen Satz von ihm zitiert, wenn auch nur am Ende ihres Artikels über die Affäre um einen Berliner Staatssekretär, die der Junge aufgedeckt hatte. Die Nachbarn und die Freundinnen hatte es mit Kulleraugen registriert; Renate Kölling hatte natürlich ein wenig nachgeholfen und erst auf den Artikel aufmerksam machen müssen, der nun, von der Tochter vergrößert und vervielfältigt, auf dem Rauchtisch lag.

»Vielleicht bekommst du jetzt endlich einen ruhigeren Posten«, meinte sie nachdenklich.

»Ich habe mir mit der Sache keine Freunde gemacht«, sagte der Sohn. »Du weißt doch, man liebt die Strafe, aber nicht den Henker. Der neue Staatssekretär hat seinen Aufstieg mir zu verdanken, aber er wird sich nicht erkenntlich zeigen. Und ein Kripobeamter, der eine Staatsanwältin abgesägt hat, ist bei allen Juristen unten durch. Sie könnten ja die nächsten sein.«

»Mag auch der Gerechte fallen, die Gerechtigkeit obsiegt.«

Dietrich Kölling wußte nicht, ob seine Mutter damit ein Zitat anbrachte oder ob sie sich neuerdings als Poetin betätigte. Er war ein kranker Mann, der schnell wieder fit sein wollte, und mit der Gerechtigkeit hatte er ebensowenig am Hut wie mit den Gerechten. Noch jedenfalls zeigte sein linker Arm die Tendenz, hin und wieder schwerer zu werden als der rechte. Sein Herz zuckte nicht im richtigen Takt, und noch immer hatten die Ärzte keine körperliche Ursache dafür finden können. Die Koronargefäße waren es also nicht. Dietrich Kölling war darüber alles andere als unglücklich; aber, hatte die halbe Ärztekammer ihm entgegengehalten, auch bei psychosomatischen Herzbeschwerden bestehe Infarktgefahr.

»Bleibst du lange?« wollte seine Mutter wissen. Dietrich Kölling zuckte die Achseln. »Erhole dich nur ordentlich, du hast es dir verdient. Du kannst jeden Tag nach Herrenhausen fahren und im Park spazierengehen, da gibt es immer was zu entdecken. Als Kind bist du jedes Wochenende dort draußen gewesen.«

»Ja, mit euch. Weil ich mußte.«

Renate Kölling reagierte darauf nicht.

»Die Innenstadt haben sie auch recht schön gemacht«, erklärte sie, als gäbe es nichts Erquickenderes als das Latschen durch schön gemachte Innenstädte.

»Aber schon vor etlichen Jahren«, sagte Dietrich Kölling, »da war ich noch in Hannover.«

»Und solche fürchterlichen Skandale wie in Berlin haben wir hier nicht.«

»Mama, Skandale gibt es überall. Auch in Norddeutschland. Sogar in Hannover. Denk doch nur an den Polizisten, der einen Türkenjungen erschossen hat. Oder denk an Barschel und Engholm. Das liegt zwar schon eine Weile zurück, aber der Untersuchungsausschuß tagt immer noch. Die Wahrheit kommt wohl nie ganz auf den Tisch.«

»Kiel«, sagte Renate Kölling verächtlich. »Das war in Kiel. Jäger, Sammler und Fischer. Eine völlig kulturlose Landschaft. Hannover ist doch ganz was anderes. Residenzstadt, mein Lieber. Wir haben unser Herrenhausen. Und was haben die da oben? Brackwasser und Werftenkrise.«

Dietrich Kölling gab sich geschlagen. Aber nur nach außen hin. Insgeheim dachte er bereits seit längerem an den Frühzug nach Berlin.

FRANK GOYKE

Der erste Dietrich-Kölling-Krimi:
Ein Schwulenhasser mit Killerinstinkt. Ein zwangsversetzter Kriminalkommissar. Ein junger Mann für diskrete Stunden.

Frank Goyke: DER KLEINE PARISER
Kriminalroman, LEIPZIG CRIME 3
160 Seiten, Broschur, ISBN 3-929139-02-2

Der Mann sitzt am Computer und schreibt Dossiers über die Ratten. Die Ratten verpesten die Stadt. Die Dossiers sind detailliert. Ordnung muß sein, Chaos bevorteilt die Ratten. Ein Dossier ist ein Vorgang, der Vorgang ist ein Verfahren, das Verfahren bedeutet den Tod. Der Mann tut seine Pflicht.

»Ein Toter verschandelt die reizvollen Leipziger Wiesen und will entsorgt sein«, sagt Dietrich Kölling, Chef der Mordkommission. Der Tote liegt mit durchtrennter Kehle im Rosental, die Kleidung voller Blut. Der Tote war schwul. Eine Ratte, schreibt der Mann in sein Dossier, ist hingerichtet.

Dietrich Kölling beginnt den Osten zu hassen, er will wieder heim, ins beschauliche Hannover.

Frank Goyke, geb. 1961 in Rostock. Redakteur, Lektor und Autor. Lebt in Berlin. Goyke ist der Erfinder des Kriminalistentrios um den Kommissar Dietrich Kölling.

»Der Leser lernt Leipzig oberhalb und unterhalb der Gürtellinie kennen.« *Der Spiegel*

»Stimmig bis ins Detail, knisternd vor Spannung, sprühend vor Wortwitz, sichere Milieukenntnis verratend: Goykes Krimi.« *Neue Zeit*

BERLIN CRIME Jede Großstadt hat das Verbrechen, das sie verdient

FRANK GOYKE

Der zweite Dietrich-Kölling-Krimi:
Von Leipzig nach Berlin. Drückerkolonnen, Haustürgeschäfte, ein toter Punk. Hausbesetzer und Russenkasernen.

Frank Goyke: GRÜSSE VOM BOSS

Kriminalroman, BERLIN CRIME 2

Broschur, 180 Seiten, ISBN 3-929139-11-1

Ein Junge, abgemagert und schmutzig, liegt erschlagen auf einem Hinterhof im Prenzlauer Berg. Seine Taschen sind leer, es gibt keine Zeugen, alle Spuren verlaufen im Sande. Nur ein selbstgefertigtes Halsband weist den Ermittlungen der Polizei eine vage Richtung. Das Halsband trägt ein anarchistisches Symbol.

Hauptkommissar Dietrich Kölling, dem gerade nach Berlin versetzten Chef einer Mordkommission, muß das scheinbar Unmögliche gelingen: Er sucht nach der Identität eines Menschen, den eigentlich niemand vermißt.

Grüße vom Boss war 1993 für den Krimipreis Glauser nominiert.

»Da stimmen die Örtlichkeiten bis zur letzten Mülltonne und die Strukturen bis ins letzte Detail, die Sprache der Beteiligten bis in die feinsten Untertöne.« *Neue Zeit*

»Das ist einfach Tatort-reif.« *Die Tageszeitung*

»Einer der besten deutschen Großstadtkrimis.« *Die Welt*

BERLIN CRIME Jede Großstadt hat das Verbrechen, das sie verdient

FRANK GOYKE

Der dritte Dietrich-Kölling-Krimi:
Das Attentat auf einen Olympia-Manager: Sport ist Mord.
No sports, please.

Frank Goyke: SCHNELLER, HÖHER, WEITER
Kriminalroman, BERLIN CRIME 5
Broschur, 190 Seiten, ISBN 3-929139-14-6

Jürgen Grützmacher, Manager einer Olympia-Marketing-Firma, verbringt seinen Urlaub in einer dänischen Kleinstadt. Ihn erreicht die Nachricht, daß sein Sohn Robert in Berlin erschossen wurde. Alle Umstände deuten auf ein Attentat.

Hauptkommissar Dietrich Kölling gelangt zu der Annahme, daß sich die Täter geirrt haben und der Anschlag Jürgen Grützmacher galt. Gründe, seinen Tod zu wünschen, haben viele. Die gewichtigsten findet Kölling beim Toten: Geheime Dossiers über IOC-Mitglieder aus Jürgen Grützmachers Safe. Doch auch Jürgen Grützmacher bleibt verschwunden.

»In diesem überaus spannenden Krimi kommen die Olympia-Gegner ebenso schlecht weg wie die Senatsmanager. Goyke steht ganz in der Tradition bekannter deutscher Krimiautoren.« *Die Tageszeitung*

»Was für eine nette Idee, aus der Berliner Olympiabewerbung einen Kriminalroman zu machen. Hat Berlin denn das verdient?«
Frankfurter Allgemeine Zeitung

BERLIN CRIME Jede Großstadt hat das Verbrechen, das sie verdient

FRANK GOYKE

Der vierte Dietrich-Kölling-Krimi:
Ein elfjähriger Junge erdrosselt im Maisfeld. Ein Zwölfjähriger stirbt nach einem Telefonat.

Frank Goyke: RUF DOCH MAL AN

Kriminalroman, BERLIN CRIME 9
Broschur, 192 Seiten, ISBN 3-929139-19-7

Ein Schockanrufer hält Eltern und Kinder im Ostberliner Bezirk Hohenschönhausen in Atem. Der Mann ruft in den Nachmittagsstunden Kinder an und zwingt sie unter Drohungen, sich selbst Gewalt anzutun. Dieser Fall tangiert Dietrich Kölling nicht. Er weiß von ihm nur aus dem Polizeibericht; das ist Sache der Polizeidirektion Sieben, und dort soll der Fall gefälligst auch bleiben.

Doch unversehens wird er auch zu Dietrich Köllings Angelegenheit. Der elfjährige Schüler Paul Hagedorn wurde in einem Maisfeld aufgefunden, nackt und erdrosselt. Der Tatort befindet sich in unmittelbarer Nähe des Neubaugebietes Hohenschönhausen.

Wenige Tage, nachdem Dietrich Kölling und sein Team die Ermittlungen aufgenommen haben, bleibt ein zweiter Junge auf der Strecke. Kurz vor seinem Tod hat er telefoniert.

»An diesem knurrigen Kommissar hätte Chandler seine helle Freude gehabt.« *Die Welt*

– KY

Mannhardt ermittelt:
Ein Senatsbaurat fällt vor die S-Bahn, ein Senator genehmigt den Lauschangriff, ein Bulle verliebt sich in eine Mafia-Braut.

–ky: FENDT HÖRT MIT

Kriminalroman, BERLIN CRIME 11

Broschur, 192 Seiten, ISBN 3-929139-21-9

Senatsbaurat Dr. Lübz wird ermordet aufgefunden. Kriminalhauptkommissar Mannhardt macht sich ans Werk. Die Ermittlungsgruppe Organisierte Kriminalität mischt sich in den Fall, allerdings hinter den Kulissen. Sie hat schon seit langem Ron Peccioli auf dem Kieker, einen Fuhrunternehmer und Sponsor der Footballmannschaft Berlin Bulls, in der fast ausschließlich Polizisten spielen. Peccioli gilt als Drahtzieher des Caccia-Clans und steht im Verdacht, Polizeibeamte zu bestechen. Die Ermordung des Senatsbaurats ist den Ermittlern ein willkommener Anlaß, gegen Peccioli einen Großen Lauschangriff zu starten. Fendt hört Pecciolis Wohnung mit einem Richtmikrofon ab.

Wenn Fendt sich langweilt, gilt sein Interesse den Nachbarn des Mafioso, der christdemokratischen Familie Vogelsang. Die Tochter Graziella hat es Fendt angetan. Er verliebt sich in sie, die allerdings Peccioli geradezu verfallen ist. Fendt verläßt das Versteck, um Graziella zu warnen.

–ky (Dr. Horst Bosetzky), geb. 1938 in Berlin. Prof. für Soziologie. Seit 1971 zahllose Krimis und Filme. U.v.a.: *Einer von uns beiden, Stör die feinen Leute nicht, Friedrich der Große rettet Oberkommissar Mannhardt.* 1980 Preis für den besten deutschsprachigen Krimi, 1988 Prix Mystère de la Critique, 1991 BZ-Kultur-Bär, 1992 Ehren-Glauser.

»–ky bittet nicht ins neblige London oder auf Rivera-Schlösser, unsere Stadt ist ihm aufregend genug.« *Berliner Morgenpost*

»Der Krimi-König. Der beste Krimi-Autor.« *BILD*

BERLIN CRIME Jede Großstadt hat das Verbrechen, das sie verdient

WOLFGANG BERGMANN

Die große Verwirrung des Kasimir Kaspar: Weibliche Obsessionen, groteske Todessehnsüchte, aufsehenerregende Fotos eines Mordes.

Wolfgang Bergmann: VATER MUTTER TOD

Kriminalroman, BERLIN CRIME 14

Broschur, 192 Seiten, ISBN 3-929139-24-3

Kasimir Kaspar ist Journalist und ein hoffnungsloser Fall: West-Redakteur in einem Ossi-Blatt mit langer Tradition und wenig Zukunft. Eine berufliche Perspektive, die so flau ist, wie das Bier, das in Kasimirs Lieblingskneipe ausgeschenkt wird – Kasimir ist ausgebrannt. Und er weiß es.

Dann stolpert er über die größte Sensationsstory seine ganzen journalistischen Lebens. Ihm werden Fotos zugespielt, die einen aufsehenerregenden Mord dokumentieren, den Tod einer jungen Frau. In allen gräßlichen Phasen, in allen obszönen Details.

Kasimir ist entsetzt, und fasziniert. Und er macht sich Hoffnungen. Vielleicht kommt er ja doch noch mal ganz groß raus.

Und so taumelt er – ahnungslos – in einen Abgrund von weiblichen Obsessionen, Sexualität und Todessehnsucht, einen Seelenwirrwarr aus Masken, Phantasmen und Realität. Was zeigen diese Fotos? Die Wirklichkeit? Ein obszönes Spiel? Eine Maskerade? Aber wenn sie nur eine phantastische Inszenierung zeigen – wer ist dann die junge Ermordete? Wer hat sie getötet?

Und – warum reden alle über sie, als sei sie eine Heilige gewesen?

Wolfgang Bergmann, geboren 1948 in einer westfälischen Kleinstadt. Psychologe und Publizist. Arbeitete als Kindertherapeut, Werbemanager, Journalist und Herausgeber von Büchern und Zeitschriften. Artikel und Reportagen u.a. in der *Süddeutschen Zeitung*, in *lui* und *New Mag*. Autor von Sachbüchern und Belletristik. Er ist Chefredakteur einer Wochenzeitung in Berlin. Weitere Kriminalromane werden folgen.